SIDELINE
INFRACTION

SIDELINE INFRACTION

Kein Halten für die Liebe

Denver Mountain Lions

EMILY SILVER

Kapitel Eins

ALEX

»Black Fifty-two. Black Fifty-two. Set, hike!« Der Ball wird gesnapt und landet im perfekten Winkel in meiner Hand. Als ich mich umsehe, entdecke ich Colin genau dort, wo ich ihn erwartet habe. Ich gehe ein paar Schritte zurück und werfe den Ball zwanzig Yards weit über das Feld.

Er fliegt präzise in die bereits wartenden Hände von Colin, der daraufhin wie von der Tarantel gestochen in die Endzone rennt.

»Ja, verdammt noch mal! Das war perfekt, Young!«, schreit unser Center, Kelly, und verpasst mir einen Schlag auf den Helm.

»Traumhaft, oder?«, erwidere ich lachend, während ich zur Seitenlinie jogge.

Selbst nach sechs Jahren in der Liga ist das Gefühl, wenn ein perfekter Pass sein Ziel trifft, immer noch unbeschreiblich.

»Verdammt, Alex. Du lässt uns da draußen ganz schön alt aussehen.« Knox steht an der Seitenlinie und nimmt einen Schluck von seinem Wasser.

Es ist die erste Woche des Trainingslagers und die Stimmung ist ausgelassen. Wir freuen uns auf dieses neue Jahr. Nach einer herben Niederlage in den Play-offs sind alle Feuer und Flamme, in dieser Season wieder ganz oben mitzuspielen.

»Vielleicht hättet ihr mich aufhalten können, wenn ihr wirklich wüsstet, wie man blockt«, witzelt Colin, als er zurück an die Sideline kommt.

»Halt die Klappe, Mann. Du wüsstest gar nicht, wie dir geschieht, wenn dich ein Block von mir treffen würde.«

Auch ich nehme einen Schluck von meinem Wasser und höre den beiden bei ihrem verbalen Schlagabtausch zu. Das ist es, was ich in der Off-Season am meisten vermisse.

Da gibt es zwar auch Work-outs und Teamaktivitäten, aber miteinander zu trainieren und ein Spiel auszutragen, kann einfach durch nichts ersetzt werden.

Das ist es, wofür ich lebe.

»Vielleicht solltest du an deinem Block arbeiten, Fisher. Könnte ein wenig mehr Wumms vertragen«, meint Frankie sachlich, während sie auf die Defense zugeht.

»Alter. Was haben wir darüber gesagt, dass du es dir mit ihr nicht verscherzen sollst?« Ich schlage auf seine Schulterpolster. »Sie wird dich noch auf die Reservebank setzen, wenn du nicht aufpasst.«

Knox kippt sich sein Wasser über den Kopf, um sich in der spätsommerlichen Hitze ein wenig Abkühlung zu verschaffen. »Ich könnte für Weltfrieden sorgen und sie würde wahrscheinlich immer noch einen Grund finden, auf mich sauer zu sein.«

»Gut, dass sie es nicht an mir auslässt. Ich weiß nicht, ob ich ein weiteres volles Work-out schaffen würde wie du.« Ich kippe den Rest meines Wassers hinunter, werfe meine Flasche auf die Bank und gehe zurück aufs Feld.

Knox zeigt uns den Mittelfinger, während wir alle zum Huddle zurücklaufen. »Also, Jungs. Schluss mit dem Gequatsche. Zeit, noch ein paar Spielzüge durchzugehen.«

Fuck, ich liebe Football.

»JEMAND LUST, heute Abend was trinken zu gehen?« Ich ziehe mir das T-Shirt über den Kopf und schaue in vier Augenpaare, die mich ansehen, als hätten sie diese Unterhaltung bereits geführt und sich nicht einig werden können, wie sie es mir sagen sollen.

»Tut mir leid, Mann. Noah hat immer noch Koliken, also werde ich nach Hause gehen, um Tenley zu unterstützen.« Jackson lächelt mich entschuldigend an. Als frischgebackener Papa ist er zu Hause, wenn er nicht gerade beim Training ist. Der Junge hat ihn bereits um den kleinen Finger gewickelt.

»Ich hoffe, Audrey heute Abend zu sehen«, meint Logan mit einem verklärten Ausdruck auf dem Gesicht.

»Du triffst dich immer noch mit ihr?«, frage ich und hole meine Tasche aus dem Spind.

»Bis jetzt hat sie mich zumindest noch nicht abserviert.«

»Warum eine so wunderschöne Frau mit jemandem mit so einer hässlichen Visage zusammen sein will, werde ich wohl nie verstehen.« Knox wuschelt Logan durchs Haar, während dieser versucht, ihn von sich wegzuschubsen.

»Und was ist mit euch beiden?« Ich zeige mit dem Finger zwischen Knox und Colin hin und her.

Knox schüttelt den Kopf. »Ich kann nicht. Ich habe

vor, heute haushoch gegen meine Oma beim Bridge zu gewinnen.«

»Was ist denn mit Bingo passiert?«, fragt Colin.

»Bingo wurde etwas zu heftig. Nachdem es mal eine blutige Nase gegeben hatte, ist es verboten worden.«

Colin bricht in Gelächter aus. »Scheiße. Ich liebe Darlene einfach. Ich muss sie unbedingt mal wieder besuchen.«

»Nimm am besten Peyton mit. Sie wird begeistert von ihr sein«, meint Knox an Colin gewandt.

»Auf gar keinen Fall. Darlene wird ihr alle möglichen Wege aufzeigen, wie sie sich am besten gegen mich verbünden können.«

Ich verdrehe die Augen. »Oh, bitte. Als ob man Peyton dafür erst einen Grund liefern müsste.« Ich stupse Colin mit dem Ellbogen an. »Hast *du* Lust auf einen Drink?«

Colin kramt in seinem Spind herum und holt unsere gute alte Flasche Bourbon sowie zwei Plastikbecher heraus. »Wie wär's, wenn wir raus aufs Feld gehen und dort was trinken?«

Ich nehme den mir angebotenen Becher in die Hand. »Hört sich gut an.«

So spät am Nachmittag ist der Trainingsplatz bereits menschenleer. Die Sonne bewegt sich langsam, aber stetig auf die Berge zu, doch die Hitze des Tages hält uns immer noch im Schwitzkasten.

»Keine Lust darauf, heute Abend allein zu sein?«, fragt Colin und lässt sich auf das Mountain-Lions-Logo mitten auf dem Feld fallen.

»Nee. Ich bin viel zu aufgekratzt, so kurz vor unserem ersten Preseason-Spiel.« Den wahren Grund, warum ich nicht nach Hause gehen möchte, will ich ihm nicht sagen.

»Tampa Bay hat dieses Jahr eine gute Mannschaft. Glaubst du, sie werden es schaffen?«

Ich schüttle den Kopf. »Nicht, wenn wir es verhindern können.«

»Gott, wir sind so nah dran. Wenn wir wieder gegen Vegas verlieren, raste ich aus.«

»Wir haben das bessere Team. Bei Weitem.«

Colin nippt an seinem Drink und lehnt sich zurück, wobei er sich auf den Ellbogen abstützt und seinen Blick über das Feld schweifen lässt. »Und trotzdem schaffen wir es nie bis zum großen Endspiel.«

»Irgendwann wird auch unsere Zeit kommen. Ich kann es spüren.«

Das ist eine Sache, die die Mountain Lions in den letzten Jahren immer wieder beschäftigt hat. Wir haben sowohl das Team als auch das Talent. Aber wir scheinen diese eine letzte Hürde einfach nicht überwinden zu können.

Jeder einzelne Sportanalytiker da draußen stellt immer wieder die Frage, ob wir wirklich das Zeug dazu haben, es weit zu bringen. Ob *ich* das Zeug dazu habe, das große Finale zu gewinnen.

Ich hasse es, dass ich so herausgehoben werde. Football ist ein Mannschaftssport, aber die komplette Last landet auf meinen Schultern. Wenn ich mal ein schlechtes Spiel habe und wir verlieren, bin ich es, dem die Schuld dafür gegeben wird.

So wie letztes Jahr, als wir in der ersten Runde der Play-offs verloren haben.

»Wer hat euch zwei denn hier einfach unbeaufsichtigt draußen gelassen?« Peyton kommt auf uns zugelaufen, und als Colin sie sieht, strahlt er übers ganze Gesicht.

»Ich dachte, du wärst schon nach Hause gegangen.« Er nimmt ihre Hand, zieht sie neben sich auf den Boden und gibt ihr einen Kuss.

Ich richte meinen Blick auf die Berge in der Ferne.

Das hier. Das hier war der Grund, warum ich nicht nach Hause gehen wollte.

Die erdrückende Stille des Alleinseins. Ich habe niemanden, zu dem ich nach Hause gehen könnte. Und jetzt, wo immer mehr meiner Kumpels eine Beziehung eingehen, wird die Zeit, in der ich während der Season allein bin, immer mehr. Man kann nur eine bestimmte Menge Videomaterial studieren, bevor man schließlich den Verstand verliert.

Ich hasse das so, so sehr.

»Wie lief das Training heute?«

»Colin hat einen super Fang gemacht. Ich glaube, es sieht ganz gut für uns aus.« Ich kippe den Rest meines Drinks hinunter und schenke mir nur noch einen kleinen Schluck ein, weil ich mich hier draußen auf dem Spielfeld nicht betrinken will.

»Du hättest seinen Pass sehen sollen, Rocky. Wie aus dem Bilderbuch.«

Peyton lächelt mich an. »Daran habe ich keinen Zweifel. Wir haben das beste Quarterback-Receiver-Duo der Liga.«

»Das musst du ja auch sagen. Schließlich bist du mit diesem Typen zusammen«, sage ich in dem Versuch, ihr Kompliment herunterzuspielen.

»Du kennst mich offensichtlich nicht sehr gut, wenn du denkst, dass ich ihm nicht offen die Meinung geigen würde«, meint Peyton und zieht eine Augenbraue hoch.

»Das ist wahr, Mann.« Colin nickt zustimmend. »Wer außer ihr sollte mir denn sonst sagen, wenn ich etwas falsch mache?«

Ich zucke mit den Schultern. »Deine Trainer zum Beispiel?«

»Oh, bitte. Die sind immer viel zu nett. Ich brauche schon ein etwas harscheres Feedback.«

Peyton boxt ihm gegen die Schulter. »Na hör mal. Ich bin doch nicht harsch.«

»Ich wollte damit nur sagen, dass ich es mag, wenn du auch mal austeilst.« Er sieht sie an und wackelt mit den Augenbrauen.

»Ich würde ja sagen, nehmt euch ein Zimmer, aber ich fürchte, das würdet ihr wirklich tun.«

»Du verpasst echt was, Alex.« Colin sieht mich nicht an, als er das sagt.

Seit er wieder mit Peyton zusammengekommen ist, hat sich Colin in einen kompletten Volltrottel verwandelt. Ich hätte nie gedacht, dass ich je miterleben würde, dass er sich verliebt, doch die beiden passen einfach perfekt zusammen.

»Vielleicht könnte Darlene dich ja verkuppeln.« Peyton sieht mich mit einem Grinsen an, das dem von Colin in nichts nachsteht. Sie ist genauso glücklich mit ihm wie er mit ihr. Und da Colin mein bester Kumpel im Team ist, ist auch die Freundschaft zwischen Peyton und mir in den letzten Monaten enger geworden.

»Ich glaube nicht, dass Darlene jemanden finden würde, der meinen Geschmack trifft.«

Colin und Peyton vertiefen sich in ein angeregtes Gespräch über die perfekte Frau für mich.

Nur leider liegen sie so weit daneben, dass es schon nicht mehr lustig ist.

Denn bei der für mich perfekten Person handelt es sich nicht um eine Frau.

Das ist auch der Grund, warum ich mein Privatleben so privat halte. Warum ich mein Liebesleben auf kurze Techtelmechtel in der Off-Season beschränke, an Orten, wo mich niemand kennt.

Denn wenn irgendjemand herausfinden würde, dass ich schwul bin, wäre meine Zukunft in der NFL im Handumdrehen Geschichte.

Und das ist etwas, was ich auf keinen Fall aufgeben werde.

Ich lasse sie weiter diskutieren, während ich an meinem Drink nippe, und hasse es, sie anlügen zu müssen. Aber es gibt keinen anderen Weg, um mein großes Ziel zu erreichen: einmal den Super Bowl zu gewinnen.

Ein Mann wird später dazukommen.

Hoffe ich.

Kapitel Zwei

»**M**r. Brooks. Kann ich kurz mit Ihnen sprechen?«, fragt Mrs. Phillips, die gerade ihren Kopf durch die Tür des Klassenzimmers steckt.

»Ooh. Da bekommt jemand Ärger«, höre ich es aus dem hinteren Teil des Raums flüstern.

»Okay. Arbeitet weiter an eurer Aufgabe. Ich bin gleich wieder da«, verabschiede ich mich von meinen Schülern und treffe meine Abteilungsleiterin auf dem Flur.

»Tut mir leid für die Unterrichtsstörung. Ich wollte mich nur über das Semesterprojekt Ihrer Klasse informieren. Ich werde in ein paar Tagen in den Mutterschutz gehen und möchte sicherstellen, dass ich alles für meine Vertretung vorbereitet habe.« Sie streichelt über ihren großen Babybauch.

»Ich habe schon ein paar Ideen.«

Ich liebe das Unterrichten. Es ist eine meiner Leidenschaften. Aber *das* ist der Teil, den ich daran hasse. Bestimmte Standards einhalten zu müssen und sicherzustellen, dass diese auf der Hierarchieleiter ihren Weg nach oben finden.

»Lassen Sie mir das Thema bitte bis Freitag zukommen.« Sie tätschelt mir noch den Arm, bevor sie wieder den Flur zurücktrottet.

Ich versuche schon ewig, mir ein Projekt auszudenken, bei dem meine Advanced-Placement-Statistik-Schüler begeistert bei der Sache sein werden. Aber mir will einfach nichts einfallen.

Als ich das Klassenzimmer wieder betrete, dringen Worte an meine Ohren, die ich in dieser Stadt nie erwartet hätte zu hören.

»Die Mountain Lions sind scheiße.«

»Wow, so was kannst du doch nicht sagen!«

»Aber es ist wahr.«

»*Du* bist scheiße!«

»Wow, jetzt hast du es mir aber gegeben!«

Oh, verdammte Scheiße.

»Leute, was ist denn hier los?« Alle Augen im Klassenzimmer sind auf die beiden Schüler gerichtet, die gerade über unser Footballteam diskutieren.

»Austin hat gesagt, dass die Mountain Lions scheiße sind!«, antwortet Gabe hastig.

»Weil sie es auch sind, Mr. Brooks.« Austin sieht mich mit festem Blick an, so als würde er mich herausfordern, ihm zu widersprechen.

»Und wie kommst du darauf?« Ich verschränke die Arme und warte auf seine Antwort.

»Wenn man das Verhältnis zwischen Siegen und Niederlagen in den letzten Jahren sowie die Gesamtstatistik des Teams betrachtet, hätten sie in der Zwischenzeit mindestens einen Super Bowl gewinnen müssen.«

»Hast du dir auch die Statistiken der Teams angesehen, die schon einmal gewonnen haben?«

Austin nickt energisch. »Ja, habe ich. Ihre Statistiken

sind lange nicht so gut. Denver hat das beste Team. Warum gewinnen sie dann nicht?«

»Ist es das, was wir herausfinden sollten, als Sie uns diese Aufgabe gegeben haben?«, fragt Gabe.

Ich stoße ein Lachen aus. »Dass die Mountain Lions scheiße sind? So würde ich das nicht ausdrücken, nein.«

Gabe verpasst Austin einen Schlag auf den Arm. »Siehst du? Du darfst so was nicht mehr sagen.«

»Wenn es stimmt, darf ich das sehr wohl.«

»Warum haben Sie uns denn dann diese Aufgabe gegeben?«, ruft jemand aus dem hinteren Teil des Klassenzimmers.

Die Freuden, Lehrer an einer Highschool zu sein.

Die Hälfte der Zeit mühe ich mich ab, die Jugendlichen dazu zu bringen, mir zuzuhören. Und die andere Hälfte? Da sind sie in ihre Handys vertieft und beschäftigen sich mit den neuesten Social-Media-Trends.

Zahlen? Die verstehe ich.

Die Sorgen der Highschool-Schüler heutzutage? Eher weniger.

»Die Idee dahinter war, den praktischen Nutzen von Statistiken im Alltag aufzuzeigen«, erkläre ich ihnen. »Football kennt jeder.«

»Ich mag Football nicht, Mr. Brooks«, sagt Lucy mit leiser Stimme aus einer der vorderen Reihen. Schüler wie sie sind am unkompliziertesten − machen immer ihre Hausaufgaben und meckern nie herum.

»Da verpasst du nicht viel, Lucy. Als Fan der Mountain Lions kann ich statistisch gesehen sagen, dass sie scheiße sind. Du solltest eher Vegas anfeuern«, mischt Austin sich ein.

»Alter! Das ist ja noch schlimmer, als zu sagen, dass die Mountain Lions scheiße sind«, fährt Gabe ihn an. »Niemand mag Vegas.«

»Könntest du bitte aufhören, ständig zu sagen, dass sie scheiße sind?«, bitte ich Austin.

»Ich bearbeite lediglich unsere Aufgabe.«

Da kommt mir eine Idee. Eine, die den Anforderungen des Semesterprojekts entspricht und den Kids gleichzeitig ein einzigartiges Erlebnis bescheren würde. »Willst du deine Statistiken mal in Aktion sehen?«

»Wie meinen Sie das, Mr. Brooks?«

»Warum statten wir der Footballmannschaft nicht einfach mal einen Besuch ab, um uns diese Statistiken in der Praxis anzusehen, statt nur in der Theorie?«

»Oh, bitte.« Austin lacht. »Die Highschool-Mannschaft ist *wirklich* scheiße. Da würden wir absolut nichts lernen.«

Ich schüttle den Kopf. »Ich rede nicht von der Highschool-Mannschaft. Aber auch über die solltest du nicht sagen, dass sie scheiße ist. Mr. Charles würde dich dafür ein paar Strafrunden laufen lassen.« Ich lächle ihn wissend an. »Ich spreche von den Mountain Lions.«

Austin wird sichtlich blass. »W-was? Sie haben doch gar keinen Kontakt zum Team.«

»Alter. Mr. Brooks' Vater ist der Trainer.« Gabe verpasst Austin einen Schlag auf die Schulter. »Du musst wirklich besser zuhören.«

»O Scheiße«, höre ich ihn leise murmeln.

»Ich bin mir sicher, dass die Mountain Lions gern deine Meinung dazu hören würden, warum sie – wie du sagst – so scheiße sind.«

»Okay, ich werde aufhören zu sagen, dass sie scheiße sind«, meint Austin und hebt kapitulierend die Hände.

»Young würde dich in der Luft zerreißen.« Gabe lacht. »Er ist der beste Quarterback, den wir je hatten!«

»Es ist ja nicht so, als würde ich dem Team beitreten.«

»Okay, Leute. Hefte raus«, unterbreche ich sie, bevor das Ganze zu einem weiteren Streitgespräch ausartet. »In diesem Semester werden wir uns mit der praktischen Anwendung von Statistiken befassen und wie man damit das Verhältnis von Sieg und Niederlage einer Football-mannschaft vorhersagen kann.«

Mein Blick fällt auf Gabe und Austin. Gabe redet flüsternd auf Austin ein, der immer noch so blass ist wie ein Geist.

»Ich werde versuchen, ein Treffen mit den Mountain Lions zu arrangieren. Vielleicht können wir ja sogar mit einigen Mitgliedern des Teams darüber sprechen, wie dort Statistiken verwendet werden, um das Spiel zu verbessern.«

Es gibt begeisterte Rufe auf der einen, aber auch genervtes Stöhnen auf der anderen Seite.

»Vielleicht sehen wir ja auch die Cheerleader«, flüstert Gabe.

»Ich bezweifle, dass sie an einem schmächtigen Zehnt-klässler interessiert sein werden«, meint Austin kichernd.

Ein weiterer ganz normaler Tag im Leben eines High-school-Lehrers.

Kapitel Drei

ALEX

»Glaubst du, du schaffst es heute, an mir vorbeizukommen?«, fragt Knox und schlägt auf Logans Schulterpolster.

»Ich werde einfach über dich drüber fegen«, erwidert Logan und stößt ihn weg.

»In deinen Träumen, Kleiner. In deinen Träumen.«

»Ich werde diesen Tackle durchbrechen und achtzig Yards weit in die Endzone rennen, um einen Touchdown zu erzielen.«

Knox lacht Logan ins Gesicht. »*Jetzt* weiß ich sicher, dass es sich nur um einen Traum handelt.«

»Halt die Klappe, Alter.«

Colin zieht Logan und Knox gerade auseinander, als Jackson in die Umkleidekabine gerannt kommt.

»Du bist spät dran, Fields.« Ich sehe ihn an und tippe auf meine Uhr.

»Versuch mal, das einem sechs Monate alten Baby klarzumachen, wenn es gerade mitten in einem Schreikrampf steckt.«

Jackson sieht erschöpfter aus als je zuvor, aber gleichzeitig habe ich ihn auch noch nie so glücklich gesehen.

»Wann lernen wir den kleinen Kerl eigentlich endlich kennen?«, fragt Knox.

»Sobald er aufhört, ständig wie am Spieß zu brüllen vielleicht?«

»Die Koliken sind nicht besser geworden?«, frage ich, während ich mir mein Trainingstrikot über den Kopf ziehe.

»Nein. Und jetzt, wo die Season bald wieder anfängt, werde ich noch weniger zu Hause sein. Ich bin hundemüde, aber ich versuche, so viel wie nur möglich für Tenley da zu sein.«

»Können wir dir irgendwie helfen?«, fragt Colin und lehnt sich gegen einen Spind.

Jackson schüttelt den Kopf und fährt sich mit einer Hand übers Gesicht. »Ich weiß das sehr zu schätzen, aber wir haben alles im Griff. Die Großeltern helfen super mit.«

»Gott sei Dank. Denn ich hätte keine Ahnung, wie man mit einem Baby umgeht«, meint Logan und atmet erleichtert auf.

»Das liegt daran, dass du selbst noch ein Baby bist«, sagt Knox lachend.

»Fick dich, Mann!«

»Du bist noch viel zu klein, um solch unflätige Wörter zu verwenden«, stachelt Colin ihn weiter an.

»Ihr seid echt der allergrößte Haufen Vollidioten.«

Ich lache darüber, wie sie sich gegenseitig aufziehen. Wenn ich mich in der Umkleide so umschaue, kann ich es kaum glauben, dass ich jetzt erst in mein siebtes Jahr hier starte. Alles an diesem Ort ist im Laufe meiner Karriere zu einem zweiten Zuhause für mich geworden.

Die hölzernen Spinde mit den Namensschildern dran.

Die Skyline der Stadt, die an die Wand gemalt ist. Das Logo der Mountain Lions auf dem Fußboden.

Und ein Kapitän dieses Teams zu sein und diese Gruppe von Jungs anzuführen, bedeutet mir mehr als alles andere auf dieser Welt. Mehr als alles andere, was sonst so in meinem Leben abgeht.

»Okay, Jungs, hergehört!«

In der Umkleidekabine wird es still, als die Worte von Coach Brooks darin widerhallen. Wenn der Coach spricht, hören alle zu.

»Das hat die letzten Male doch schon ganz gut ausgesehen da draußen. Ein paar Fehler können wir noch ausmerzen, aber alles in allem liefert ihr ein gutes Spiel ab.« Er wendet seinen Blick zu mir. »Heute haben wir ein paar besondere Gäste, die beim Training zusehen werden. Kapitäne, ich möchte, dass ihr sie herzlich empfangt. Beantwortet alle Fragen, die sie euch stellen.«

»Um wen handelt es sich denn dabei, Coach?«, frage ich.

»Highschool-Schüler eines Statistikkurses. Sie beschäftigen sich gerade mit der praktischen Anwendung von Mathematik.«

»Und Football ist eine praktische Anwendung?«, fragt Knox.

Der Coach sieht ihn ausdruckslos an. »Diese Frage können sie dir später beantworten.«

»Erst macht Frankie dir beim Training das Leben schwer, und jetzt disst dich auch noch der Coach?« Ich klopfe Knox auf die Schulter, während ich meinen Helm aus dem Spind hole. »Da wird es später aber jemand ganz schön abbekommen.«

»Und jetzt: Schluss mit dem Gequatsche und raus aufs Feld mit euch. Wir haben noch eine Menge zu tun, wenn wir es dieses Jahr in den Play-offs zu etwas bringen wollen!

Lasst uns alle einen großartigen Trainingstag haben«, ruft der Coach uns zu.

Als ich aus der Umkleidekabine stürme, werde ich kurzzeitig von grellem Sonnenlicht geblendet, das auf den Trainingsplatz scheint. Es ist ein verdammt heißer Tag, aber trotzdem wird es ein gutes Training werden.

Knox joggt zum anderen Ende des Felds, wo die Defense gerade mit ihren Übungen beginnt. Auch Jackson macht sich auf den Weg zu seinem Trainingsplatz, während sich Colin und ich zu unserem Offensive Coordinator begeben.

»Also gut, Jungs. Wir haben ein paar neue Spielzüge, die wir mit euch ausprobieren wollen.«

»Woran hattet ihr denn gedacht?«

»Ich habe mir nach der Niederlage in den Play-offs letztes Jahr viele Gedanken über die Lücken in unseren Offensivspielzügen gemacht.«

»Eine Niederlage, die wahrscheinlich hätte vermieden werden können«, höre ich eine Stimme leise sagen. Hinter unserem Trainer steht eine Gruppe Jugendlicher, die ich als Ursprung der Stimme ausmache.

»Alter! Er hat dich voll gehört.«

»Tut mir leid, aber wer seid ihr bitte?«, frage ich.

Die beiden starren mich mit offenem Mund an. »Ich bin Gabe und das ist Austin.«

»Und was meinst du mit ›die wahrscheinlich hätte vermieden werden können‹?« Ich verschränke die Arme und fixiere ihn mit jenem einschüchternden Blick, den ich sonst immer bei der gegnerischen Defense anwende.

»Ähm …«, stammelt Austin.

»Komm schon. Sag es mir.«

»Jetzt lässt du dir aber besser was einfallen«, flüstert sein Kumpel.

»Na ja, immer, wenn du James den Ball zugeworfen hast, ist er nur fünf oder sechs Yards weit gekommen.«

»Okay.« Colin und ich werfen uns einen kurzen Blick zu, bevor wir uns wieder dem Jungen zuwenden.

»Er ist der beste Receiver des Teams, also macht das durchaus Sinn.«

»Hey, danke, Mann.« Colin nickt dem Teenager zu, der nun übers ganze Gesicht strahlt, weil er von ihm angesprochen wurde.

»Aber immer, wenn du ihn zu deinem Tight End geworfen hast, hat dieser zehn Yards oder mehr geschafft. Egal, welche Korrekturen du vorgenommen hast, die Defense hat sich immer auf Colin gestürzt.«

»Möchtest du es mal selbst versuchen?«

Sein Gesicht wird sichtlich blass. »Ich?«

»Na klar. Ich weiß, dass das im Fernsehen und so immer ganz einfach aussieht, aber wenn du es mit Linebackern wie Fisher zu tun hast, ist es das ganz und gar nicht.«

»Komm schon, Austin. Trau dich!«, spornt ihn sein Kumpel an.

»Okay. Aber ich weiß nicht, wie gut ich sein werde.«

»Ich zeige dir, wie man fängt«, meint Colin und joggt zu ihm hinüber, als plötzlich jemand hinter ihnen auftaucht.

»In was seid ihr denn bitte hineingeraten?«

Als ich meine Aufmerksamkeit auf den Neuankömmling richte, begegne ich dem wunderschönsten Paar dunkelblauer Augen, das ich je gesehen habe. Wer auch immer dieser Jemand ist, er ist sexy auf die Art und Weise, wie es klassische Filmstars sind. Markante, definierte Gesichtszüge und blondes Haar, das ihm perfekt über die Stirn fällt. Er sieht aus wie eine reale Version von

Superman – wenn Superman blond wäre. Sogar die dunkel umrandete Brille passt.

»Tut mir leid. Sie bereiten euch hoffentlich nicht zu viel Ärger, oder?«

Seine Stimme reißt mich aus meinen Gedanken. Gott sei Dank ist mir vom Krafttraining von vorhin noch ganz heiß, sonst würde die Röte, die mir in die Wangen steigt, verraten, wie sehr ich diesen Mann gerade abchecke.

»Nun, mir ist von diesem Jungen eröffnet worden, dass wir die Niederlage in den Play-offs hätten vermeiden können, wenn ich den Ball der richtigen Person zugeworfen hätte. Also wird er seinen Worten nun Taten folgen lassen.«

Der unbekannte Mann flucht leise vor sich hin. »Offen gesagt ist das wahrscheinlich die netteste Art, wie er es hätte ausdrücken können.«

»Und wie hätte es weniger nett geklungen?«

»Soll ich ganz ehrlich sein?« Ich nicke. »Er hat gesagt, dass die Mountain Lions scheiße sind.«

»Alter Schwede!«

Er lacht. »Wie schon gesagt: Er hat es noch nett ausgedrückt. Aber er meint es nicht böse. Er kennt sich unglaublich gut mit Statistiken aus. Allerdings sieht er nur die Zahlen und berücksichtigt keinerlei andere Faktoren.«

»Okay. Dann bist du also für die Kids hier zuständig?« Ich lasse meinen Blick über das Feld schweifen und sehe überall Grüppchen von Schülern herumstehen.

»Das bin ich.« Er kommt auf mich zu und streckt mir seine Hand entgegen. »Carter Brooks. Ich bin ihr Mathelehrer.«

Ich nehme seine Hand und bereue es sofort. Denn der kleine Stromschlag, der daraufhin meinen Arm hinaufschießt, ist äußerst unangenehm. »Alex Young.«

»Ich weiß.« Er lässt meine Hand los. »Ich müsste schon

hinterm Mond leben, um in dieser Stadt nicht zu wissen, wer du bist.«

Ich zucke mit den Schultern. »Es wäre unhöflich gewesen, mich nicht vorzustellen. Also, wie hast du das Team davon überzeugen können, dass deine Klasse hierherkommen darf?«

»Wenn man Brooks mit Nachnamen heißt, ist das ziemlich einfach. Und wenn man diese ganze Aktion dann auch noch als Lernveranstaltung anpreist, bekommt das Team zusätzlich gute Presse.«

»Brooks ... Ich nehme an, du bist mit dem Headcoach verwandt?«

»Er ist mein Vater.«

Heilige Scheiße. Als ob meine Reaktion auf ihn nicht schon schlimm genug gewesen wäre, erfahre ich jetzt auch noch, dass er der Sohn des Trainers ist. Ich schaue mich auf dem Feld um. Niemand schenkt uns auch nur die geringste Beachtung. Alle arbeiten entweder an ihren Spielzügen oder unterhalten sich mit den Jugendlichen.

»Und da bist du nicht selbst Footballspieler geworden?«

»Ich bin Mathelehrer. Ich glaube, diese Information sagt bereits einiges darüber aus, wie sportlich ich als Kind war.«

Ich muss mich beherrschen, meinen Blick nicht über seinen Körper gleiten zu lassen. »Ich wette, damit hast du deinem Vater das Herz gebrochen.«

Er lacht. Was für ein wundervoller Klang, der mich tief in meinem Innersten trifft. »Ich glaube, er wusste vom allerersten Mal an, als ich versucht habe, einen Football zu werfen, dass das nicht meine Zukunft sein würde.«

»Damals war ich ja auch nicht da, um dir zu zeigen, wie man das richtig macht.«

Fuck. Und jetzt flirte ich auch noch mit diesem Typen.

»Alex, bist du so weit?«, ruft mir Colin vom Spielfeldrand aus zu. Er hat dem Jungen seine Handschuhe gegeben und ich nicke ihm zu.

»Na dann wollen wir mal.«

»Versuch, ihn nicht zu sehr zu blamieren, okay?«, bittet mich Carter. »Ich will nicht, dass die anderen ihn deswegen aufziehen.«

»Also, wenn er seinen Worten keine Taten folgen lassen kann, dann sollte er vielleicht nicht so viel Scheiße labern.«

»Gott, ihr Footballspieler seid doch alle gleich.«

»Hey. Wir sind nicht alle gleich.«

»Willst du mir etwa das Gegenteil beweisen?« Carter wirft mir einen herausfordernden Blick zu, einen, den ich ein kleines bisschen zu sehr mag.

Ich sollte nicht so auf ihn reagieren. Ich sollte ihn in meine ›Das ist tabu‹-Kiste stecken und mich auf Football konzentrieren.

So wie ich es immer tue.

Nur, dass ich das zum ersten Mal seit langer Zeit nicht will. So etwas wie diesen Stromschlag, der durch meinen Arm gezuckt ist, habe ich schon lange nicht mehr gespürt.

Manch einer würde meinen Lebensstil vielleicht sogar mit dem eines Mönchs vergleichen.

Also wage ich das Gefährliche.

»Lass mich diesem Jungen beweisen, dass er im Unrecht ist, und dann werde ich das Gleiche mit dir tun.«

Mir entgeht nicht, wie Carters Gesicht langsam rot wird, was dazu führt, dass ich ihn nur noch mehr beeindrucken will.

»Also gut, Junge. Los geht's«, rufe ich in Richtung Seitenlinie. Ich schnappe mir einen Ball von einem der Assistenten und rufe den Spielzug aus. Austin rennt die Seitenlinie entlang, während Colin ihm als Defensivspieler auf den Fersen ist.

Ich werfe den Ball mit etwas weniger Drall, als ich das normalerweise tun würde. Austin macht einen Hechtsprung nach vorn, doch der Ball segelt knapp an seinen Fingerspitzen vorbei.

»Ich wusste, dass du es nicht schaffen würdest!« Sein Kumpel steht an der Seitenlinie und lacht ihn aus.

Ich kann immer noch Carters Augen auf mir spüren, als ich zu den Schülern hinüberjogge.

»Du bist dran, Junge.«

Ich höre unseren Quarterback-Coach auf der Bank grummeln, doch ich ignoriere ihn. Colin und ich üben mit jedem Einzelnen das Werfen und Fangen von Bällen und zeigen ihnen die Spielzüge, die sie an uns kritisiert haben.

Das macht echt Spaß. Wir arrangieren ein schnelles Spiel mit einigen aus der Defense und binden alle mit ein. Ich spüre, wie Carters Augen mir folgen, während wir herumalbern. Doch er bleibt vehement an der Seitenlinie stehen und rührt sich nicht.

Ein wahrlich großartiger Trainingstag – in jeglicher Hinsicht.

CARTER

»ICH GLAUBE, ich habe dich noch nie so interessiert ein Training verfolgen sehen wie heute.« Dads Stimme, die plötzlich hinter mir ertönt, lässt mich zusammenzucken.

»Ich beobachte nur meine Schüler«, erwidere ich und drehe mich zu dem Mann um, dem ich wie aus dem Gesicht geschnitten bin.

»Das letzte Mal, als ich dich auf einem Footballfeld

gesehen habe, habe ich wahrscheinlich noch selbst gespielt.«

»*So* lange kann das doch noch gar nicht her sein«, stichele ich.

Da ich mit Football groß geworden bin, sollte man meinen, dass ich es gewohnt bin, auf dem Spielfeld zu stehen. Aber ein einzelner Vollidiot hat mir diese Sportart verdorben. Sogar meinen Vater zu unterstützen, ist mir wegen der Footballspieler immer schwerer gefallen.

»Ich bin mir ziemlich sicher, dass es damals war, als wir in den Play-offs verloren haben. Das allerletzte Spiel meiner Karriere.«

Ich versuche, mich daran zu erinnern. »Aber wenn das stimmt, wäre ich erst sieben Jahre alt gewesen. Danach war ich doch auch noch da.«

Mein Vater hebt verteidigend die Hände. »Ich urteile nicht über das Warum. Dein alter Herr sagt nur, dass er es schön findet, dich mal an seinem Arbeitsplatz zu sehen.«

Alex hat das Spiel in die Hand genommen und coacht nun meine Bande widerspenstiger Schüler. »Young macht da draußen mit den Kids eine gute Figur. Vielleicht bewirbt er sich in ein paar Jahren um deinen Job.«

Dad lacht. »Vorsicht, Junge. Du hörst dich schon an wie deine Mutter.«

»Inwiefern?«

»Diese Frau würde mich lieber heute als morgen in den Ruhestand schicken, wenn es nach ihr ginge.«

»Und warum arbeitest du dann immer noch? Ich hätte schreckliche Angst vor Mom.«

Dad klopft mir auf die Schulter. »Weil sie weiß, wie sehr ich es liebe. Sie würde schnell die Nase voll von mir haben, wenn ich ständig zu Hause wäre.«

Mein Blick wandert wieder zurück zu Alex. Er hat zwar

nur meine Hand geschüttelt, doch gefühlt hat er mein ganzes Gehirn durcheinander gewürfelt. Ich konnte seine braunen Augen auf meinen spüren, kaum dass wir uns berührt hatten. Die Art, wie ihm sein braunes Haar ins Gesicht gefallen ist? Er war sexy, ohne überhaupt aktiv etwas dafür tun zu müssen.

Diese verdammten Footballspieler.

Ich bin im Laufe der Jahre mit so einigen Jungs ausgegangen, aber es war nie *der Eine* dabei gewesen. Sie mochten den nerdigen Mathelehrer nicht, der nun mal meinen Charakter ausmacht.

Dieses Mal treffen sich die Blicke von Alex und mir. Ich weiß nicht, wie lange wir uns gegenseitig anstarren. Es könnte eine Sekunde sein, vielleicht auch eintausend Sekunden, doch auf einmal fühlt sich die Luft um mich herum wie aufgeladen an.

So als ob diesen Stromschlag bei unserer Berührung nicht nur ich gespürt hätte.

»Erde an Carter. Bist du noch da?«

Ich schüttle den Nebel aus meinem Kopf und breche den Blickkontakt zu dem Mann ab, der mir zwar vertraut scheint, den ich aber nicht wirklich kenne.

»Tut mir leid.«

»Ich habe gesagt, dass deine Mutter möchte, dass du mit ihr und Marley zur Grillparty des Teams kommst.«

Ich stöhne. »Ich dachte, ich hätte einen Freibrief, um nicht an solchen Veranstaltungen teilnehmen zu müssen.«

Meine Eltern kennen meine turbulente Vergangenheit mit Footballspielern, weshalb sie nie von mir verlangen, mich bei Teamveranstaltungen blicken zu lassen.

Dad lacht. »Marley will hingehen und möchte, dass du mitkommst. Außerdem haben wir so etwas noch nie gemacht, also wäre ein wenig familiäre Unterstützung wirklich schön.«

»Marley weiß in der Tat, wie sie mir das Leben schwer machen kann.«

»Ich bin mir sicher, dass sie das Gleiche über ihren kleinen Bruder sagen würde.«

Am anderen Ende des Spielfelds ertönt ein Pfiff und ein anderer Trainer kommt auf meinen Vater zu. »Bereit, die letzte Übungsrunde einzuleiten, Coach?«

Er nickt. »Trommel alle zusammen.« Dann wendet er seine Aufmerksamkeit noch einmal mir zu. »Wir sehen uns dann bei der Grillparty.«

»Alles klar, Dad. Danke, dass wir heute mit dabei sein durften.«

»Irgendeinen Vorteil muss dieser Job ja haben.« Er lächelt mich an, während sich die Schüler langsam an der Seitenlinie versammeln. Wir bleiben noch, bis das Training zu Ende ist, und die Kids sehen begeistert zu.

Und obwohl ich gern sagen würde, dass ich mich einfach nur für sie freue, scheine ich mich nicht gegen die Anziehungskraft, die die Nummer Achtzehn auf mich ausübt, wehren zu können.

Diese verdammten Footballspieler mit ihrem guten Aussehen.

Kapitel Vier

CARTER

»Warum musstest du mich nur zu dieser Grillparty mitschleppen? Ich habe noch einen ganzen Haufen Arbeiten zu korrigieren«, jammere ich, und zwar nicht zum ersten Mal.

»Lässt du deine Schüler jetzt schon Tests schreiben?«, fragt Marley und betritt die Räumlichkeiten des Teams.

»Hey, ihnen sollte eigentlich klar sein, dass sie ihre Handys während des Unterrichts nicht benutzen dürfen.«

»O Mann, was für eine Spaßbremse«, murmelt Marley vor sich hin. »Wenn ich es nicht besser wüsste, würde ich sagen, dass du das wegen der Veranstaltung heute Abend gemacht hast.«

Ich stöhne und reibe mir über den Nacken. Ich habe keine Ahnung, welcher neue Mitarbeiter dieses Auftakt-Grillfest hier organisiert hat, aber mir graut es schon jetzt davor.

Mit Zahlen kann ich deutlich besser umgehen als mit Menschen. Oder den Gefühlen, die plötzlich in mir ausgelöst wurden, als ich letzte Woche die Mannschaft getroffen habe. Nun, nicht die Mannschaft. Nur einen ganz besonderen Spieler. Einen gewissen braunhaarigen Quarterback, der mit seinem starken Bizeps sofort Bilder in meinem Kopf hat aufsteigen lassen, wie er mich mit seinen kräftigen Armen niederdrückt, während er in mich stößt.

Fuck. Genau solche Gedanken sind es, die ich überhaupt nicht gebrauchen kann.

»Verklag mich doch dafür, dass ich heute Abend keine Lust habe, mich mit einem Haufen Footballspielern zu vergnügen.«

»Gott, Carter, das ist jetzt fast zehn Jahre her. Wann wirst du endlich darüber hinwegkommen?«

»Warum konnte Dad nicht einfach Baseballtrainer werden? Mit diesen Spielern habe ich keine Probleme. Außerdem haben die knackige Ärsche«, erwidere ich und ignoriere ihre Bemerkung.

»Aber es sind trotzdem Spieler.«

Ich öffne die Tür und atme die frische Bergluft tief ein. Aber auch das hilft nicht dabei, meine Nerven zu beruhigen.

Denn wenn ich ganz ehrlich zu mir selbst bin, hasse ich die Reaktion, die ich auf diesen Quarterback hatte.

Ich bin ein echt schrecklicher Sohn, weil ich dem Team, das mein Vater trainiert, nicht wirklich Aufmerksamkeit schenke. Aber das würde niemand tun, der in seinen prägenden Jahren von einem Footballspieler gedemütigt wurde. Aber weil ich so einen wundervollen Vater habe, hat er das Thema nie forciert.

Und trotzdem habe ich das Team meinen Schülern wie auf dem Silbertablett serviert. Ich habe mich bewusst in die Höhle des Löwen begeben, nachdem ich mich so viele Jahre davon ferngehalten hatte.

Jahre, in denen ich mich vor jedem abgeschottet habe, der meine Bedürfnisse nicht perfekt erfüllt hat. Sicher, meine Schwester und meine Freunde haben mir deshalb manchmal ganz schön die Meinung gegeigt, aber es hat mir geholfen.

Doch ein einziger Nachmittag mit Alex Young und schon war ich bereit, Jahre des Fortschritts einfach wegzuwerfen. Und das alles nur wegen eines verdammten Lächelns.

Allerdings war es ein wirklich tolles Lächeln.

Eines, das kein Recht dazu hatte, solche Gefühle in mir auszulösen.

Die Gewissheit, dass ich ihn heute Abend wiedersehen würde, bringt meine Nerven ganz schön zum Flattern.

»Hallo, Kinder. Ich freue mich, euch beide hier zu sehen.« Dad lächelt uns an, als meine Schwester und ich übers Spielfeld gelaufen kommen.

Eine Reihe Foodtrucks säumt das Feld nahe den Parkplätzen, während für die Kinder unterschiedliche Spiele aufgebaut wurden. Dutzende von Menschen wuseln umher. Ich versuche, meinen Blick auf die Leute direkt vor mir zu konzentrieren. Aber meine verräterischen Augen schweifen immer wieder ab.

»Er kann Football schließlich nicht für immer aus dem Weg gehen«, meint Marley und sieht mich grimmig an.

»Würde mir aber absolut nichts ausmachen«, murre ich.

»Ich weiß, dass das hier nicht deine Welt ist, mein Sohn, deshalb bin ich umso glücklicher, dass du trotzdem gekommen bist.« Dad schenkt mir ein Lächeln, das ich sogleich erwidere. »Warum holst du dir nicht etwas zu trinken? Das wird dir helfen, dich ein wenig zu entspannen. Und du, Marley, kommst mit mir mit.«

Ich nicke meinem Vater zu und gehe zu einem Tisch voller Eimer mit Eis. Ich schnappe mir eine Cola, öffne sie und nehme einen großen Schluck.

»Hey! Ich hatte gehofft, dich hier zu sehen.«

Ich drehe mich auf dem Absatz um und begegne wieder diesem Lächeln.

»Oh, hey.«

Seine dunkelbraunen Augen sind hinter einer Sonnenbrille versteckt und sein Haar ist so dicht, dass ich am liebsten mit den Händen hindurchfahren würde.

Shit. Hör auf, so über ihn zu denken, Carter.

Er ist ein Footballspieler.

Er ist tabu.

»Wie läuft das Projekt mit deinen Schülern?«

»Schülern?«

»Die, mit denen du neulich unser Training besucht hast. Das sind doch deine, oder? Du hast sie nicht entführt und gegen ihren Willen beim Training einer Footballmannschaft zusehen lassen, oder?«

Ich schüttle den Kopf, in der Hoffnung, diesen dadurch wieder freizubekommen. »Oh, richtig, das Projekt. Das wird sich noch zeigen. Wir werden das ganze Semester über daran arbeiten, damit die Schüler sehen können, wie ihr euch in der regulären Season schlagt.«

»Wie bist du dazu gekommen, Mathe zu unterrichten?« Alex schnappt sich eine Dose Cola neben mir und nimmt ebenfalls einen großen Schluck. Ich zwinge mich, den Blick von ihm abzuwenden und nicht länger auf seinen auf und ab hüpfenden Adamsapfel zu starren. »Ich hab es ums Verrecken nicht hinbekommen, diese ganzen Aufgaben zu lösen.«

»Mathe ist mir schon immer leichtgefallen. Ich mochte die Komplexität der Aufgaben, weil ich mich damit von meinen eigenen Problemen ablenken konnte.«

»Klingt ja ziemlich düster.« Alex verlagert sein Gewicht und schiebt sich die Sonnenbrille auf den Kopf. Gott, er ist sogar noch attraktiver, als ich ihn in Erinnerung hatte.

Sommersprossen zieren sein Gesicht – zweifellos vom Aufenthalt in der Sonne während der Season.

»So ist es aber gar nicht gemeint. Ich konnte nur immer schon besser mit Zahlen umgehen als mit Menschen.«

»Meiner Meinung nach kannst du das mit beiden ziemlich gut.«

Das entlockt mir ein Lächeln. »Man muss in der Tat mit den Schülern gut umgehen können, sonst hören sie dir nicht zu.«

»Wenn ich mit meiner Offensive Line arbeite, habe ich auch manchmal das Gefühl, einen Haufen Teenager vor mir zu haben. Wenn sie sich einmal auf etwas einge-schossen haben und in Fahrt sind, ist es schwer, ihre Aufmerksamkeit zurückzugewinnen.«

»Auf mich macht es nicht den Eindruck, als müsste man sich besonders anstrengen, sich auf dich zu konzen-trieren.«

»Das ist nett von dir, so was zu sagen.«

»O Shit, habe ich das etwa laut gesagt?« Ich weiß nicht, was es mit diesem Mann auf sich hat, aber in seiner Gegenwart schmelze ich regelrecht dahin. Normalerweise bin ich entspannt, cool und gelassen.

Aber in der Nähe dieses Mannes?

Da fühle ich mich, als wäre ich ein Teenager, der zum ersten Mal mit seinem Schwarm flirtet.

»Ich kann so tun, als hättest du das nicht, wenn du dich dann besser fühlst.«

»Deshalb wollte ich heute Abend nicht herkommen. Ich scheine es immer wieder zu schaffen, mich selbst zu blamieren.« Ich zeige mit dem Daumen hinter mich Rich-tung Feld. »Ich werde jetzt einfach gehen.«

Alex schüttelt den Kopf und macht eine Bewegung, als ob er mich aufhalten will, doch er hält inne. »Das musst du nicht. Ehrlich gesagt ist es ziemlich erfrischend, mit jemandem wie dir zu reden.«

»Jemandem wie mir?«, frage ich und schaue ihn irritiert an.

»Jemandem, dem es egal ist, dass ich Footballspieler bin. Die meisten Leute, die ich treffe, wollen immer nur über die Spiele reden.«

Ich stoße ein Lachen aus. »Ich kann eindeutig sagen, dass es mir nicht egal ist, dass du Footballspieler bist.«

Alex verschränkt abwehrend die Arme vor seiner breiten Brust. »Und warum ist das so?«

»Dafür haben wir heute Abend zu wenig Zeit.«

Alex geht einen Schritt auf mich zu. Wenn ich wollte, könnte ich nach seinem Bizeps greifen und zudrücken. Seinem starken, muskelbepackten Bizeps.

Gott, wenn Footballspieler nur nicht so verdammt sexy wären.

»Meinst du, du könntest dir an einem anderen Abend etwas mehr Zeit nehmen?«

»Bittest du mich gerade um ein Date?«, platze ich heraus. Mal im Ernst, was ist nur mit meinem Sprachfilter passiert? Normalerweise verhalte ich mich gegenüber Männern nicht so. Aber ihm gegenüber anscheinend schon.

Alex sieht sich um, doch die anderen schenken uns keine Beachtung. Jeder ist in seine eigene Welt vertieft. »Wenn du es so nennen willst, von mir aus gern.«

Ich sehe ihn an. Sein Körper ist voll stählerner Muskeln, doch sein Gesicht hat etwas Weiches an sich. Etwas Einladendes.

Nicht falsch verstehen: Er hat eine so scharfe Kieferpartie, dass man damit wahrscheinlich Glas schneiden könnte. Nein, es sind seine Augen. Etwas in ihnen sagt mir, dass ich ihm vertrauen kann.

Und das lässt mich vorsichtig werden.

»Ich weiß nicht. Bei deinem Terminkalender dürfte es doch gar nicht so einfach sein, freie Zeit zu finden, oder?«

Alex lacht. »Das kannst du laut sagen. Football ist echt heftig, wenn man versucht, nebenbei auch noch ein Privatleben zu führen.«

»Willst du etwa mit meinem Bruder abhängen?« Marley hüpft vom Getränketisch aus zu uns rüber, während ihre blonden Locken auf und ab springen.

»Ich versuche, ihn zu überzeugen, aber ich glaube nicht, dass mir das besonders gut gelingt.«

Marleys Augen leuchten auf. Sie führt nichts Gutes im Schilde. Das spüre ich sofort. »Warum gehst du mit ihm nicht zu der Comic-Convention, die in ein paar Wochen stattfindet?«

»Was? Marley, nein.« Sollte dieser Typ mich bisher für cool gehalten haben, habe ich nun alle gesammelten Punkte diesbezüglich verloren.

»Gehst du etwa hin? Ich habe noch versucht, Karten zu bekommen, aber bis ich realisiert hatte, dass ich hingehen könnte, waren alle schon ausverkauft.«

»Du magst Comics?«, frage ich mit ungläubiger Stimme.

»Ich weiß, dass es nicht unbedingt das Coolste ist, aber mein Bruder und ich haben die als Kinder immer zusammen gelesen. Wir haben jeden einzelnen Dollar unseres Taschengeldes dafür ausgegeben.«

Er ist ein Footballspieler, Carter. Ein Footballspieler.

Wenn ich es mir oft genug einrede, wird es vielleicht irgendwann bis in meinen Verstand vordringen.

»Na das ist doch perfekt!«, meint Marley. »Ich wollte eigentlich mit ihm hingehen, aber wenn ich ehrlich bin, hab ich gar keine Lust drauf.«

»Was? Seit wann denn das bitte?«, frage ich und drehe mich zu ihr um.

»Tut mir leid, Carter.« Ich merke, dass sie ein Lächeln unterdrückt. »Ich habe nicht so viel Spaß dabei, wie du denkst.«

»Ich meine, wenn dir meine Gesellschaft nichts ausmacht, würde ich da echt gern mit dir hingehen.« Der schüchterne Blick, den Alex mir zuwirft, lässt mich fast dahinschmelzen.

»Klar.«

»Wow, zügle deine Begeisterung mal ein bisschen, Carter.«

»Marley, könntest du bitte *nicht* hier sein?«, jammere ich und schiebe sie weg.

Ich liebe meine Schwester – das tue ich wirklich –, aber manchmal hasse ich es, dass sie mich so gut kennt.

»Du musst nicht, wenn du nicht willst. Ich will mich nicht aufdrängen.«

»Nein, ist schon in Ordnung. Meine Schwester kann einem manchmal nur den letzten Nerv rauben.«

Alex nickt. »Ich habe einen älteren Bruder und kann das deshalb sehr gut nachvollziehen.«

»Drängt er dich auch dazu, Dinge zu tun, die du nicht tun willst?«

»Ständig.« Er lacht, und dieses Lachen klingt so sanft, dass es sich tief in meinem Inneren anfühlt wie warme Karamellsauce, die eine Kugel Eis hinabläuft.

»Am besten stellen wir die beiden niemals einander vor. Sie wären ein Albtraum zusammen.«

»Wir lernen bereits die Familien kennen? Wow, das geht um einiges schneller, als ich dachte.«

»Ich grabe mir nur schnell ein Loch, in dem ich versinken kann. War schön, dich kennengelernt zu haben, Alex.«

»Entspann dich, es ist alles in Ordnung.« Alex sieht aus, als wolle er seine Hand nach mir ausstrecken, doch stattdessen schiebt er sie in die Hosentasche. Was würde ich nicht dafür geben, diese Hände auf meinem Körper zu spüren. »Also, da wir von deiner Schwester unterbrochen wurden und die Convention erst in ein paar Wochen stattfindet, zurück zum Thema ›miteinander abhängen‹. Hättest du mal Lust dazu?«

Und da ist es wieder: dieses Lächeln.

Gott steh mir bei.

»Sehr gern sogar.«

Kapitel Fünf

ALEX

»Als du von ›miteinander abhängen‹ gesprochen hast, war das hier nicht unbedingt, was ich im Sinn hatte.«

Ich lächle den nervösen Mann auf dem Fahrrad neben mir an. »Als ich dich gefragt habe, ob es dir egal ist, was wir machen, hast du Ja gesagt.«

»Und wenn ich zugebe, dass ich das nur getan habe, damit du mich für cooler hältst, als ich wirklich bin?«, fragt Carter, während er den Gurt an seinem Helm zurechtzieht.

»Wir haben doch bereits geklärt, dass wir zusammen zu einer Comic-Convention gehen. Ich glaube nicht, dass irgendjemand von uns beiden auf der Coolness-Skala ganz oben steht.«

Carter verdreht die Augen. »Du bist der Quarterback eines NFL-Teams. Ich bin mir ziemlich sicher, dass das eine Art Freifahrtschein dafür ist, alles zu tun, was du willst.«

Ich weiß nicht, was es mit diesem Mann auf sich hat,

aber für ihn bin ich bereit, jede verdammte Regel zu brechen, die ich für mich aufgestellt habe.

Na ja, fast jede Regel.

Und ich habe ihn erst letzte Woche kennengelernt.

Deshalb habe ich vorgeschlagen, in den State Park außerhalb von Denver zu gehen. Er versprüht zwar nicht den gleichen Reiz wie der Nationalpark in den Rocky Mountains, aber ich liebe ihn trotzdem.

Die Natur strömt so eine wunderbare Ruhe aus. Und die Wahrscheinlichkeit, dass man erkannt wird, ist um einiges geringer, weil sich die Leute mehr auf die Landschaft konzentrieren als darauf, ob der Quarterback des heimischen Teams gerade durch die Gegend radelt.

»Kann es losgehen?«

»Du wirst hieraus aber keinen Wettbewerb machen, oder?«, fragt Carter und sieht mich skeptisch an.

»Wenn ich mit den Jungs hier wäre, dann wahrscheinlich schon. Aber ich mache das heute ja nicht als Training.«

»Ach, wirklich nicht? Du hast also schon deine drei Trainingseinheiten pro Tag hinter dir?«

»Autsch. Du nimmst aber auch kein Blatt vor den Mund.«

Er sieht mich kleinlaut an. »Tut mir leid. Das liegt an … unschönen Erlebnissen in der Vergangenheit. Ich sollte meine Wut darüber nicht an dir auslassen.«

»Möchtest du von diesen unschönen Erlebnissen erzählen?«

Carter schüttelt den Kopf und sieht mich mit seinen blauen Augen groß an. Mit solch dichtem Haar könnte er auch glatt als Model durchgehen. So eins, das schüchtern in die Kamera blickt und sogar einem Pinguin Eis verkaufen könnte.

»Nicht beim ersten Date.«

»Dann ist das hier also doch ein Date?« Ich versuche, mein Lächeln zu verbergen, aber es gelingt mir nicht. »Ich dachte, wir hängen nur miteinander ab.«

Er stößt einen langen, leidenden Seufzer aus. »Ja, wir hängen nur miteinander ab. Also, kann es jetzt losgehen?«

»Nach dir.«

Carter tritt in die Pedale und fährt den Weg in gemäßigtem Tempo entlang. Der Weg, den ich gewählt habe, ist weiter außerhalb und etwas abgelegener. Er ist keineswegs anspruchsvoller, aber weil man kurvenreiche Straßen fahren muss, um hierherzukommen, wählen die meisten Leute die etwas einfacheren Wege.

Dieser Weg ermöglicht mir allerdings die Privatsphäre, die ich brauche, wenn ich unterwegs bin. Es ist Carter gegenüber nicht fair, aber seit wir uns zum ersten Mal begegnet sind, spüre ich eine gewisse Anziehungskraft ihm gegenüber. Und das ist die einzige Möglichkeit, diesem Gefühl auf den Grund zu gehen. In einer Umgebung, in der ich mich sicher fühle.

Wenn sich die Dinge weiterentwickeln − *falls* sie sich weiterentwickeln −, können wir vielleicht darüber reden, warum ich mich nicht oute.

Aber jetzt genieße ich erst einmal die Aussicht. Anstatt die Berge und die weitläufigen Wiesen um uns herum zu betrachten, beobachte ich jedoch den Mann vor mir.

Ich bemerke, wie sich Carters Arme unter seinem weißen T-Shirt auf eine Art und Weise anspannen, dass ich wünschte, wir würden gerade etwas anderes tun.

Der Weg schlängelt sich durch den Park, der auf beiden Seiten von Schatten spendenden Bäumen gesäumt wird. Vor uns liegt ein mir vertrauter Ort, einer meiner Lieblingsplätze. »Magst du da vorn anhalten?«, rufe ich Carter zu.

Als er den Kopf zu mir herumdreht, übersieht er die

Unebenheit auf dem Weg, woraufhin sein Rad auf dem steinigen Untergrund ins Schlingern gerät und er das kurze Gefälle hinunterrutscht.

»Shit! Alles okay bei dir?« Ich springe von meinem Fahrrad und laufe zu der Stelle, wo Carter gestürzt ist.

»Fuck. Das hat echt wehgetan.« Carter hält sich das Schienbein, auf dem eine hässliche Wunde zu sehen ist.

»Wie hast du das überhaupt geschafft?« Ich lasse meinen Rucksack auf den Boden fallen und suche nach dem Erste-Hilfe-Set, das ich immer bei mir habe.

»Ich bin kein Sport-, sondern Mathelehrer. Das hier ist nicht mein Terrain.«

»Ich schätze, ich muss dich an Orte mitnehmen, an denen du dich nicht so leicht verletzen kannst.«

Carter schenkt mir ein kleines Lächeln. »Das würde mir absolut nichts ausmachen. Ich bin sowieso eher ein Stubenhocker.«

Ich gebe ihm ein Alkoholtuch und ein Pflaster und schaue dabei zu, wie er sich selbst versorgt.

»Willst du die Aussicht noch sehen, für die ich dich habe stürzen lassen?«

Carter streckt mir seine Hand entgegen und ich helfe ihm beim Aufstehen. Er ist nur wenige Zentimeter von mir entfernt, während seine Hand immer noch in meiner liegt.

Mir entgeht nicht, wie sich seine Augen bei dieser Berührung weiten. Gott sei Dank scheint er das Gleiche zu fühlen, denn wenn das hier nicht auf Gegenseitigkeit beruhen würde, würde ich mit meinem Fahrrad vielleicht selbst noch einen Unfall bauen.

»Ich hoffe stark, dass sie es wert ist.«

Ich lasse seine Hand los und hebe sein Fahrrad auf, um es kurz zu begutachten und sicherzustellen, dass es fahrtauglich ist. »Wollen wir vielleicht lieber laufen?«

»Diesmal solltest du aber wohl besser vorgehen.«

Wir legen den kurzen Weg zu Fuß zurück und schieben unsere Räder neben uns her. Als wir an der kleinen Lichtung ankommen, lehne ich mein Fahrrad gegen einen Baum und führe Carter zu dem versteckten Ort.

»Du lockst mich aber nicht irgendwohin, um mich dann umzubringen, oder?«

Ich lache laut auf. »Vertrau mir, ich werde dich nicht umbringen.«

»Na, ich weiß ja nicht so recht.«

Carter streift mich im Vorbeigehen leicht, und sein frischer Duft überwältigt meine Sinne auf eine wundervolle Art und Weise. Am liebsten würde ich ihn mir jetzt einfach schnappen und küssen. Aber man weiß ja nie, wer in der Nähe ist. Wir haben diese Sache gerade erst begonnen, also werde ich den Erwachsenen spielen und mich zurückhalten.

»Heilige Scheiße.« Als Carter es durch die kleine Lichtung geschafft hat, wird er mit einem meiner Lieblingsausblicke belohnt. »Ich kann verstehen, warum dir das so gefällt.«

Hinter dem von Bäumen gesäumten Weg befindet sich ein Dickicht, das zu einem herrlichen Blick auf die Berge führt. Man würde nie ahnen, wie nah wir an Denver dran sind, da die Stadt nicht zu sehen ist.

»Ich bin zufällig darauf gestoßen, als ich zum ersten Mal in dieser Gegend unterwegs war. Ich komme immer hierher, wenn ich mal etwas Ruhe brauche.«

Carter sieht mich an, und ein Gefühl setzt sich in meinem Inneren fest: Ich will mehr von ihm. Aber ist mehr fair?

»Wie hast du diesen Ort gefunden?« Er humpelt zu einem umgestürzten Baum und lässt sich darauf nieder.

Ich folge ihm und setze mich neben ihn. Unsere Oberschenkel berühren sich und es fällt mir schwer, mich auf die Aussicht vor mir zu konzentrieren. »Vielleicht ist mir etwas ganz Ähnliches passiert wie dir.«

»Oh, ich verstehe. Du machst dich über mich lustig, weil ich gestürzt bin, obwohl dir genau das Gleiche passiert ist.« In seiner Stimme schwingt eine Unbeschwertheit mit, die vorher noch nicht da war.

»Sollte man sich bei einem Date nicht cooler geben, als man eigentlich ist?«

»Ich dachte, wir hängen nur zusammen ab?« Er lächelt und ein Grübchen kommt zum Vorschein. Am liebsten würde ich mich vorbeugen und davon kosten.

»Wenn du willst, dass das ein Date ist, dann ist es ein Date.«

Carter stupst mich mit der Schulter an und wendet sich wieder der Aussicht zu. Das ist einer meiner Lieblingsplätze. Die Berge und die weite Landschaft lassen mich und meine Probleme ganz klein erscheinen.

»Gut zu wissen, dass ich nicht der einzige Uncoole hier bin.«

»Okay, du wolltest nicht, dass ich einen Wettbewerb hieraus mache, aber ich habe das Gefühl, dass du mich jetzt förmlich dazu anstachelst.«

Carter schüttelt den Kopf. »O nein. Ich werde mich hüten, einen Sportler herauszufordern. Das würde ich nie tun.«

»Willst du mir immer noch nicht erzählen, was passiert ist?«

»Nicht jetzt.«

»Weißt du«, ich stütze meinen Ellbogen auf mein Knie und lasse mein Kinn in meine Hand sinken, »wenn du mein Lehrer wärst, glaube ich nicht, dass ich mich konzentrieren könnte.«

Sein Gesicht wird rot. »O mein Gott. Bitte hör auf. Du bringst mich in Verlegenheit.«

»Ich meine es ernst. Wärst du mein Lehrer, wäre ich wahrscheinlich ziemlich verknallt in dich.«

»Gott sei Dank bin ich das nicht, denn das wäre höchst unangemessen.«

Ich lache. »Okay, jetzt wird es seltsam.«

»Hey, du hast angefangen.«

Wir müssen lachen. Wie wir hier beide zusammensitzen, fühlt es sich an, als wären wir in einer anderen Welt. Ich kann mich nicht erinnern, wann sich das letzte Mal etwas so einfach angefühlt hat.

Nichts in meinem Leben ist einfach. Jeder Schritt, den ich mache, ist sorgfältig geplant, um mich und mein Geheimnis zu schützen. Ich mache das schon so lange, dass ich es in der Zwischenzeit gar nicht mehr anders kenne.

Hier zusammen mit Carter zu sein, obwohl ich ihn gerade erst kennengelernt habe, gewährt mir einen kurzen Einblick in ein Leben, wie es sein könnte. Wenn ich mich outen würde.

So toll das auch klingen mag, lässt es gleichzeitig die Angst durch meine Adern pulsieren. Denn so gern ich mich outen würde, weiß ich nicht, ob ich das jemals tun werde. Zumindest nicht, solange ich noch spiele.

Ich habe so viele berufliche Ziele, die ich erreichen will, und es wäre nicht fair, wenn jemand sein Privatleben wegen einer Beziehung mit mir geheim halten müsste.

Aber Carter ist einfach unwiderstehlich. Wenn er mich so ansieht und wenn wir so miteinander lachen, will ich einfach mehr.

Und mehr wird mich in große Schwierigkeiten bringen.

Kapitel Sechs

ALEX

»Warum müssen wir unsere Ärsche eigentlich immer wieder in diese Provinz schleppen?«, beklagt sich Logan, während ich bei Colin klingle. »Was ist aus der coolen Bar geworden, in der wir mal waren?«

Ich lache. Mir gefällt es zwar in der Bar, die wir damals für uns entdeckt haben, aber es ist auch mal schön, sich an einem Ort zu treffen, zu dem ich von meinem Zuhause aus laufen kann. »Waffles will wohl irgendwie nicht allein gelassen werden.«

»Ganz genau«, bestätigt Colin, als er die Tür öffnet. »Waffles ist traurig, dass Peyton nicht hier ist, und braucht etwas Gesellschaft.«

Als ich auf besagten Hund hinunterblicke, sehe ich, wie er hechelnd die Zunge aus dem Maul hängen lässt und aufgeregt mit der Rute hin und her wedelt. »So sieht Waffles aus, wenn er traurig ist?«

Colin verdreht die Augen, als wir an ihm vorbei in sein Wohnzimmer gehen. Da ich schon ein paar Mal hier war, gehe ich direkt in die Küche und hole ein paar Flaschen Bier. Ich liebe das offene Konzept seines Hauses und dass, egal wo man sich gerade befindet, alle immer beieinander sind.

»Also gut. Waffles ist nicht traurig. Ich vermisse Peyton und wollte lieber mit Waffles zu Hause bleiben, anstatt in eine Bar zu gehen. Zufrieden?«

Ich kann mir das Grinsen, das sich auf meinem Gesicht ausbreitet, nicht verkneifen. Kaum zu glauben, dass dieser Typ mal der größte Frauenheld unseres Teams war. Und jetzt ist er so auf Peyton fixiert, dass ich ihn kaum wiedererkenne.

»Wer hätte gedacht, dass du dich mal zu so einer Weichflöte entwickeln würdest?«, fragt Logan und klopft ihm auf die Schulter.

»Hey, pass auf meine Arme auf. Die werden dieses Jahr eine Menge Touchdowns fangen.«

»Wer sagt, dass *du* derjenige sein wirst, dem die Bälle zugeworfen werden? Unser Mathegenie zumindest nicht.«

»Oh, bitte. *Ich* bin es doch, der dich gut aussehen lässt, Young.« Colin verpasst mir einen spielerischen Schubs, während wir uns auf den Weg nach draußen machen.

»Ich weiß nicht so recht. Vielleicht muss ich die Fähigkeiten unserer Tight Ends mal unter die Lupe nehmen.«

»Hey, vergiss die Runningbacks nicht. Meine Werte sind immer noch super«, mischt sich Logan ein.

»Nee! Wir verbessern dieses Jahr die Werte der Receiver, stimmt's, Young? Wir müssen diesen Statistikkids beweisen, dass sie falschliegen.«

Schon die kleinste Erwähnung der Statistikklasse, die uns beim Training besucht hat, lässt meine Gedanken zu Carter abschweifen. Zum ersten Mal seit langer Zeit ist es jemandem gelungen, meine Aufmerksamkeit von Football abzulenken.

Es ist nicht so, dass ich mich nicht mehr aufs Spiel konzentrieren würde. Aber wenn ich sehe, wie meine

Freunde langsam sesshaft werden und wie zu Hause Menschen auf sie warten, die sie lieben, wirft das ein grelles Licht auf das, was ich nicht habe.

Ich nippe an meinem Bier und folge den Jungs nach draußen, während ich versuche, diese tristen Gedanken zu verdrängen. Die Rocky Mountains begrüßen mich in all ihrer Pracht. Wenn ich nicht selbst ein Haus mit Blick auf die Berge hätte, wäre ich neidisch auf Colin. Denn das ist eines der Dinge, die ich am Leben in Denver am meisten liebe: Der Ausblick ist einfach unschlagbar.

Als wir uns hinsetzen, bemerke ich, dass am Dach der Terrasse Lichterketten angebracht sind – zweifellos eine Idee von Peyton.

»Wo sind denn die anderen zwei Faulpelze?«, fragt Logan und legt seine Füße auf den Tisch.

»Knox musste noch ein paar Wiederholungen machen. Hat wohl wieder Frankie verärgert.«

»Puh. Knox handelt sich momentan sogar mehr Ärger ein als du, Colin«, meint Logan und nimmt einen Schluck von seinem Bier.

»›Als du dir früher eingehandelt hast‹. Vergangenheitsform. Diese Zeiten sind vorbei.«

»Euch Jungs irgendwie unter Kontrolle zu halten, ist wahrlich ein Vollzeitjob«, sage ich lachend, als plötzlich die Hintertür aufschwingt. Ein müde aussehender Jackson kommt herein und hält eine Babytrage in der Hand.

»Nicht alle von uns benehmen sich wie Vollidioten«, meint er und stellt Noah neben sich ab. Waffles saust auf die Neuankömmlinge zu, um sie zu inspizieren.

»Du hast Noah mitgebracht?« Colin springt von seinem Stuhl auf und schnappt sich den aufgeregten Hund.

»Tenley geht mit ihren Schwestern aus und ich wollte

ihn nicht bei einem Babysitter lassen, also habe ich ihn mitgebracht.«

Keiner von uns hat Noah bisher live gesehen. Die wenigen Male, als Jackson ihn mitbringen wollte, hat es dann doch aus dem einen oder anderen Grund nicht geklappt.

»Können wir ihn mal halten?«, fragt Logan und wirft einen Blick über Jacksons Schulter auf das schlafende Bündel. Selbst mit seinem zerknautschten Gesicht ist er Jackson wie aus dem Gesicht geschnitten.

»Wenn ihr ihn nicht fallen lasst.« Jackson schiebt den Tragegriff zurück und schnallt Noah ab.

»Ich habe ruhige Hände.«

»Hast du deshalb diese Woche im Training drei Ballübergaben versemmelt?«, fragt Colin.

»Ich habe sie nicht versemmelt. Die wurden mir nur einfach schlecht übergeben!«, schreit Logan über den Tisch.

»Seid mal ein bisschen leiser. Ich will nicht, dass er wegen euch Idioten noch aufwacht.« Jackson drückt Noah zärtlich an seine Brust.

»Also soweit ich mich erinnere, waren das keine schlechten Übergaben.« Ich schaue Logan über mein Bier hinweg an.

»Ich gebe ja nicht dir die Schuld.«

»Und wessen Schuld war es dann, dass du den Ball verloren hast?«

Logan und ich haben an ein paar neuen Spielzügen gearbeitet. Und nach den Hunderten von Malen, in denen wir sie geübt haben, haben wir sie im Grunde perfektioniert. Drei verlorene Bälle sind da insgesamt betrachtet gar nichts.

»Ihr seid echt scheiße, wisst ihr das?«, schimpft Logan und schlendert zurück ins Haus.

»Er lässt sich einfach immer so wunderbar ärgern.« Colin lacht. »Jetzt lass mich aber mal den kleinen Mann sehen.«

Colin stellt sein Getränk ab und streckt seine Arme aus, als Jackson ihm Noah übergibt. »Pass auf seinen Kopf auf.«

»Danke für den Hinweis, Arschloch. Ich weiß, wie man ein Baby hält.«

»Das ist kostbare Fracht. Deshalb sage ich es dir noch einmal: Pass auf seinen Kopf auf.« Jackson und Colin schauen sich grimmig an.

»Entspann dich. Der macht das schon«, meint Logan, der gerade wieder nach draußen kommt und Knox im Schlepptau hat.

»Seht mal, wer da endlich aus dem Knast entlassen wurde.«

Knox lässt seinen Nacken knacken, als er sich mit an den Tisch setzt. »Ich kann einfach nichts richtig machen. Scheiß doch drauf, dass ich letztes Jahr in der Liga die meisten Sacks ausgeführt habe. Frankie hält mich für einen Anfänger, der noch nie in seinem Leben Football gespielt hat.«

»Vielleicht wären ihre Reaktionen nicht so extrem, wenn du ihr nicht ständig widersprechen würdest«, gebe ich zu bedenken.

»Du bist ja genauso schlimm wie dieser verdammte Hollins«, meint Knox und nimmt einen Schluck von seinem Bier.

»Was hat dieser Idiot denn jetzt schon wieder zu sagen?«, grummelt Colin.

Knox entsperrt sein Handy, tippt ein paar Mal auf dem Display herum und dreht es dann in unsere Richtung.

. . .

VGSSTARHOLLINS22: *Ein Sturm kommt auf Denver zu … Eine neue Season und eine neue Chance, diese kleinen Mountain Lions zu zerlegen! Auf keinen Fall werde ich rausgeschmissen und die Chance verpassen, ihnen ihre lahmen Ärsche zu versohlen …*

»WIE UM ALLES in der Welt kann die Liga nur so einen Scheiß durchgehen lassen?« Es steht Colin ins Gesicht geschrieben, wie angepisst er ist.

»Weil es die Rivalität anheizt«, erwidere ich und kippe kopfschüttelnd die Hälfte meines Biers hinunter. »Und Vegas wird auch nichts dagegen unternehmen. Deren Fans lieben so einen Scheiß.«

»Ich wünschte, ich könnte gleichzeitig mit ihm auf dem Spielfeld stehen und ihn mal so richtig in die Mangel nehmen«, meint Knox und lässt seine Fingerknöchel knacken. In der Haut von demjenigen, den Knox zum Ziel eines Angriffs auserkoren hat, würde ich definitiv auch nicht stecken wollen.

»Du? Der Wichser macht das ganze Spiel über nichts anderes, als Scheiße zu labern. Eigentlich bräuchte ich Ohrstöpsel, damit ich mir das nicht ständig anhören muss«, meckert Colin.

»Es wäre wirklich ein großartiger Start in die Season, sie verlieren zu sehen«, meine ich.

Doch Colin hat seine Aufmerksamkeit bereits wieder auf das kleine Bündel in seinen Armen gelenkt. Er scheint vollkommen entzückt von Noah zu sein.

»Habe ich irgendein Memo verpasst, dass jetzt auch Babys bei uns erlaubt sind?« Knox blickt zu Noah hinüber und scheint noch nicht recht zu wissen, was er von dem Kleinen halten soll.

»Es gab nur die zwei Möglichkeiten, dass ich ihn

entweder mitbringe oder diesen Abend heute verpasse. Und das kam absolut nicht infrage«, erklärt Jackson.

»Außerdem müssen wir ja auch die Zukunft der Mountain Lions sicherstellen«, meint Logan und lacht.

»Ich bin einfach nur glücklich, wenn *er* glücklich ist.«

»Du hörst dich wirklich schon an wie ein Vater«, sagt Knox und schüttelt den Kopf.

»Es ist aber wahr. Du willst einfach nur, dass deine Kinder glücklich werden«, stimmt Colin zu.

»Deine Kinder? Gibt es da etwas zwischen dir und Peyton, von dem wir noch nichts wissen?«, frage ich Colin mit hochgezogener Augenbraue.

»Ich meinte Waffles.« Logan will gerade etwas einwerfen, doch Colin kommt ihm zuvor. »Und sag jetzt nicht, er sei nicht mein Kind. Hunde gehören genauso zur Familie dazu.«

»Wann sind wir eigentlich zu einem Haufen Vollidioten verkommen?«, fragt Knox und sieht jeden von uns nacheinander an.

»Pass bloß auf, dass du nicht auch zu einem Vollidioten wirst, wenn du mal jemanden findest, Knox«, meint Jackson und zeigt mit seiner Bierflasche in seine Richtung.

Mir entgeht nicht, wie Knox' Augen kurz aufleuchten.

»Vielleicht ist er dann nicht mehr so launisch«, überlege ich.

»Dich sehe ich aber auch nicht gerade viele Frauen abschleppen.«

Das bringt mich zum Schweigen. Ich nehme einen Schluck von meinem Bier, um meine plötzlich viel zu heiße Haut abzukühlen. »Ich muss mich auf Football konzentrieren.«

»Das müssen wir alle«, meint Knox in seiner ach so freundlichen Art.

»Vielleicht hat Peyton ja eine Idee, oder wir könnten

Darlene bitten, euch zu verkuppeln.« Colin verlagert Noah in seinen Armen, als dieser langsam anfängt, unruhig zu werden.

»Meine Oma wird niemanden mit irgendjemandem verkuppeln.«

»Ooooh, hast du etwa Angst, dass sie niemanden für dich finden wird?«, stichelt Colin gegen Knox.

»Sie liegt mir schon die ganze Zeit in den Ohren, dass ich endlich sesshaft werden und ihr Enkelkinder schenken soll.« Knox schüttelt den Kopf.

»Vielleicht kann Jackson sie ja mit mir zusammen besuchen und Noah mitbringen, damit sie dich mal ein wenig in Ruhe lässt.«

Die Jungs vertiefen sich in eine Unterhaltung über Darlene und darüber, wie sicher es für den kleinen Noah während einer Runde Bingo wäre. Ich bin froh, dass das Gespräch von mir und meinen nicht vorhandenen Frauengeschichten abgekommen ist und atme erleichtert auf.

In den letzten Jahren ist es mir erfolgreich gelungen, alle Fragen zum Status meiner Beziehung abzublocken. Oder dem Fehlen selbiger. Wenn man so voller Tatendrang ist wie ich, ist es einfach, solche Gespräche auf ein anderes Thema zu lenken. Football ist das Einzige, worauf ich mich konzentriere, und niemand kann mir daraus einen Vorwurf machen.

Aber jetzt, wo Carter ins Spiel gekommen ist, wird das schwieriger werden. Ich wünschte, ich könnte mich diesen Jungs anvertrauen. Aber all die Jahre, die ich in Umkleideräumen verbracht habe und in denen mit Worten wie ›Schwuchtel‹ oder ›Das ist so schwul‹ um sich geworfen wurde, lassen mich schweigen. Jedes Mal, wenn ich gehört habe, dass eines dieser Worte als Beleidigung benutzt wurde, hat das der Mauer, die ich um mich herum errichtet habe, einen Stein hinzugefügt.

Ich liebe, was ich tue. Football ist die beste Sportart, die es gibt. Und ich will nicht, dass meine Sexualität daran irgendetwas ändert. Ich will weiterhin hart arbeiten und hoffentlich irgendwann einen Pokal gewinnen. Vielleicht kann ich mich dann outen. Wenn ich mich in der Liga bewährt habe.

Jedes Jahr kommen wir diesem Ziel ein Stückchen näher, konnten es aber noch nie erreichen. Wer weiß, wie lange das noch dauern wird?

Noahs Weinen reißt mich aus meinen Gedanken.

»Was hast du denn gemacht?«, fragt Jackson und seufzt.

»Ich habe gar nichts gemacht. Er hat einfach angefangen zu weinen!«, schreit Colin.

»Wenn du schreist, wird ihn das auch nicht gerade beruhigen«, meint Jackson und nimmt Noah wieder in seine Arme.

»Das ist der Grund, warum wir Kinder nicht zu solchen Veranstaltungen mitbringen«, murmelt Knox.

»Alter. Das ist Tradition. Es bringt Unglück, mit der Tradition zu brechen.« Colin sieht ihn böse an. »Es ist nicht meine Schuld, dass er angefangen hat zu weinen.«

Jackson wiegt das weinende Baby in seinen Armen, das sofort ruhiger wird, und deutet auf sein Kind. »Siehst du, Colin? Von wegen nicht deine Schuld.«

»Okay, bevor das zwischen euch beiden jetzt zu einem Streit ausartet«, schneide ich Colin das Wort ab, der gerade etwas sagen wollte, »denke ich, dass es Zeit für unseren traditionellen Toast ist.«

Das lässt jeden verstummen. Wir halten unsere Getränke nach vorn.

»Ich weiß, letztes Jahr ist es nicht so gelaufen, wie wir uns das vorgestellt haben ...«

»Scheiß Vegas«, grummelt Colin. »Ich hasse diesen Hollins.«

»Aber dieses Jahr können wir es weit bringen. Das weiß ich. Wir haben das beste Team, das wir seit Langem hatten. Ich weiß, dass wir an der Schwelle zu etwas Großartigem stehen.«

Die Luft um mich herum steht still, als ob sie darauf warten würde, was ich als Nächstes sage. Jeder Einzelne von uns ist Feuer und Flamme. Nach der bitteren Niederlage in der ersten Runde der Play-offs sind wir alle bereit für diese Season.

»Es wird nicht einfach werden. Aber solange wir zusammenhalten, können wir es weit bringen.«

Ich hebe mein Bier und alle tun es mir gleich. »Auf einige der besten Männer, die ich kenne. Es gibt niemanden, mit dem ich dieses Spiel lieber bestreiten würde. Auf die Mountain Lions!«

»Auf die Mountain Lions!«

Kapitel Sieben

ALEX

»**D**as erste Spiel der Season. Seid ihr bereit, Jungs?« Knox schlägt uns allen auf die Schulterpolster, während er durch die Umkleidekabine läuft. Die Trainer sind in einer Ecke versammelt und besprechen noch einmal die Strategie. Die grauen Wände der Umkleide sind kahl und die Metallspinde wirken nicht gerade einladend.

Es ist nie einfach, als Auswärtsteam in die Season zu starten. Aber ich weiß, dass wir bereit dafür sind.

»Verdammte Scheiße, ja!«, schreit Colin. »Wir wissen, wie Kansas City tickt.«

Was noch besser ist: Wir starten mit einem Divisionsspiel. Das ist die Art von Spiel, die ich am meisten liebe.

»Okay, wollen wir es nicht verschreien.« Ich klopfe dreimal auf den Spind hinter mir.

»Ich weiß ja nicht, wie es bei dir aussieht, Young, aber die Defense hat das Training so richtig gerockt, wir verschreien hier also gar nichts. Wir sind bereit!« Als Kapitän der Defense hat Knox mit den jüngeren Spielern des Teams gearbeitet, um sie so richtig auf Vordermann zu bringen. Da einige Spieler getradet wurden, hatten sie das auch dringend nötig, um sich schnellstmöglich mit den Spielzügen unseres Teams vertraut zu machen.

»Hey, die Offense ist ebenfalls bestens vorbereitet, wir werden euch also nicht enttäuschen. Fields?« Ich wende meinen Blick zu Jackson.

»Die Special Teams sind auch bereit. Hast du gesehen, wie ich beim Aufwärmen dieses Sechzig-Yard-Field-Goal geschossen habe?« Er reibt sich die Hände. »Das hier wird ein Kinderspiel werden.«

»Ein Kinderspiel, hm?«, ertönt die Stimme des Trainers aus der Ecke.

Sofort richten alle ihre Aufmerksamkeit auf den Coach.

»Ich freue mich, dass ihr euch so bereit fühlt, aber das heute wird eine schwere Prüfung werden. Kansas City hat einen talentierten jungen Quarterback, über den die ganze Stadt spricht.«

»Ach! Niemand kann unseren Mann schlagen«, ruft Williams.

Ich lächle über das Vertrauen, das er in mich hat.

Der Junge ist gut.

Aber ich bin besser.

»Unser Team ist kampferprobt. Das ist der Beginn einer sicherlich großartigen Season. Wir haben sowohl neue Spieler in der Offense als auch in der Defense. Wir sind in Topform. Wenn ihr da rausgeht und so spielt wie im Training, wird es ein guter Tag für uns werden.«

Er nickt Knox zu, der das Wort für die Kapitänsrede ergreift.

»Ihr habt den Trainer gehört! Lasst uns da rausgehen und denen zeigen, woraus wir gemacht sind!« Die Luft ist wie elektrisiert. Alle sind heiß darauf, endlich aufs Spielfeld zu gehen und das erste Spiel der Season zu bestreiten. »Familie auf drei. Eins, zwei, drei …«

»Familie!«, schreien alle im Chor.

Jubel und Gebrüll hallen durch die kleine Umkleidekabine, die wohl extra so designt wurde, um gegnerische Mannschaften einzuschüchtern. Das spornt uns allerdings nur noch mehr an. Die Jungs springen aufgeregt herum, während wir uns auf den Weg zum Tunnel machen.

Als wir angekündigt werden und hinausrennen, werden wir von so lauten Buhrufen empfangen, dass einem förmlich die Ohren klingeln. Kansas City ist eine der schlimmsten Städte, wenn es darum geht, als gegnerisches Team zu spielen. Die Fans hier sind brutal. Und uns gegenüber werden sie sich noch mal schlimmer verhalten, weil wir ein Divisionsrivale sind.

Umso genugtuender wird es dann werden, wenn wir siegen.

Ich stehe an der Seitenlinie und wärme mich mit meinem Ersatz-Quarterback auf, während die Rituale vor dem Spiel beginnen. Ich blende die Geräusche um mich herum komplett aus, als die gegnerische Mannschaft angekündigt wird. Ich konzentriere mich lediglich auf das, was wir heute hier erreichen müssen.

Niemand will mit einer Niederlage in die Season starten. Erst recht nicht gegen ein Team in unserer Division, das in den Play-offs einen Tiebreak für sich entscheiden würde. Das ist das Letzte, was wir wollen.

Jackson, Knox, Colin und ich gehen zum Münzwurf in die Mitte des Felds und schütteln den Kapitänen die Hand.

»Lasst uns ein gutes Spiel machen, meine Herren. Denver darf sich als Gastmannschaft die Münzseite aussuchen.« Der Schiedsrichter zeigt uns beide Seiten der Münze. »Für welche entscheidet ihr euch?«

»Kopf«, antwortet Jackson.

Die Münze wird geworfen und landet auf der Kopfseite.

Wir entscheiden uns dafür, in der zweiten Halbzeit mit dem Ball zu starten und rennen zurück auf unsere Seite des Felds.

»Okay, Jungs, lasst uns verdammt noch mal loslegen!« Knox läuft an der Seitenlinie auf und ab und heizt seine Defense an. »Wir schaffen das, Jungs. Nicht ein Yard!«

Adrenalin schießt durch meine Adern, als sich die Special Teams zum Kickoff aufstellen.

Das hier. Das ist es, was ich mehr als alles andere in meinem Leben liebe. Warum ich in meinem Privatleben so viele Abstriche mache – weil ich diesen Sport liebe.

Die Atmosphäre.

Meine Mannschaftskameraden.

Die Energie, die einen beim Start jeder neuen Season durchströmt.

Ich liebe Football einfach.

Knox und die komplette Defensive Line sind während des gesamten Spiels Feuer und Flamme. Mit zwei erzwungenen Fumbles und einem Pick Six führen wir am Ende der ersten Halbzeit mit einundzwanzig zu drei.

Und in der zweiten Halbzeit läuft es sogar noch besser. Meine Würfe waren nie präziser. Ein perfekter Pass zu Colin eröffnet die Halbzeit mit einem Touchdown.

Spiele wie diese, in denen wir einen überlegenen Vorsprung haben, verringern den Druck ein wenig. Solche Spiele machen einfach nur Spaß. Die Jungs albern an der Seitenlinie herum, während die Uhr herunterläuft.

Denver gewinnt souverän mit vierunddreißig zu siebzehn.

Die überschäumende Energie in der Umkleidekabine ist förmlich ansteckend, während wir unseren ersten Auswärtssieg feiern.

»Großartige Arbeit da draußen, Jungs. Offense, Defense, Special Teams – bei allen lief es heute einfach rund. Davon will ich mehr sehen. Wir treffen uns dann am Dienstag, um das Videomaterial für nächste Woche zu sichten. Ruht euch morgen aus, um wieder fit fürs Training zu sein. Auf die Mountain Lions!«

Die Jungs strömen in die Duschen, während ich mich meinem Handy widme. Ich lasse mir noch ein wenig Zeit, da ich lieber duschen gehe, wenn diese fast leer sind. So verringert sich die Gefahr, dass man mir anzügliche Blicke vorwerfen könnte. Nicht, dass das jemals schon vorgekommen wäre, aber ich will es gar nicht erst so weit kommen lassen.

Stattdessen schreibe ich der einzigen Person, der ich von diesem Sieg berichten möchte.

ALEX

Hast du heute zufällig das Spiel gesehen?

CARTER

Oh, wurde etwa ein Baseballspiel übertragen? Mist, ich glaube, das habe ich verpasst.

Du bist wirklich mies, weißt du das?

Wenn ich wirklich so mies wäre, würde ich dann wissen, dass du heute drei Touchdowns geworfen hast?

DAS LÄSST einen Schauer der Erkenntnis durch meinen Körper wandern. Ich hatte gehofft, dass Carter sich das Spiel ansehen würde, aber aufgrund seiner Einstellung zu

Footballspielern wollte ich mir keine allzu großen Hoffnungen machen.

> Na sieh mal einer an, wer redet denn da über Football? Pass bloß auf, sonst fängst du am Ende noch an, es zu mögen.

Komm bloß nicht auf dumme Gedanken.

> Zu spät … mir gehen schon alle möglichen Gedanken durch den Kopf.

Na gut, ein bisschen Spaß hat das Zuschauen wohl schon gemacht.

ICH VERSUCHE, das Lächeln zu unterdrücken, das bei Carters Worten in mir aufsteigt. Ich lege mein Handy in meinen Spind, schnappe mir meine Duschsachen und wasche mich schnell ab. Ich will zurück zu Carter.

Nachdem ich mich hastig abgetrocknet habe, ziehe ich mich an und greife nach meinem Handy.

> Willst du morgen Abend zusammen abhängen?

Was genau beinhaltet ›abhängen‹?

> Ich werde dich in meinem Keller anketten und nie mehr gehen lassen.

Ich wusste doch, dass du mich umbringen willst.

ICH LACHE SCHNAUBEND über Carters Nachricht.

»Was macht dich denn so glücklich?« Colin stößt mich mit dem Ellbogen an, als er neben mir an seinem Spind steht.

»Was? Nichts.« Ich sperre mein Handy und schiebe es zurück in meine Tasche. Ich weiß, dass er meinen Bildschirm auf keinen Fall hätte sehen können, aber der Gedanke daran macht mich trotzdem nervös. Schließlich ist es nicht so, als hätte ich Carters Nummer unter einem anderen Namen gespeichert.

»Mh-mh. Auf keinen Fall. Das ist das Gesicht eines Typen, der jemanden kennengelernt hat.«

»Alter, verheimlichst du uns etwas?«, fragt Knox, während er sich sein Shirt über den Kopf zieht.

»Quatsch. Da ist überhaupt nichts.« Schon diese kleine Lüge fühlt sich schrecklich an. Ich hasse es, meine Jungs anzulügen – Männer, die in der Zwischenzeit zu Brüdern für mich geworden sind –, aber so ist es einfacher. Wer weiß, was passieren würde, wenn sie die Wahrheit wüssten.

»Das glaube ich dir keine Sekunde«, mischt sich Jackson ein. »Du hast das gleiche verklärte Grinsen auf dem Gesicht wie ich, wenn ich an Tenley denke.«

»Du meinst also so wie jetzt gerade?«, fragt Knox und wuschelt ihm durchs Haar.

»Verpiss dich, Mann. Ich muss jetzt nach Hause zu meiner Frau und meinem Kind.«

»Na, du wirst ja ganz schön vereinnahmt«, witzelt Colin.

»Oh, das sagt ja genau der Richtige! Nur weil du Peyton vermisst, müssen wir alle zu dir nach Hause kommen, um dich zu unterhalten.« Ich schlüpfe in meine Schuhe, schnappe mir meine Tasche und folge den Jungs aus der Umkleidekabine.

Als wir in den Bus einsteigen, der uns zu unserem

Charterflugzeug fährt, feiern wir immer noch ausgelassen unseren Sieg. Ich ziehe mein Handy aus der Tasche, in der Hoffnung, eine Nachricht von Carter darauf zu entdecken, und ich werde nicht enttäuscht.

Wir sehen uns dann morgen Abend.

ICH KANN NICHT VERHINDERN, dass sich ein verklärtes Grinsen auf mein Gesicht schleicht.

Kapitel Acht

Eigentlich hatte ich mir vorgenommen, heute Abend nicht zu kommen. Aber ich konnte die Aufregung in Alex' Nachricht spüren. Und die hat mich wider besseres Wissen hierhergeführt.

Ich klingle und höre kurz darauf gedämpfte Schritte näher kommen. Als Alex die Tür öffnet, muss ich mich zusammenreißen, damit ich nicht anfange zu sabbern.

Mit dem engen schwarzen Shirt, unter dem sich jeder einzelne Bauchmuskel abzeichnet, seinen breiten Schultern und den Jeans, die sich um seine Oberschenkel schmiegen, sieht Alex wie ein junger Gott aus. Wie ein Altar, vor dem ich niederknien und beten möchte.

»Hi.« Meine Stimme klingt heiserer als sonst. Ich muss diese Gedanken unbedingt aus meinem Kopf bekommen. »Hi.«

»Hi. Freut mich, dass du kommen wolltest.« Alex grinst mich mit seinen strahlend weißen Zähnen an.

»Danke, dass du mich eingeladen hast.«

Ich folge Alex ins Haus und sehe mich um.

Sein Wohnzimmer ist gemütlich; überdimensional

große Sofas, die von Einbauschränken flankiert sind, stehen vor einem Kamin, über dem ein Fernseher hängt. Statt Erinnerungsstücken aus seiner Footballkarriere stehen Bilder in den Regalen, die wahrscheinlich seine Familie zeigen.

Von hier aus gelangt man in eine Küche, für die wohl jeder Heimwerker töten würde. Arbeitsflächen aus Granit, Hochglanzgeräte und ein Küchentisch, der aussieht, als könnte eine ganze Footballmannschaft daran Platz nehmen.

Diese Küche ist wie geschaffen dafür, Gäste zu haben.

»Bier?«

Ich nicke und nehme das angebotene Getränk entgegen. »Du hast ja eine tolle Aussicht.«

Von der Küche aus kann man die Rocky Mountains in der Ferne sehen.

»Würdest du mir glauben, wenn ich sage, dass ich wegen Colin hierhergezogen bin?«

»Wirklich?«

Alex nickt und nippt an seinem Bier. »Diese Wohngegend befand sich noch im Aufbau, als wir gedraftet wurden. Er hat sich hier ein Haus gekauft, und als ich eines Tages bei ihm vorbeigekommen bin, um Videomaterial eines Spiels zu studieren, war ich sofort hin und weg. Am nächsten Tag habe ich mir dann gleich mein eigenes gekauft.«

»Wohnen alle Mountain Lions hier in dieser Gegend?«, frage ich und mache mit meinem Finger eine kreisende, die Nachbarschaft andeutende Bewegung. Wir befinden uns hier in einem ruhigen Außenbezirk der Stadt.

»Nur Colin und ich. Knox mag es nicht, wenn Leute zu ihm nach Hause kommen, und Jackson ist mit seiner Frau in die Nähe des Washington Parks gezogen.«

»Mannomann. Ihr Footballspieler mit eurem vielem Geld.« Ich schüttle den Kopf.

»Aber ich gebe es lieber für so etwas aus, als es für Dinge zu verpulvern, die ich gar nicht brauche.« Alex lehnt sich mit verschränkten Armen gegen die Arbeitsfläche aus Granit und überkreuzt seine Füße. »Kannst du dir mich mit einer Jacht im Mittelmeer vorstellen?«

Ich schaue zu ihm hinüber und erlaube mir, ihn noch einmal ausgiebig zu betrachten. »Du bist kein Jacht-Typ.«

»Ich wünschte aber, ich wäre einer. Mitten auf dem Ozean zu treiben, weit weg von dem ganzen Trubel und Lärm dieses Sports? Ja, das wäre manchmal schon ganz schön.«

Ihn so zu sehen – so entspannt und locker in seinem eigenen Haus – macht mich ganz wirr im Kopf. Denn so wie jetzt? Da ist er einfach Alex. Ich muss mich immer wieder daran erinnern, dass er ein Footballspieler ist.

Und die spielen auch gerne mal mit den Gefühlen anderer.

Einer, der nicht zögern würde, mich zu verarschen.

»Also, Mr. Quarterback, sind Sie bereit für ein Spiel?«

Er nickt und geht ein paar Schritte auf mich zu. »Ich muss dich allerdings warnen: Ich bin sehr ehrgeizig.«

Ich verdrehe die Augen aufgrund seines ach so offensichtlichen Geständnisses. »Was für eine Überraschung. Der Footballspieler ist ehrgeizig. Wärst du das nicht, würdest du lediglich um Teilnehmerabzeichen spielen.«

»Ich war noch nie gut im Verlieren. Ich wollte schon immer Erster sein.«

Ich gehe hinüber zu seinem Tisch und lege das Brettspiel *Zug um Zug* darauf ab. »Ich sage es dir ja nur ungern, aber ich bin ziemlich gut in diesem Spiel. Du solltest dich gedanklich also schon mal mit dem zweiten Platz anfreunden.«

»Wollen wir um etwas wetten?« Alex stellt sein Bier ab und hilft mir, das Spiel aufzubauen.

»Vergiss bitte nicht, dass ich Lehrer bin. Ich verdiene nur ein paar lausige Cent im Vergleich zu deinen Millionen.«

Alex schüttelt den Kopf, wobei ihm eine braune Haarsträhne in die Augen fällt. Gott, er ist wirklich verboten sexy.

»Was wirklich eine Farce ist. *Ich* spiele ein Spiel. *Du* unterrichtest Kinder, die wahrscheinlich bei jeder Gelegenheit die Klappe aufreißen. *Du* solltest derjenige sein, der die Millionen verdient.«

»Sosehr ich diese Aussage auch schätze: Das wird nie passieren.« Ich nehme einen weiteren Schluck von meinem Bier, um die Hitze, die mir ins Gesicht steigt, zu lindern. In Alex' Nähe zu sein, weckt alle möglichen Gefühle in mir, die ich lieber nicht spüren möchte. »Zurück zu unserer Wette …«

»Ach, ja.« Alex setzt sich hin und bedeutet mir, es ihm gleichzutun. »Wie wäre es, wenn derjenige, der verliert, nach der Convention am Freitag das Abendessen zahlt?«

Ich denke einen Moment darüber nach. Alex' Gesichtsausdruck gibt nichts preis. »Einverstanden. Aber wenn *ich* gewinne, lädst du mich in ein Steakhaus ein.«

»Und wenn *ich* gewinne?«, fragt Alex und zieht eine Augenbraue hoch.

»Dann darfst du dir etwas von den Ein-Dollar-Produkten bei einem Drive-in-Restaurant aussuchen.«

Alex' ehrliches und sexy Lachen zaubert ein Lächeln auf mein Gesicht. Er macht es mir wirklich schwer, ihn mit in die Schublade der Sportler in meinem Kopf zu stecken.

»Dann würde ich sagen, du fängst an.«

»Alles klar.«

Wir beginnen das Spiel und sind abwechselnd an der

Reihe. Niemand von uns macht einen fiesen oder gewagten Zug. Das hilft mir, mich auf das Spiel zu konzentrieren und meine Nerven zu beruhigen.

Denn in der Nähe von Alex zu sein, tut meinem gesunden Menschenverstand nicht gut.

Ich habe mir nach der Highschool geschworen, mich nie mehr mit Sportlern einzulassen. Aber Alex ist nicht einfach nur irgendein Sportler.

O nein. Er ist der Quarterback im Team meines Vaters.

Was ja alles schön und gut wäre, aber ich scheine ihn einfach nicht mehr aus meinem Kopf zu bekommen.

Die lockere Art und Weise, wie er mit meinen Schülern interagiert hat? So etwas passiert normalerweise nie.

Gerade als ich mich in meinen Gedanken über den Mann vor mir verliere, macht er einen unerlaubten Zug.

»Sorry, aber das ist die falsche Zugfarbe für diese Strecke.« Ich zeige auf besagte Stelle. »Da kannst du nicht spielen.«

»Doch, das sind die Züge, die überall gespielt werden können. Das ist ein regelkonformer Zug.«

»Du hast aber nicht genug davon, um sie spielen zu können. Du musst sie alle auf einmal ausspielen!«

»Sagt wer?« Alex beugt sich näher zu mir vor. In seinen Augen lodert ein Feuer.

»Die Regeln!« Ich schiebe meine Brille auf meiner Nase etwas weiter nach oben.

»Die Regeln besagen, dass, wenn ich fünf Karten desselben Typs ziehe, sie für diese Route verwendet werden können«, erklärt Alex, so als ob er das Regelheft selbst geschrieben hätte.

»Aber du hast trotzdem noch nicht genug! Das ist nicht fair!«

»Nur weil du verlierst, bedeutet das nicht, dass es nicht

fair ist.« Ein eingebildetes Grinsen breitet sich auf Alex'
Gesicht aus, als wüsste er ganz genau, dass er mich
geschlagen hat. Es ist ein Grinsen, das eigentlich die gegnerische Defense einschüchtern soll. Stattdessen spüre ich,
wie mein Schwanz in meiner Hose steif wird.

Ich lege meine Hände auf den Tisch, drücke mich
hoch und sehe Alex direkt ins Gesicht.

»Du hast deine Züge falsch verbunden und das ist
geschummelt.«

Alex erhebt sich nun ebenfalls, um auf Augenhöhe mit
mir zu sein. »Noch mal: Ich habe nicht geschummelt. Ich
habe die Karten für die Züge eingelöst, die überall
hinfahren können.«

Ich schüttle den Kopf und atme genervt aus. »Du
biegst dir die Regeln zurecht, wie es dir gerade passt, und
das weißt du. In der Mathematik kann man die Regeln
nicht einfach brechen.«

Dunkle Augen huschen zu meinen Lippen, bevor sie
wieder nach oben wandern. »Und was willst du dagegen
tun?«

»Ich hätte jetzt gute Lust, alle deine Züge vom Spiel-
brett zu fegen.«

Alex grinst und kommt etwas näher. Ich kann sehen,
wie sich seine Pupillen weiten.

»Ich hätte nie gedacht, dass du ein schlechter Verlierer
sein würdest.«

»Man ist kein schlechter Verlierer, wenn der andere
schummelt.«

»Ich schummle ni…«

Als ich meine Hand in Alex' Shirt kralle, ist mein
Gehirn ausgeschaltet. Ich ignoriere jede Stimme in
meinem Kopf, die mich anschreit, wie falsch das hier ist.
Ich presse meine Lippen auf seine und bringe ihn so zum
Schweigen. Meine Aktion muss ihn wirklich geschockt

haben, denn es dauert einen Moment, bis er reagiert. Aber als er es dann tut?

Wow!

Einfach nur wow!

Er legt seine starke Hand in meinen Nacken und übernimmt die Kontrolle über diesen Kuss. Mit seiner Zunge öffnet er meine Lippen, und jede Bewegung fühlt sich sowohl zaghaft als auch bestimmt an.

Alex schmeckt nach dem Bier, das er den ganzen Abend über getrunken hat. Der schwache Geruch seines Eau de Cologne überwältigt mich. Am liebsten würde ich jetzt über den Tisch krabbeln und ihn besteigen wie einen Berg.

So gut ist dieser Kuss.

»Fuck.« Alex löst sich von meinen Lippen, und seine Brust hebt und senkt sich. »Fuck.«

»Das hätte ich nicht tun sollen.« Ich gehe einen Schritt zurück, lasse mich auf meinen Stuhl sinken und fahre mir mit der Hand übers Gesicht.

»Warum hättest du das nicht tun sollen?« Alex läuft langsam um den Tisch herum und stellt sich neben mich.

»Du bist ein Footballspieler.«

»Zur Kenntnis genommen. Danke, dass du mich darauf hingewiesen hast.« In seiner Stimme schwingt Belustigung mit.

»Ich bin nur ein Mathelehrer.«

»Zählst du hier gerade Fakten auf? Denn falls ja, hätte ich da nämlich selbst einen.«

»Ach, ja?« Ich werfe einen Blick zu ihm hoch.

»Ich wollte dich schon seit dem Moment küssen, als wir uns zum allerersten Mal begegnet sind.«

»Wirklich?«

Alex nickt. »Und irgendwie möchte ich es wieder tun.«

»Tatsächlich?«

Dieser Mann hat es innerhalb kürzester Zeit geschafft, mich in einen weinerlichen Volltrottel zu verwandeln.

»Darf ich?«

Ich lecke mir über die Lippen und gebe ihm damit grünes Licht. Alex dreht meinen Stuhl herum, schiebt meine Knie weit auseinander und stellt sich dazwischen. Er ist selbstbewusst, genauso, wie er es auch auf dem Spielfeld ist.

Er legt einen Finger unter mein Kinn, hebt meinen Kopf an und beugt sich zu mir herunter. Dieser Kuss ist zart und sanft, doch er löst einen wahren Gefühlssturm in meinem Bauch aus. Alex dringt erneut mit seiner Zunge in meinen Mund ein.

Das Stöhnen, das mir entweicht, sollte mir eigentlich peinlich sein, aber im Moment könnte mich das nicht weniger interessieren. Ich überlasse Alex die volle Kontrolle, während er sich Zeit lässt.

Beim Probieren.

Beim Erforschen.

Beim Erlernen, was genau ich mag.

Meine Finger gleiten über die Muskeln, die von seinem Shirt verdeckt werden, und ich liebe es, wie er dabei immer wieder an meinem Mund aufstöhnt, während sich seine Zunge weiter mit meiner vereint.

Schließlich zieht er sich zurück und drückt mir einen Kuss auf den Mundwinkel. Am liebsten würde ich nach oben greifen und mir noch mehr nehmen. Ich weiß nicht, wie viel Zeit vergangen ist, aber ganz offensichtlich nicht genug.

Denn alles, was ich will, ist, dass er seinen Mund wieder auf meinen presst.

»So gern ich auch weitermachen würde«, flüstert Alex gegen meine Lippen, »aber ich habe morgen früh Training.«

»Und ich habe Schule.«

»Fortsetzung folgt?« Alex drückt mir einen weiteren Kuss auf die Lippen, doch als er sich zurückziehen will, halte ich ihn fest und knabbere an seiner Unterlippe.

»Ich denke schon.« Lust leuchtet in seinen Augen auf, wahrscheinlich genauso wie in meinen.

Ich stehe auf, sodass ich mit Alex auf einer Höhe bin. Ich lege meine Hand in seinen Nacken und drücke ihm einen letzten Kuss auf die Lippen.

Denn heute Abend kann ich einfach nicht anders. Ich möchte ihn schmecken und mich in diesem Gefühl, das er in mir auslöst, verlieren.

»Steht das Wochenende noch?«, fragt Alex und räuspert sich.

Wir räumen das Spiel auf, während unsere Gesichter von der heißen Knutscherei noch ganz rot sind. Als wir fertig sind, klemme ich mir das Spiel unter den Arm. »Solange du nicht nach einer Revanche fragst, ja.«

Alex' Mundwinkel – der immer noch ganz geschwollen ist von dem Kuss – zuckt zu einem überheblichen Grinsen nach oben. »Irgendwann wird diese Revanche stattfinden. Wart's nur ab.«

»Wie Sie meinen, Mr. Quarterback. Wie Sie meinen.«

Kapitel Neun

ALEX

»Was zur Hölle ist in diesen Kartons drin?«, frage ich, während ich die letzte Kiste in der neuen Wohnung meines Bruders abstelle. Es ist eine kleine Atelierwohnung im Herzen des Stadtzentrums von Denver, die einen großartigen Blick auf das Stadion bietet.

»Hoffentlich nicht mein Geschirr, denn das hättest du jetzt gerade zerbrochen.« Tommy kommt kopfschüttelnd aus der Küche. »Bier?«

Ich nehme ihm die Flasche ab und genehmige mir einen großen Schluck.

»Genau das habe ich jetzt gebraucht.«

»Danke, dass du mir beim Umzug geholfen hast, Bruderherz.« Tommy klopft mir auf die Schulter, bevor er sich auf die Couch fallen lässt.

Nur ein Mann würde es fertigkriegen, seine Couch und seinen Fernseher vor allen anderen Dingen in seiner neuen Wohnung aufzustellen.

»Du weißt, dass ich ein Umzugsunternehmen hätte anheuern können, das dir hilft.«

»Ich würde nicht wollen, dass du dein Geld verschwendest«, meint er und winkt ab.

»Dann solltest du lieber hoffen, dass mich das für das Spiel diese Woche jetzt nicht zu sehr angestrengt hat. Wir spielen in Vegas.«

Ich setze mich ihm gegenüber, als er die Sendung *SportsCenter* einschaltet. Die Experten diskutieren gerade über den letzten Tweet von Hollins, der gegen uns gerichtet war.

»Dieser Hollins-Typ hält einfach nie die Klappe.«

»Versuch erst mal, auf dem Spielfeld mit ihm zurechtzukommen. Da ist er noch schlimmer. Er schreit nur Blödsinn herum, beschwert sich über die Schiedsrichter – lauter solche Sachen. Er ist einer der schlimmsten Spieler in der Liga.«

»Ich hasse es, dass wir zweimal im Jahr gegen Vegas spielen müssen. Sie sind die Schlimmsten der Schlimmsten«, meint Tommy.

Ich verpasse ihm einen leichten Schlag gegen die Schulter. »*Du* bist nicht derjenige, der zweimal im Jahr gegen sie spielen muss.«

»Ach. Redet nicht jeder über sein Team, als wäre er selbst Teil davon und würde mitspielen?«

Ich lache.

Ja, da ist durchaus was dran.

»Versuch du mal, nicht von hundertvierzig Kilo schweren Linebackern überrannt zu werden.«

»Das überlasse ich lieber dir.«

»Ich bin wirklich froh, dass du hier bist.«

»Hey, ich wollte schon immer hier sein. Zum Glück hat die Arbeit zugestimmt.«

Mein älterer Bruder und ich standen uns schon immer sehr nahe und er war schon immer mein großes Vorbild. Als er dem Footballteam beigetreten ist, wollte ich genauso sein wie er und ebenfalls spielen. Während er es in der Highschool nur aus Spaß an der Freude getan hat, habe ich entdeckt, dass ich ein gewisses Händchen dafür habe.

Seitdem ist er mein größter Fan. Und mein engster Vertrauter.

»Erde an Alex. Hörst du mir überhaupt zu?«

»Sorry, was hast du gesagt?«

»Irgendwelche Jungs in Sicht?«

Ich zupfe an dem Etikett der Bierflasche herum und habe plötzlich Angst davor, dieses Gespräch zu führen. Mein Bruder ist einer von genau drei Menschen, die wissen, dass ich schwul bin.

Nun, von genau vier, in der Zwischenzeit.

Wenn ich nicht schwul wäre, wäre das ein noch peinlicheres Gespräch mit Carter geworden, nachdem ich ihm fast die Seele aus dem Leib geküsst habe.

Jede weitere Person, die davon weiß, birgt ein Risiko für mich.

»Du weißt, dass ich in der Öffentlichkeit mit niemandem zusammen sein kann.«

Tommy fixiert mich mit seinen dunkelbraunen Augen. Als ich noch ein Kind war, habe ich ihm unter diesem Blick einfach alles erzählt. Jetzt beeindruckt er mich damit kein bisschen mehr.

»Das war keine Antwort auf meine Frage.«

Ich kippe den Rest meines Biers hinunter. Ich will ihn nicht anlügen, aber ich will auch nicht, dass er denkt, dass aus der Geschichte mit Carter mehr werden könnte. Diese Sache zwischen uns ist noch so frisch, dass ich nicht zu viel darüber reden möchte, um sie nicht kaputtzumachen.

»Na ja, irgendwie schon.«

»Irgendwie schon? Möchtest du darüber reden?«

Ich atme nervös aus und teile mein größtes Geheimnis mit ihm. »Ich habe jemanden kennengelernt.«

»O Scheiße.«

»Jep.« Ich spüre, wie sich meine Nerven ängstlich anspannen. »Willst du noch ein Bier?«

»Scheiß auf das Bier. Ich habe dich noch nie über einen Mann sprechen hören. Noch nie.«

»Nur weil ich nie über jemanden gesprochen habe, heißt das nicht, dass es noch nie jemanden gab.«

Tommy schüttelt den Kopf. »Nein. Ich meine keine Affären. Ich weiß, dass du davon schon welche hattest. In der Mittelschule hattest du mal einen Freund, bevor wir umgezogen sind. Dann bist du dem Footballteam beigetreten und hast beschlossen, dass es besser wäre, wenn niemand davon weiß. Seitdem hat es nie mehr wieder jemanden gegeben.«

»Aber ich möchte, dass er zu einem ›Jemand‹ für mich wird«, gebe ich zu.

Das ist mein größtes Geheimnis.

Nun, zweitgrößtes Geheimnis.

Denn ich habe noch nie jemanden auf so eine Art und Weise gewollt wie Carter.

Und dabei kenne ich ihn erst seit ein paar Wochen.

»Weiß er es?«

»Ich brauche ein Bier.« Ich ignoriere die Frage meines Bruders, greife nach einer weiteren Flasche und nehme einen Schluck.

»Alex.«

Ich kann mir nicht vorstellen, wie mein Gesicht gerade aussehen muss, denn das meines Bruders verliert so langsam seine harten Züge. »Er weiß es nicht, oder?«

Ich schüttle den Kopf. »Glaubst du, er wäre mit mir zusammen, wenn er es wüsste?«

»Das ist nicht fair ihm gegenüber.«

»Denkst du, ich weiß das nicht?«, frage ich, und meine

Stimme wird lauter. »Aber du kennst die Gegebenheiten meiner Situation.«

»Das heißt aber nicht, dass du andere mit hinunterziehen solltest.«

»Oh, vielen Dank für den Hinweis, Arschloch.«

»So habe ich das nicht gemeint, und das weißt du auch.« Tommy funkelt mich böse an. »Du scheinst diesen Typen wirklich zu mögen, aber du kannst keine Beziehung auf einer Lüge aufbauen.«

Schuldgefühle kriechen über meine Haut und fressen sich in mich hinein. »Ich weiß.«

»Und warum tust du es dann?«

»Weil ich erst einmal schauen möchte, wohin das Ganze führt. Was ist, wenn es vielleicht gar nicht von Bedeutung ist?«

Tommy schnaubt spöttisch. »Es ist bereits von Bedeutung, weil du mir davon erzählst.«

»Sei ganz ehrlich zu mir. Bin ich ein schlechter Mensch?«

Tommy stellt sein Bier ab, packt mich an den Schultern und dreht mich zu sich um. »Nein.«

»Aber?«

»Du befindest dich in einer unglaublich schwierigen Situation. Ich weiß noch, wie es in diesen Umkleideräumen zugeht. Ich kann mir nicht vorstellen, wie du hören kannst, was du hörst, ohne jeden in einem Radius von fünfzehn Kilometern anzuschreien. Niemand benutzt solche Worte während einer normalen, gesitteten Unterhaltung. Warum sie sie als Beleidigung verwenden, ist mir unbegreiflich.«

Ich lasse beschämt den Kopf hängen. »Du hilfst mir nicht gerade dabei, mich besser zu fühlen.«

»Versprich mir einfach etwas, okay?«

»Und das wäre?«

»Sollte es ernst zwischen euch werden, sagst du es ihm.«

Mein Bauch krampft sich vor Angst zusammen. »Und was, wenn ich ihn dann verliere?«

»Dann ist das eine Entscheidung, mit der du leben musst.«

Fuck.

Das Leben wäre so viel einfacher, würde ich auf Frauen stehen. Ich müsste mich nicht verstecken und zu Hause bleiben, wenn meine Teamkollegen mal wieder ausgehen und Frauen aufreißen wollen.

Alles, was ich möchte, ist, mit jemandem zusammen zu sein, den ich liebe. Und dabei sollte es keine Rolle spielen, dass ich möchte, dass dieser Jemand ein Mann ist.

Aber hier stehe ich nun.

Zwischen Hammer und Amboss.

»Warum konntest *du* nicht der NFL-Star in der Familie werden?«, scherze ich und lockere so ein wenig die Spannung, die sich aufgebaut hat.

»Wenn ich das nur wüsste! Zum Glück habe ich die Gene unserer Familie geerbt, die für gutes Aussehen verantwortlich sind.«

»Leck mich doch!« Ich verpasse meinem Bruder einen Stoß und er landet auf dem Sofa.

Der Moment ist vorüber, doch Tommys Worte verursachen ein mulmiges Gefühl in meinem Bauch.

Mein Handy meldet sich aus meiner Tasche und ich ziehe es heraus, um einen Blick darauf zu werfen.

»O Shit, ist er das?«

»Wie kommst du denn darauf?«

»Weil du so ein verklärtes Grinsen auf dem Gesicht hast.«

»Habe ich nicht.«

Aber ich weiß, dass er recht hat. Denn Carters Worte,

die unsere Pläne für dieses Wochenende bestätigen, machen mich äußerst glücklich.

So glücklich, wie ich es schon lange nicht mehr war.

Und diese Glücksgefühle überlagern sogar meine immer größer werdenden Schuldgefühle.

Die wenige Freizeit, die ich während der Season habe, möchte ich mit ihm verbringen.

Das könnte die schlechteste Entscheidung sein, die ich seit Langem getroffen habe.

Aber das ist etwas, womit sich Zukunfts-Alex auseinandersetzen muss.

Der Alex in der Gegenwart hat ein Date mit einem Mann, der die Schmetterlinge in seinem Bauch zum Flattern bringt.

Und das ist alles, worauf ich mich gerade konzentrieren will.

Kapitel Zehn

CARTER

»Ich kann es nicht fassen, dass du dich mit jemandem über Marvel und DC gestritten hast«, sage ich lachend, als ich mich an einen Tisch in dem verlassenen Diner setze. Die roten Plastikstühle knacken, als wir uns darauf setzen, und der Geruch von Pommes und abgestandenem Kaffee liegt in der Luft. Wie man sich ein Diner eben so vorstellt.

Wegen Alex' verrückten Trainingsplans und des Spiels an diesem Wochenende mussten wir die Convention später besuchen, als mir lieb war. Eigentlich hatte ich erwartet, dass wir aufgrund von Alex' Bekanntheit ständig von Leuten belagert sein würden. Doch dank der kleinen Anpassung, die er an seinem Aussehen vorgenommen hat – dieser wandelnde feuchte Traum –, hat ihm niemand auch nur die geringste Beachtung geschenkt.

Nicht mal dann, als er mit jemandem in einen Streit darüber geraten ist, welche Superhelden die besseren sind.

»Wenn du gesagt hättest, dass du Marvel lieber magst als DC, hätten wir diese Sache hier sofort beenden müssen«, meint er und deutet mit dem Finger zwischen uns hin und her.

»Versteh mich nicht falsch, ich finde Superman immer noch klasse. Aber Thor? Mit dem würde ich sofort in die Kiste springen.«

Alex, der sich mir gegenübergesetzt hat, stößt ein Lachen aus, als eine ältere Frau uns zwei Speisekarten hinlegt. »Abend, Jungs. Kann ich euch schon was bringen?«

»Ich nehme nur einen Kaffee, schwarz und …«, ich werfe einen Blick auf die Speisekarte und nehme das Erste, das mir ins Auge springt, »Käsepommes.«

Alex lächelt die Frau an. »Für mich das Gleiche.«

»Kommt sofort.«

»Zurück zu dieser ganzen Geschichte mit Thor …«, fängt Alex an.

»Du kannst doch nicht ernsthaft etwas gegen Thor haben!«, blaffe ich und schlage mit der Hand auf den Tisch. »Du hast die Filme selbst gesehen. Nicht einmal *du* könntest diesen Muskeln widerstehen.«

»Das behaupte ich ja auch gar nicht, aber Captain America würde ich zu jeder Zeit bevorzugen.«

Ich lasse meinen Blick über Alex schweifen, über seinen Kapuzenpulli und seine Baseballmütze, und plötzlich dämmert es mir. »Du hast dich als Captain America verkleidet, als er ins Museum gegangen ist.«

Alex lacht, tief und lang. »Du hast ganz schön lange gebraucht, um das herauszufinden. Ich dachte, dass das eine ziemlich einfache Verkleidung ist.«

»Ich bin so ein Idiot.«

»Ein ziemlich süßer Idiot, wenn es das besser macht«, meint Alex und lächelt mich an, als unsere Kaffees und Pommes serviert werden.

»Bist du dir sicher, dass du so etwas während der Season essen darfst?«

Alex winkt ab und schiebt sich drei vor Fett triefende Pommes in den Mund. »Ist mir egal.«

Sogar die Art, wie er seine Pommes isst, ist sexy. Was um alles in der Welt macht dieser Mann nur mit mir?

»Wenn du dich am Sonntag während des Spiels übergeben musst, erinnere dich bitte daran, dass ich dich gewarnt habe.«

»Wirst du wieder zuschauen?«

Ich verdrehe die Augen. »Warum geht es immer nur um dich?«

»Hey, das habe ich doch gar nicht gesagt. Mir gefällt nur, dass du dir das erste Spiel angesehen hast. Was würdest du sagen, wenn ich dir erzähle, dass ich besser spielen wollte? Nur allein bei dem Gedanken, dass du eventuell zuschauen könntest?«

»Aber ich habe noch nie jemandem Glück gebracht«, flüstere ich kleinlaut.

»Okay, ich will jetzt langsam wirklich wissen, wen ich in deinem Namen verprügeln soll.«

»Ryan Cook«, sage ich, ohne nachzudenken.

»Und was hat dieser Ryan Cook mit dir gemacht?« Alex lehnt sich auf seinem Stuhl zurück und verschränkt die Arme. Er will mich verteidigen, und ich hasse, wie sehr ich das liebe.

Ich atme tief ein und aus. »Das ist keine Geschichte, die ich gern erzähle. Aber er ist der Grund, warum ich ein Problem mit Footballspielern habe.«

»Was hat er mit dir gemacht?«

»Er hat mir vor dem gesamten Footballteam das Herz gebrochen.«

Alex verzieht mitleidig das Gesicht. »Das klingt wirklich schrecklich, aber wie ist die ganze Geschichte?«

»Wenn ich es nicht besser wüsste, würde ich sagen, dass du Mantis bist und Gedanken liest.«

Er lacht leise auf. »Wie süß, dass du denkst, du könntest mich ablenken. Du kannst mir vertrauen, Carter.«

Steine lösen sich aus der Mauer, die ich um mein Herz herum gebaut habe. Es war einfach, mich nicht auf die Männer einzulassen, die ich bisher kennengelernt habe. Keiner von ihnen war es wert gewesen, auch nur darüber nachzudenken, meinen Schutzwall aufzuheben. Doch Alex hat etwas an sich, das mich immer mehr zu ihm hinzieht.

Unter all den Schulterpolstern und Trikots ist er genauso wie ich.

Er liebt die verrücktesten Dinge.

»Wir sind zusammengekommen, als ich im zweiten Jahr der Highschool war. Er war in seinem letzten Jahr und hat in der Footballmannschaft der Schule gespielt. Ich hatte mich geoutet und jeder wusste Bescheid. Eines Tages saß ich in der Bibliothek und habe gelernt, als er mich gefragt hat, ob wir nicht zusammen lernen wollen.«

Alex sagt kein einziges Wort, sondern lässt mich einfach meine Geschichte erzählen, während er an seinem Kaffee nippt.

»Am Ende haben wir mehr rumgemacht als gelernt.«

»Wie es wohl die meisten Highschool-Schüler tun würden.« Alex lächelt mich an.

»Nun, danach haben wir uns oft nach dem Training getroffen, uns hastig gegenseitig unter der Tribüne einen runtergeholt und hingeschluderte Küsse gegeben. Aber ich habe wirklich etwas für ihn empfunden. Er hat gesagt, dass ich sein erster Freund war.«

»O Gott. Das kann nicht gut enden.«

Ich schüttle den Kopf. »Nein. Ich habe immer wieder hin und her überlegt, ob ich ihn fragen soll, ob er mit mir zum Abschlussball geht. Ich wollte unbedingt hingehen.

Einen Anzug kaufen, mit ihm in einer Limousine fahren … einen Touchdown erzielen, sozusagen.«

»Dafür, dass du Football nicht magst, kennst du dich ganz schön gut mit der Terminologie aus.«

»Du hast Glück, dass du so süß bist«, sage ich und werfe ihm einen gespielt bösen Blick über den Tisch zu.

»Das habe ich schon öfter gehört. Erzähl weiter«, meint er und bedeutet mir, mit der Story fortzufahren.

»Eines Tages habe ich mich dann endlich getraut, ihn nach dem Training zu fragen, ob er mit mir auf den Ball gehen möchte. Er hat gesagt, er sei nicht schwul und mich geschubst, wodurch ich gegen die Wasserspender gefallen bin.«

Alex' Gesicht wird blass.

»Aber das Allerbeste kommt erst noch. Nach dieser ganzen Sache hat er versucht, mich beiseitezuziehen – unter die Tribüne –, und mir gesagt, dass er es einfach nicht hatte zulassen können, dass seine Freunde sich über ihn lustig machen, weil er mich mag.«

Alex fährt sich mit der Hand übers Gesicht und schaut aus dem Fenster. Das Licht des Diners reflektiert auf seinem Gesicht, das leicht stoppelig ist.

»Seitdem habe ich eine sehr strikte Regel: keine Footballspieler mehr.«

Alex dreht sich wieder zu mir um, und sein Gesichtsausdruck ist weicher geworden. »Wenn ich also ein Basketballspieler wäre, wäre es okay, mit mir auszugehen?«

»Oh, damit hätte ich kein Problem.« Ich lächle und versuche, die aufgewühlten Gefühle zu unterdrücken, die diese Geschichte immer wieder hervorruft.

Ich hasse es, meine vergangenen Demütigungen mit jemandem zu teilen, aber ich weiß, dass ich Alex vertrauen kann. Er ist jemand, bei dem ich sicher sein kann, dass er mir nicht das Gleiche antun wird.

»Und trotzdem bist du gerade mit mir unterwegs.«

Ich verdrehe die Augen. »Und trotzdem bin ich gerade mit dir unterwegs. Denn du bist jemand, für den ich diese Regel brechen möchte.«

Alex greift nach seiner Brieftasche und wirft einen Hundert-Dollar-Schein auf den Tisch. »Lust, heute Abend noch mehr deiner Regeln zu brechen?«

Kapitel Elf

ALEX

Carter fällt über mich her, noch bevor ich die Tür schließen kann. Aber das ist mir egal. Ich wollte ihn schon zwischen die Finger bekommen, seit er mich in seinem simplen, verdammt sexy Outfit für die Convention abgeholt hat. Als Clark Kent verkleidet, ist er eine wandelnde Fantasie.

Mit seinen Lippen wandert er meinen Hals auf und ab, saugend und knabbernd, und hinterlässt dabei eine glühend heiße Spur des Verlangens. Als wir uns irgendwann unserer Schuhe entledigt haben, schiebe ich Carter von mir weg.

»Ist alles …«

Ich lasse ihn nicht ausreden, sondern verschlinge seine Lippen mit einem leidenschaftlichen Kuss. Er schmeckt nach Minze von dem Bonbon, das wir auf dem Weg aus dem Diner mitgenommen haben. Ich schiebe meine Zunge in seinen Mund. Ich will mir Zeit nehmen, ihn erforschen und alles über diesen Mann erfahren, aber im Moment habe ich dafür keine Geduld.

Ich will spüren, wie er in mich stößt. Wie sein Mund meinen Schwanz bearbeitet. Einfach alles.

»Wir sollten das hier vielleicht an einen Ort verlegen, der dem, was wir tun wollen, etwas dienlicher ist.« Carter neigt seinen Kopf zur Seite und meine Lippen wandern seinen Hals hinunter.

»Das sollten wir wohl.«

Ich ziehe mich zurück und betrachte den zerzausten Anblick des Mannes vor mir. Seine Augen sind voller Verlangen, seine Lippen geschwollen und sein Hals rot von meinem Dreitagebart.

Ich kann es kaum erwarten, zu sehen, wie er aussieht, wenn wir beide so richtig durchgevögelt wurden.

Ich nehme seine Hand und führe ihn durch mein Haus. Dabei schalte ich kein einziges Licht an. Mein einziger Gedanke ist, ihn in mein Zimmer zu bekommen.

Und zwar nackt. Definitiv nackt.

Mit hastigen Schritten biege ich um die Ecke in das große Schlafzimmer. Carter ist direkt hinter mir. Das schwache Licht meiner Nachttischlampe taucht den Raum in einen goldenen Schein. Carters Augen sehen aus, als würde in ihnen ein Feuer lodern, während er auf mich zukommt.

Jeder Schritt, den er macht, bringt mein Blut vor Verlangen in Wallung.

Ich kann mich nicht erinnern, wann ich mich das letzte Mal so gefühlt habe. Bis jetzt habe ich es noch nie geschafft, mich jemandem völlig hinzugeben. Aber mit Carter? Da weiß ich, dass ich dazu in der Lage sein werde. Ich weiß es einfach.

»Da scheint jemand über so einiges nachzudenken.« Carter packt mich an der Hüfte und zieht mich zu sich heran, wobei sein harter Schwanz gegen meinen drückt.

»Ich denke nur darüber nach, wie ich dich will.«

»Und wie willst du mich?« Carter presst mich mit dem Rücken gegen die Kommode gegenüber von meinem Bett. Meinem sehr großen Bett, in dem ich endlich von ihm genommen werden will. In seinen Augen liegt ein unanständiges Funkeln, als sich sein Mund meinen Lippen nähert.

»Ich will, dass du die Führung übernimmst.« Mein Atem streift seine Lippen.

»Warte, was?«

In welchem durch Lust hervorgerufenen Zustand er sich auch befunden haben mag: Dieser scheint nun aufgehoben worden zu sein.

»Ich will dich in mir spüren.«

»Ich bin gerade etwas verwirrt.«

»Du weißt doch, wie das hier funktioniert, oder?«, frage ich lachend und zeige mit dem Finger zwischen uns beiden hin und her.

Carter verdreht die Augen. »Sehr witzig, Sherlock. Ja, ich habe so was schon mal gemacht. Ich dachte nur, ich müsste der Bottom sein, weil du bestimmt ein Top bist.«

»Wie kommst du darauf, dass ich ein Top bin?«

Er runzelt die Stirn. »Na ja, du bist ein Quarterback. Du übernimmst auf dem Spielfeld die Führung. Du musst alles unter Kontrolle haben. Deshalb dachte ich, dass das auch beim Sex gilt.«

Ich kann mir das Lächeln nicht verkneifen, das sich auf meinem Gesicht ausbreitet. »Mit dieser Annahme liegst du falsch.«

»Wirklich?«

Ich nicke und küsse seine Lippen erneut. »Ich habe die Kontrolle auf dem Spielfeld. In der Umkleidekabine. Einfach überall. Und die muss ich auch haben, wenn ich der Beste in meiner Position sein will. Deshalb ist das

Letzte, was ich will, auch noch im Schlafzimmer die Kontrolle zu übernehmen.«

Carter schiebt einen Finger in den Bund meiner Hose, und schon diese simple Berührung genügt, dass mir ein heißer Schauer über den Rücken läuft und meine Eier sich anspannen. »Du willst also, dass ich dich dominiere?«

Das lodernde Feuer in seinen Augen ist zurück. Bei der Vorstellung, was dieser Mann alles mit mir machen kann, wird mein Schwanz immer steifer. »Ich will, dass du mich dominierst; dass du die Kontrolle übernimmst; dass du mich vögelst.«

»Fuck, ist das geil.« Carter gibt mir einen stürmischen Kuss, wobei seine Lippen und seine Zunge sich gekonnt über meine bewegen. Seine Finger graben sich in meine Haut, während er mich an sich drückt. »PrEP?«

Ich nicke und füge hinzu: »Und erst kürzlich getestet.«

»Gut. Ich auch. Und jetzt: Leg dich aufs Bett.«

Ich sehe Carter unverwandt an, während ich zwei Schritte zurückgehe, bis meine Waden die Matratze berühren. Ich ziehe mir das Shirt über den Kopf und lege mich mittig auf die Kissen. Carter läuft um das Bett herum und lässt mich keine Sekunde aus den Augen.

»Hände nach oben und neben deinen Kopf. Und da bleiben sie auch.«

Wer hätte gedacht, dass mein sexy Mathelehrer, dessen Gesicht bei Zahlen vor Begeisterung aufleuchtet, im Schlafzimmer gern den Dominanten spielt?

»Gott, es ist fast schon unfair, wie sexy dein Körper ist.«

»Und dennoch nutzt du ihn immer noch nicht zu deinem Vorteil.«

Mein Schwanz ist bereits schmerzhaft steif und die feuchte Spitze lugt hinter meiner Hose hervor. Ich spüre Carters Augen auf jedem Zentimeter meines Körpers.

Alles, was ich will, ist, seinen Mund auf mir zu spüren. Irgendwo. Überall. Ganz egal, wo, aber ich brauche endlich Erlösung.

Als Carter sich mit einem Bein aufs Bett kniet, füllt seine Anwesenheit den gesamten Raum aus. Es ist, als ob ein Schalter umgelegt worden wäre. Statt des ruhigen und besonnenen Mannes, den ich bisher kennenlernen durfte, ist er jetzt wie besessen.

»Ich habe davon geträumt.« Carter gleitet mit seiner Hand über die Wölbung in meiner Hose und umschließt diese ganz sanft. Ich beuge mich der Berührung entgegen und will mehr. »Dich vor mir ausgebreitet und vollkommen meinem Willen ausgeliefert zu sehen.«

»Bitte.«

Carter beugt sich über mich, und seine Lippen sind nur einen Atemzug von meinen entfernt. »Bitte *was*?«

»Alles. Gott, ich will dich einfach nur auf mir spüren.« Ich bettle. Aber das ist mir egal. Jede Zelle meines Körpers steht in Flammen und sehnt sich danach, dass dieser Mann mich aus meinem Elend befreit und mich ihn spüren lässt.

»Ich sollte dich wirklich bestrafen und dich warten lassen.«

Carters Hand wandert meinen Bauch hinauf und fährt jede Vertiefung meiner Bauchmuskeln nach. Ich versuche, den Abstand zwischen unseren Lippen zu verringern, doch Carter weicht zurück.

Ich stöhne frustriert auf.

»Stimmt etwas nicht?«, fragt Carter und streift mit seinen Fingern über meine Brustwarze. Schon die kleinste Berührung bringt mich beinahe dazu, direkt in meine Hose zu kommen. Er hat mich bisher kaum angefasst, doch ich drehe bereits fast durch.

»Das weißt du ganz genau.«

»Du weißt ja, dass ich gern Probleme löse. Was ist deines?«

Ich ziehe einen Mundwinkel zu einem leichten Lächeln nach oben. »Ist das ein Fetisch von dir?«

Er fährt mit seiner Nase an meinem Kiefer entlang und zeichnet mit seinen Lippen mein Ohr nach. »Halt mich bei Laune. Und vielleicht helfe ich dir bei deinem Problem.«

Ich neige meinen Kopf in seine Richtung und flüstere: »Mein Schwanz ist so steif, dass es schon wehtut, und der frustrierend attraktive Mann, der mit mir im Bett liegt, scheint nichts dagegen tun zu wollen.«

»Das klingt in der Tat nach einem Problem.« Carter schwingt ein Bein über meine Hüfte und positioniert sich über mir. Sein Schwanz befindet sich direkt über meinem. Die enge Hose, die er anhat, trägt nicht gerade dazu bei, seinen eigenen Ständer zu verbergen. »Aber du hast Glück.«

»Habe ich das?« Ich reibe mich an ihm und kämpfe gegen den Drang an, ihn zu mir herunterzuziehen. Um nicht in Versuchung zu geraten, schiebe ich meine Hände unter meinen Kopf.

Sein Grinsen ist geradezu sündhaft, kurz bevor er mich küsst. Und heilige Scheiße, *wie* er mich küsst. Ich schnappe nach Luft, als er meinen Gürtel öffnet und langsam meinen Reißverschluss herunterzieht.

Als seine Hand meinen Schwanz berührt, muss ich mich zusammenreißen, bei dieser Berührung nicht direkt zu kommen.

»Fuck, fühlt sich das gut an.«

»Dann wird dir bestimmt gefallen, was ich als Nächstes tue.«

Er grinst mich frech an, während er an meinem Körper hinabgleitet. Seine dunkelblauen Augen bleiben auf meine fixiert, während er meine Hose herunterzieht und von meinen Beinen streift. Als er das Gleiche mit meinen Boxershorts tut, wird ihm mein Penis wie ein Festmahl dargeboten.

»Dein Schwanz ist sogar noch besser, als ich ihn mir vorgestellt habe.« Mit seiner Zunge leckt er den Lusttropfen ab, der bereits aus meiner geschwollenen Eichel läuft.

»Mehr. Gott, bitte mehr.«

Dieses Mal lässt mich Carter nicht warten. Als er meine Spitze in seinen Mund nimmt, bekomme ich endlich die Erlösung, nach der ich mich schon den ganzen Abend über gesehnt habe. Seine Zunge wirbelt über meine samtige Haut, und mit jeder Berührung wird mein Schwanz immer praller. Mit seinen Lippen an meinem besten Stück, sieht er sogar noch attraktiver aus.

Ein Anblick für die Götter.

Carters Mund gleitet nach oben, bevor er mich komplett in sich aufnimmt. Die Hitze und Feuchtigkeit bringen mich meinem Höhepunkt immer näher.

Aber weil er so ein neckischer Mann ist, lässt er von mir ab und drückt mit seiner Hand den Ansatz meines Schwanzes zusammen, um zu verhindern, dass ich meine Ladung abschieße.

»Gott, du bist verdammt noch mal das Allerletzte!«, stöhne ich.

»Das Allerletzte oder der Allerbeste?«

»Ersteres. Eindeutig Ersteres.« Ich lege theatralisch einen Arm über meine Augen. Vielleicht hilft es ja, wenn ich diesen neckischen, sexy Mann nicht ansehen muss.

»Sieht so aus, als würde da jemandem Edging nicht gefallen.«

Ich öffne ein Auge und sehe ihn an. »Dir würde es auch nicht gefallen, wenn du nicht kommen könntest.«

Carter fährt mit seiner Zunge die Ader an meinem

Schwanz entlang. »Vertrau mir, am Ende wirst du es lieben.«

Dann steht er auf und entledigt sich seiner restlichen Kleidung.

»Ich liebe es jetzt schon mehr.«

Carters Körper ist auf seine ganz eigene Art und Weise zum Anbeißen. Weiches Haar bedeckt seine Brust und eine Spur aus hellem Flaum führt zu einem langen, dicken Schwanz. Einem, der mir geradewegs entgegen ragt.

»Willst du mich die ganze Nacht über mit diesem Ding scharfmachen oder lässt du mich auch mal damit spielen?«

Ich greife nach ihm, aber er stößt meine Hand weg. »Gleitgel? Kondome?«, fragt er mit rauer Stimme, während er langsam über sein Glied streichelt.

»Nachttisch.«

Carter wühlt in der Schublade herum, bis er findet, was er braucht. Er wirft alles aufs Bett, klettert über mich und umschließt meine Lippen in einem leidenschaftlichen Kuss.

Haut an Haut.

Schwanz an Schwanz.

Das Gefühl, diesen Mann auf mir zu haben, bringt mich dazu, mich wie ein brunftiges Tier an ihm zu reiben.

Ich stöhne laut auf, als er unsere beiden Schwänze in seine Hand nimmt und uns einen runterholt.

»Fuck, Alex.« Sein Atem ist heiß an meinem Hals.

Ich schlinge meine Beine um seine Taille und ziehe ihn näher zu mir heran. »Ich kann es kaum erwarten, dich in mir zu spüren.«

Carter zieht sich zurück und ein verschmitztes Lächeln huscht über seine geschwollenen Lippen. »Dann fange ich wohl besser mal an.«

Er verteilt Gleitgel auf seinen Fingern und zieht damit eine Spur über meinen begierigen Schwanz, vorbei an meinen Eiern und direkt hin zu meinem Arsch. Ein leichtes Tippen gegen meinen Anus bringt mich so nah an den Rand des Höhepunkts, dass ich mir auf die Faust beißen muss, um nicht zu kommen.

Ich kann mir nicht vorstellen, wie es sich anfühlen wird, wenn er erst einmal in mir ist.

»Alles okay bei dir?«

Ich blicke auf ihn hinunter. Seine Finger haben sich nicht bewegt. »Dring endlich in mich ein.«

Er wackelt verführerisch mit den Augenbrauen und versenkt einen Finger in meinem Hintern. Langsam. So schmerzhaft langsam, dass ich es kaum aushalte.

Ich kralle mich mit den Händen im Bettlaken fest und rattere Statistiken herunter, um noch nicht abzuspritzen.

»Du siehst so gut aus. Wie du mich in dich aufnimmst.« Carter schiebt mein Bein nach hinten, um mich noch weiter zu öffnen. »Und es wird noch besser aussehen, wenn es mein Schwanz ist, der in dir ist.«

Sein warmer Atem streift über meine Eier, als er eines davon in den Mund nimmt und gleichzeitig zwei Finger in mich schiebt.

Er dehnt mich aus, während ich mich nach oben drücke und mehr will. Mehr brauche. Mehr begehre.

»Ich bin bereit. Fuck, ich bin so was von bereit.«

Dieses Mal lässt mich Carter nicht warten. Er schnappt sich ein Kondom und rollt es über sein steifes Glied. »Dreh dich um. Auf alle viere.«

Ich gehorche sofort und höre, wie der Deckel des Gleitgels geöffnet wird. Carter träufelt noch etwas davon auf mich, bevor ich die Spitze seines Schwanzes spüre. Kräftige Hände ziehen meine Pobacken auseinander, während er in mich eindringt.

»Jaaaa«, stöhne ich.

»Du siehst so gut aus, wenn mein Schwanz in dir

steckt«, meint Carter mit ehrfürchtiger Stimme, als er den engen Muskelring durchstößt und weiter in mich eindringt, immer weiter, bis er schließlich komplett in mir ist und seine Eier gegen meinen Hintern klatschen.

»Fuck. Fuck.«

Es sollte sich nicht so gut anfühlen. Aber Gott, das tut es.

Carter legt sich auf meinen Körper und beginnt, sich zu bewegen. Glatte Haut reibt gegen glatte Haut. Jedes Mal, wenn er wieder in mich stößt – jedes Mal, wenn er meine Prostata streift –, ziehen sich meine Eier mehr und mehr zusammen.

»Carter. Fuck«, stöhne ich. »Ich bin so verdammt nah dran. Fester.«

Carter zieht sich zurück und packt mich an der Hüfte. »Hol dir einen runter.«

Ich stütze mich auf meinen Unterarm und nehme meinen schmerzhaft steifen Schwanz in die Hand, während Carter in mich stößt. Unerbittlich. Jedes Stöhnen und jedes Klatschen von Haut an Haut bringt mich meinem Höhepunkt näher.

»Ich will, dass du kommst, Babe«, flüstert Carter.

Er hält mich fest umklammert, während ich alles nehme, was er mir zu bieten hat, als die ersten Anzeichen meiner Erlösung aufflammen.

»Du presst das Leben aus mir heraus. Fuck, das fühlt sich fantastisch an.« Als er meine Prostata ein weiteres Mal berührt, explodiere ich.

»Fuck, Carter!«, schreie ich. Es ist mir egal, ob die Leute in der Nachbarschaft mich hören können, während ein Schwall Sperma nach dem anderen aus mir herausspritzt. Es hat sich noch nie so gut angefühlt.

»O ja«, stöhnt Carter, als ich ihn in mir pulsieren spüre. »Ja!«

Er verliert an Tempo, bis er schließlich innehält und sich in seinem eigenen Orgasmus verliert. Dann lässt Carter sich auf mich fallen und niemand von uns bewegt sich.

»Fuck.« Ich drehe meinen Kopf, um ihn anzusehen, und vollkommene Glückseligkeit ziert sein Gesicht.

»Wenn du noch sprechen kannst, habe ich meinen Job nicht gut genug gemacht«, meint Carter atemlos.

Ich lächle ihn an und drücke ihm einen schnellen Kuss auf die Lippen.

»Dann ist es ja gut, dass wir noch die ganze Nacht vor uns haben.«

Kapitel Zwölf

CARTER

Als ich mich umdrehe, spüre ich, dass das Bett neben mir kalt ist. Das Sonnenlicht, das durch Alex' Fenster hereinströmt, blendet mich fast. Aber es kann nicht darüber hinwegtäuschen, dass ein gewisser Quarterback nicht neben mir liegt.

Von unten dringt leise Musik ins Zimmer. Ein Seufzer entweicht mir, als ich mich dehne. Mein Körper ist müde von der letzten Nacht, in der ich Alex' Körper äußerst gut kennenlernen durfte – jede einzelne Stelle, die ihn zum Strahlen bringt.

Das lässt meinen Schwanz sofort wieder steif werden. Ich verdränge die Gedanken an letzte Nacht, fische meine Boxershorts aus dem Wust an Klamotten auf dem Boden und folge den Geräuschen die Treppe hinunter.

Ich war gestern Abend viel zu sehr auf Alex konzentriert, um mir das Obergeschoss seines Hauses genauer anzusehen. Es ist gemütlich hier und an den Wänden hängen Bilder von seinen Freunden, seiner Familie und von ihm selbst beim Footballspielen. Ich liebe dieses heimelige Flair. Ich hatte etwas viel Moderneres erwartet, aber Alex überrascht mich immer wieder.

Vor allem, als ich ihn vor dem Herd stehen sehe.

Nur mit schwarzen Boxershorts bekleidet.

Fuck, er ist tatsächlich der heißeste Mann, den ich je gesehen habe.

Es ist unfair jedem anderen gegenüber, so einen sexy Rücken zu haben.

Aber Alex hat ihn.

Die Art und Weise, wie sich seine Muskeln bei jeder Bewegung anspannen, lässt ihn in meiner Vorstellung noch ganz andere Dinge tun.

Gott, eine Nacht mit Alex und schon hat er mich in eine Sexmaschine verwandelt.

»Willst du mich weiter einfach nur anstarren, oder willst du etwas frühstücken?«

Erwischt.

Er musste sich nicht einmal umdrehen, um zu bemerken, dass ich hinter ihm stehe.

»Tut mir leid, ich genieße einfach nur den Ausblick.« Ich gehe zu ihm und lege mein Kinn auf seine Schulter.

»Das merke ich.« Er dreht den Kopf und sieht mich an, und ich kann einfach nicht anders. Ich lege meine Lippen auf seinen Mund und gebe ihm einen langen, zärtlichen Kuss.

Nach diesen süchtig machenden Küssen letzte Nacht kann ich einfach nicht mehr genug bekommen.

»Morgen«, sagt er mit kratziger Stimme.

»Guten Morgen.« Ich umschlinge ihn mit meinen Armen und schaue mir an, was er gerade zubereitet. »Womit habe ich denn einen solchen Service verdient?«

»Ich glaube, das weißt du ganz genau.« Alex lehnt sich weiter in meine Umarmung, während er die Eier und das

Gemüse in der Pfanne schwenkt. Kaffee gluckert in einer Kanne neben dem Herd.

»Daran könnte man sich glatt gewöhnen.« Ich drücke ihm noch einen Kuss auf den Hals und löse mich von ihm. Dann schnappe ich mir einen ›Nerds sind cool‹-Kaffeebecher, schenke mir Kaffee ein und setze mich auf den Küchentresen.

»Und ich könnte mich auch daran gewöhnen, dich jeden Morgen in meiner Küche zu sehen.« Alex grinst mich verschmitzt an, während er unser Frühstück zubereitet.

Als er sich in meine Richtung dreht, bemerke ich den lila Fleck auf seiner Brust. »O Scheiße. War ich das?«, frage ich und zeige auf den Knutschfleck.

Alex tritt zwischen meine Beine und stützt sich mit seinen Händen links und rechts von mir ab. »Ja, das warst du.«

»Hoffentlich ziehen dich die Jungs in der Umkleidekabine deshalb nicht auf.«

Alex schenkt mir ein träges Lächeln. »Um die mache ich mir keine Gedanken.« Er fährt mit einem Finger meine Brustmuskeln entlang. »Worüber ich mir eher Gedanken mache, ist, dass *du* nicht auch einen hast.«

Seine Augen verdunkeln sich vor Lust. Aber das Knurren meines Magens unterbricht das, was auch immer da gerade passieren wollte.

»Sieht so aus, als hätte sich da jemand Appetit geholt.«

Alex nimmt die Pfanne vom Herd, teilt die Eier auf zwei Teller auf, reicht mir einen davon und stellt sich neben mich.

Ich nehme einen Bissen und stöhne genüsslich auf. »Das ist ja köstlich.«

»Freut mich, dass du so leicht zufriedenzustellen bist.«

»Ich würde das eher als symbiotische Beziehung

bezeichnen.« Ich drücke Alex einen Kuss auf die Lippen, bevor ich einen weiteren Bissen nehme.

»Ich dachte, du wärst ein Statistiklehrer«, meint Alex und zieht eine Augenbraue hoch.

»Schon, aber das heißt nicht, dass ich nicht weiß, was meine Schüler alles so treiben.«

Alex stellt seinen leeren Teller ab, nachdem er sein Frühstück praktisch inhaliert hat. »Du bist ein guter Lehrer, weißt du das?«

Ich zucke mit den Schultern. »Manchmal ist es schwierig, jemanden zum Zuhören zu bewegen, aber ich freue mich, dass du das so siehst.«

»Hey, wenn du nicht unterrichten würdest, hätten wir uns nie kennengelernt.«

Ich lasse meinen Blick über den Mann schweifen, der vor mir steht. Das wäre wirklich eine Schande.

Nicht nur wegen seines unglaublichen Körpers. Sondern, weil er die größte Überraschung aller Zeiten sein könnte.

Zum Beispiel überrascht er mich gerade schon wieder mit der Musik, die im Hintergrund läuft.

»Gibt es einen bestimmten Grund, warum du Boybands aufgelegt hast?« Ich versuche, meine Belustigung über seine Musikauswahl zu verbergen, aber es gelingt mir nicht.

»Warum? Magst du die Backstreet Boys etwa nicht?«

Ich schüttle den Kopf. »So habe ich das nicht gemeint. Ich hätte dich nur nicht für einen BSB-Fan gehalten.«

»Nur weil ich Footballspieler bin, darf ich ihre Musik also nicht mögen?«

»Doch, natürlich darfst du das. Ich hätte nur gedacht, dass ich der einzige Mann Ende zwanzig bin, der sich so was anhört.«

Alex sieht mich mit hochgezogener Augenbraue an. »Du bist also ein Fan?«

»Ich schätze, das kann man so sagen«, antworte ich und versuche, möglichst unbeteiligt zu klingen.

Alex nimmt mir den Teller ab und stellt ihn auf den Küchentresen neben seinen leeren. »Lass mich raten: Du hattest früher Poster von ihnen in deinem Zimmer hängen.«

»Nicht ganz. Meine Schwester war diejenige mit den Postern an den Wänden.«

»Und du bist in ihr Zimmer gegangen, wenn sie nicht zu Hause war, und hast sie angestarrt?«

»Das könnte sogar der Grund dafür gewesen sein, dass ich überhaupt erst gemerkt habe, dass ich schwul bin.«

Alex strahlt mich an. Ich kann spüren, wie begeistert er ist, als er seine Arme auf meine Schultern legt. »Lass mich raten: Nick?«

Ich verdrehe die Augen. »Bin ich so leicht zu durchschauen?«

Alex lacht. »O mein Gott. Wenn du ihn geheiratet hättest, würdest du jetzt Carter Carter heißen!«

Ich stoße ihm gegen die Brust. »Er hätte selbstverständlich *meinen* Namen angenommen. Nicky Brooks. Hört sich doch gut an, oder?«

Alex zuckt mit den Schultern. »Ich schätze schon — wenn man auf Blonde steht.«

Ich fahre mit einer Hand durch sein Haar und ziehe leicht daran. »Ich habe keine Präferenzen, was das Aussehen angeht. Aber dein Schwarm war wahrscheinlich Kevin, weil du auf ältere Männer stehst, oder?«

»O bitte, du bist nur drei Jahre älter als ich.«

Ich beuge mich für einen Kuss nach vorn. »Du widersprichst meiner Theorie nicht.«

»Die Backstreet Boys waren nur eine der Bands, die ich

mochte. Die Freundin meines Bruders hat sie sich ständig angehört. Er hat die Musik gehasst, doch ich habe sie geliebt. Seine Freundin hat mich sozusagen in die Welt der Boybands eingeführt. Und die Backstreet Boys sind lange nicht die Einzigen, die ich mag.«

»Ich traue mich kaum, zu fragen. Handelt es sich bei den anderen um eine zweifelhafte britische Boyband, von der noch nie jemand etwas gehört hat?«

Alex schüttelt den Kopf. »O-Town.«

Zum Glück habe ich nicht gerade von meinem Kaffee getrunken, sonst hätte ich ihn wohl laut prustend wieder ausgespuckt. »O-Town? Ist das dein Ernst?«

»Tut mir ja schon leid«, meint Alex und sieht ein wenig beleidigt aus, »aber hast du dir Ashley Parker Angel mal angesehen?«

Damit hat er mich. »Okay, in diesem Punkt muss ich dir recht geben. Ich wette, du hattest eine ganze Menge ›Liquid Dreams‹ über ihn.«

Alex legt mir eine Hand auf den Mund. »Bitte sag das nie wieder.«

Ich lächle gegen seine Handfläche, bevor ich meine Finger um sein Handgelenk schließe und es nach unten drücke. »Was denn? Magst du es etwa nicht, wenn ich deine *feuchten Träume* gegen dich verwende?«

»Wenn du jemals wieder mit mir schlafen willst, hörst du jetzt damit auf.«

Das bringt mich zum Schweigen, und ich tue so, als würde ich meine Lippen mit einem Reißverschluss verschließen.

»Gut.« Ein freches Grinsen breitet sich auf Alex' Gesicht aus. »Ich fände es schrecklich, den ersten Typen loswerden zu müssen, der denselben Musikgeschmack hat wie ich.«

Ich wandere mit meinen Händen nach oben über seine

Brustmuskeln und verschränke sie hinter seinem Nacken. »Dann sollte ich meiner Schwester wohl dankbar für ihre Liebe zu Boybands sein.«

Alex lächelt und küsst sich an meinem Kiefer entlang. »Wir sollten deiner Schwester auch dankbar dafür sein, dass sie mir ihren Platz auf der Comic-Convention angeboten hat.«

Das Stöhnen, das er mir entlockt, als er an meinem Ohr knabbert, ist geradezu unanständig. »Ich will im Moment eigentlich nicht an meine Schwester denken.«

»Ach nein? Wonach steht dir denn mehr der Sinn?«

Alex setzt seinen Weg mit seinen Lippen fort und leckt und saugt sich meinen Hals hinab. Es fällt mir schwer, mich auf irgendetwas zu konzentrieren, wenn sein Mund auf mir liegt.

»Wann musst du beim Training sein?« Es überrascht mich, dass ich überhaupt einen zusammenhängenden Satz herausbringe. *So sehr* treibt Alex mich in den Wahnsinn.

»Erst in ein paar Stunden.« Als Alex sich zurückzieht, glühen seine Augen vor Lust.

»Warum machen wir dann nicht das Beste daraus?« Ich streichle mit meinem Finger über seine Brustwarze und liebe es, wie sich daraufhin eine Gänsehaut auf seiner Haut bildet.

»Dann lass uns mal noch ein kleines Work-out einlegen, bevor du gehst.«

Ich springe von der Küchentheke, nehme Alex' Hand und ziehe ihn hinter mir her zur Treppe, voller Vorfreude darauf, den ganzen Morgen in dem Mann zu verbringen, der langsam, aber sicher zu einem meiner Lieblingsmenschen wird.

Kapitel Dreizehn

CARTER

»**A**lex, was machst du denn hier?«

»Gabe. Sei unserem Gast gegenüber bitte etwas respektvoller.« Ich blicke zu Alex hinüber, der wie ein Vollidiot grinst. »Das ist Mr. Young.«

»Entschuldigung. Mr. Young, was machen Sie denn hier?«, wiederholt er seine Frage.

»Carter – ich meine, Mr. Brooks – hat mich eingeladen, um mir mal anzusehen, wie ihr mit eurem Projekt vorankommt.«

Ich schenke Alex ein verschmitztes Lächeln. Wir beide treffen uns nun schon seit einigen Wochen. Da der Irrsinn der Football-Season gerade in vollem Gange ist, haben wir viele Nächte bei Alex zu Hause verbracht.

Normalerweise würde es mir gar nicht passen, dass er sich dort verkriechen muss, aber gerade macht es mir nichts aus. Nicht, wenn wir uns dort ineinander verlieren können.

»Also, dann lasst mal die Statistiken sprechen: Werden die Mountain Lions dieses Jahr den Super Bowl gewinnen?« Alex wirkt begeistert, als einige Hände eifrig in die Höhe schießen.

»Austin, warum fangen wir nicht mit dir an?«, frage ich und zeige auf ihn, weil ich verhindern möchte, dass alle durcheinanderschreien.

»Ihre Pass-Statistiken sind dieses Jahr recht solide«, meint Austin, ohne sich auch nur im Geringsten zu verstellen. Er ist wahrscheinlich der klügste Schüler in meiner Klasse. »Mr. James hat ebenfalls eine gute Season.«

›Gut‹ ist noch gelinde ausgedrückt. Laut Alex hat er gerade die beste Season seiner gesamten Karriere.

»Das ist richtig. Und wie sieht es mit der Defense aus?«

»Da sie die gegnerische Offense in ihrem Laufspiel nie weiter als hundert Yards kommen lässt, macht sie das zu der besten in der Liga.«

»Knox Fisher hat gerade auch eine Traum-Season«, meint Alex und strahlt vor Stolz. Es ist nicht zu übersehen, wie sehr er seine Mannschaftskameraden schätzt.

»Basierend auf allen Berechnungen und unter Hinzuziehung der Statistiken der anderen Teams, gehe ich davon aus, dass die Mountain Lions in den nächsten sechs Jahren zwei Super Bowls gewinnen werden.«

»Nur zwei?« Alex sieht ein wenig enttäuscht aus.

»Meine Tendenz geht eher zu drei«, meint Austin, während er an seinem Bleistift herumspielt, »aber ich will nicht übertreiben.«

»Wie wäre es, wenn wir einfach drei sagen, und falls es nicht klappt und wir nur zwei gewinnen, werde ich dir das nicht ankreiden?«

Alle Schüler jubeln Alex zu. Egal, wo er hingeht: Er gewinnt jeden im Handumdrehen für sich.

»Hey, warum kommen Sie nicht als Aufsichtsperson mit Mr. Brooks zu dem Tanz? Mrs. Phillips ist nicht da und wir brauchen noch jemanden!«, ruft Ben aus der hinteren Reihe.

»Woher um alles in der Welt weißt du das, Ben?«

»Das hat mir meine Mom erzählt. Sie hat einen Anruf bekommen, dass noch mehr Eltern als Aufpasser gesucht werden. Anscheinend können das keine anderen Lehrer übernehmen.«

Ich schnaube auf. Das bezweifle ich sehr. Niemand will den Abend vor den Herbstferien damit verbringen, einen Haufen hormongesteuerter Jugendlicher auf einem Schulball zu beaufsichtigen. »Er will mit Sicherheit kein Aufpasser bei unserem Schulball sein.«

»Wer sagt denn so was bitte?«, fragt Alex, während er seine Arme verschränkt und sich gegen die Wand lehnt. Meine Schüler blicken gespannt zwischen uns hin und her.

»Ihnen ist schon bewusst, dass es sich dabei um einen Highschool-Ball handelt, oder?«

Alex versucht, sich ein Lächeln zu verkneifen. »Das habe ich mir schon gedacht. Aber was sollte denn dagegensprechen? Das ist unsere spielfreie Woche. Und ich habe sowieso noch nichts vor.«

Ich weiß, dass Alex da noch nichts vorhat, denn es sind gleichzeitig auch Herbstferien. Wie es der Zufall so will, fallen die beiden tatsächlich zusammen. Und wir hatten vor, das ganze Wochenende miteinander zu verbringen.

»Versuchen Sie doch nicht, ihm das auszureden, Mr. Brooks! Wie cool wäre es bitte, einen Mountain Lion mit bei unserem Herbstball zu haben?«, ruft Ben.

Ich ziehe eine Augenbraue hoch und schaue Alex an. »Sind Sie sicher, dass Sie wissen, worauf Sie sich da einlassen?«

»Tragen Sie mich mit ein, Mr. Brooks.«

»BIST DU DIR SICHER, dass du das machen willst?«

Wir sind in meinem Klassenzimmer, kurz bevor der Ball beginnt, und Alex steht vor mir. »Versuchst du gerade, mir das Ganze wieder auszureden?«, fragt er und grinst mich verschmitzt an.

»Das sind Highschool-Schüler. Wenn die auch nur den Hauch von Angst bei dir spüren, werden die dich bei lebendigem Leibe auffressen.«

»Das ist jetzt aber ein bisschen dramatisch, meinst du nicht?« Alex steckt die Hände in seine Taschen und lehnt sich rückwärts gegen meinen Schreibtisch. »Die Woche über waren sie doch ganz in Ordnung. Außerdem habe ich mich schon an sie gewöhnt.«

»Meine Schüler mögen dich bereits. Und die anderen werden alle cool tun wollen, um Eindruck bei dir zu schinden.«

»So wie du versucht hast, cool zu tun, als du mich zum ersten Mal getroffen hast?«

Ich richte seine Krawatte, ohne ihn anzusehen. »Ich habe keine Ahnung, wovon du sprichst.«

Alex nimmt meine Hand und drückt mir einen Kuss auf die Innenseite. »Natürlich nicht, du Hengst.«

»Also schön. Aber das ändert nichts an der Tatsache, dass diese Kids versuchen werden, dich zu beeindrucken. Sie sind wie die schlimmste gegnerische Defense, die deine Schwächen erkennt, durch deine Offensive Line pflügt und dich bei jedem Spielzug angreift.«

Alex' Schultern spannen sich an.

»*Jetzt* verstehst du es. Teenager sind ganz genau so. Vor allem, wenn sie voller Hormone sind.«

»Ja, okay, das hört sich wirklich schrecklich an. Aber

können wir auch kurz darauf eingehen, wie heiß es ist, wenn du über Football redest?«

»Du konzentrierst dich gerade auf die falschen Dinge.« Ich will mich schon umdrehen und gehen, doch Alex hält mich zurück.

»Oh, ich glaube nicht, dass ich das tue, Mr. Brooks.«

»Na dann. Aber sag nicht, ich hätte dich nicht gewarnt.«

»Entspann dich. Ich wusste, worauf ich mich einlasse, als ich mich dafür gemeldet habe. Außerdem«, Alex zuckt mit einer perfekt trainierten Schulter, »habe ich ja dich. Sie werden mich schon nicht zu hart rannehmen.«

Ich ergreife seine Hand und ziehe ihn näher an mich heran. »Okay, Babe. Was immer du sagst.«

Ich drücke ihm einen Kuss auf die Lippen. Schnell und unverfänglich. Doch Alex zieht mich zurück und verweilt noch einen Moment länger auf meinem Mund.

»Du weißt, dass das auf Schulbällen nicht gern gesehen wird?«

Er lacht und sein Atem fühlt sich heiß an meiner Wange an. »Ich weiß. Deshalb dachte ich mir, ich tue es jetzt, solange ich noch kann.«

»Solange es nicht der letzte ist, den du mir je geben wirst«, erwidere ich, und in meiner Stimme schwingt eine gewisse Schärfe mit. Alex und ich sehen uns erst seit ein paar Wochen, und trotzdem fühlt es sich bereits anders an als alles andere, was ich vorher mit Männern hatte.

»Ich habe mich freiwillig dafür gemeldet. Ich weiß schon, worauf ich mich da eingelassen habe.«

ALEX

. . .

HEILIGE SCHEISSE! Ich wusste *nicht*, worauf ich mich da eingelassen habe.

Ich habe bereits zwei Flachmänner konfisziert, zwei Teenager beim Rummachen im Flur erwischt und eine Schlägerei beendet.

Und das allein innerhalb der ersten dreißig Minuten.

Da die Beleuchtung in der Schulturnhalle gedimmt wurde und die Discokugel überall Licht reflektiert, ist es für die Kids ein Leichtes, sich davonzuschleichen.

»Na, bereust du es schon?«, fragt Carter, als er sich neben mich stellt. Seine Anwesenheit beruhigt mich etwas, aber ich bin trotzdem nervös.

»Du hast nichts davon gesagt, dass es *so* schlimm werden würde.«

»Du hast mir nur einfach nicht geglaubt. Dachtest du etwa, das wären alles Engel?«

»Ich dachte, die wären alle so wie deine Schüler. Als sie uns beim Training besucht haben, waren sie alle so höflich.«

»Meine Schüler besuchen den Advanced-Placement-Statistikkurs. Es sind nicht alle so wie sie«, meint Carter und lacht.

»Hast du dir so auch deinen eigenen Highschool-Ball vorgestellt?«

»Ich glaube, ich habe mehr Tanzen und weniger Rumgemache erwartet.«

»Bist du enttäuscht darüber, dass du das nie miterleben durftest?«

Carter zuckt mit den Schultern. »Ja und nein. Ich wünschte, ich hätte ein heißes Date an meinem Arm gehabt, um die anderen zu beeindrucken und nicht so als Außenseiter dazustehen, aber ich bin darüber hinweg.

Wenn mein Ball damals auch so gewesen wäre wie dieser hier, kann ich gern darauf verzichten.«

Da schießt mir eine Idee durch den Kopf. Eine, die Carter hoffentlich gefallen wird.

Als ich meinen Blick wieder auf die Tanzfläche gleiten lasse, reiben sich gerade zwei Schüler aneinander. Es fühlt sich an wie ein Angriff auf meine Augen.

»Kannst du dich bitte darum kümmern? Ich pack das nicht«, sage ich und ziehe eine Schnute, in der Hoffnung, dass er Mitleid mit mir hat.

»Es wird sich bereits darum gekümmert«, erwidert er und zeigt auf den Erwachsenen, der die beiden gerade voneinander trennt.

»Gott, wenn ich jemals Kinder habe und die sich so aufführen …«

»Dann wirst du *was* tun?« Carter verschränkt die Arme und zieht seine Augenbrauen hoch.

»Wenn ich das nur wüsste. Aber sie werden sich auf jeden Fall nicht so verhalten, wenn ich nicht in der Nähe bin.«

Carter bricht in Gelächter aus und hört gar nicht mehr auf, während ich ihn mit todernstem Blick ansehe.

»Oh, du meinst das ernst?« Carter wischt sich eine imaginäre Träne aus dem Auge. »Das macht es ja noch besser.«

»Hör auf, mich auszulachen!« Ich verpasse seiner Schulter einen Stoß, woraufhin sein Lachen nachlässt.

Aber nur ein wenig.

»Tut mir leid. Aber glaubst du wirklich, dass du Kinder oder Jugendliche kontrollieren kannst, wenn du nicht in der Nähe bist?«

»Nein, nicht wirklich.« Ich verschränke meine Arme und wende mich von ihm ab. »So viel zu meinem Engel von einer Tochter, die keinen Jungs hinterherschauen wird, bis sie vierzig ist.«

»Ja, genau so werden deine Kinder sein. Sie werden nie etwas tun, worüber du dich ärgern müsstest. Einfach perfekt eben.«

»Jetzt stichelst du aber ganz schön.«

Carter steckt seine Hände in die Taschen und wendet sich wieder den Schülern zu. »Ich habe jeden Tag mit diesen Hormonbündeln zu tun. Tut mir leid, dass ich deine Seifenblase zum Platzen gebracht habe.«

»Wie lange müssen wir noch durchhalten?«

»Noch ungefähr zwei Stunden. Meinst du, du schaffst das?«

»Sollte ich so einer Aktion jemals wieder zustimmen, verpass mir bitte einen Schlag auf den Hinterkopf.«

Carter grinst mich an, bevor er sich zu einer Gruppe Schülern aufmacht, die sich gerade anschreien.

»Wird gemacht, Mr. Quarterback. Wird gemacht.«

Kapitel Vierzehn

ALEX

»Das ist wirklich klasse, dass du so kurzfristig vorbeikommen konntest, um mir zu helfen«, sage ich, während ich eine weitere Lichterkette um die Säule der rückwärtigen Terrasse wickle.

»Willst du mir immer noch nicht sagen, was das alles hier soll?«, fragt Peyton von der anderen Seite und springt von ihrem Stuhl herunter.

Ich schüttle den Kopf. »Nein. Ich möchte, dass es für alle Beteiligten eine Überraschung ist.«

»Nun, was auch immer es ist: Ich finde es süß, dass du dich so ins Zeug legst. Das Mädel kann sich echt glücklich schätzen.«

Ich konzentriere mich auf die Entwirrung der letzten Lichterkette und behalte das Lächeln auf meinem Gesicht stoisch bei.

»Verdammt. Ich hatte gehofft, dass ich es dir so entlocken könnte«, meint Peyton und knufft mich mit dem Ellbogen in die Seite.

»Hat dir schon mal jemand gesagt, dass Colin auf dich abfärbt?«, frage ich lachend und lasse mich auf einen

Stuhl fallen, während sich Peyton eine Wasserflasche vom Tisch nimmt.

»Nicht nur einmal«, meint sie.

Ich betrachte die Frau, die ich während der letzten Monate kennenlernen durfte. »Du weißt, dass du Colin auf eine äußerst positive Weise verändert hast, oder?«

»Er macht es einem recht einfach, ihn zu lieben.«

Ich weiß, dass die beiden einen steinigen Weg hatten, und freue mich, dass sie jetzt so glücklich sind. Die beiden zusammen zu sehen – genauso wie Jackson und Tenley –, lässt einen Funken Hoffnung in mir aufflammen.

Dass ich eines Tages vielleicht auch so jemanden finden könnte.

Mal davon abgesehen, dass ich das bereits habe.

Denn es gibt niemand anderen, für den ich das hier tun würde.

Außer Carter.

»Und es gibt keine besondere Person in deinem Leben?«

Peyton sieht mich mit ernsten Augen an, und es ist nicht gerade einfach, bei diesem durchdringenden Blick nicht einzuknicken. Sie ist eine Kraft, die man nicht unterschätzen darf.

»Nicht wirklich, nein.«

Es fällt mir immer schwerer, diese Lüge aufrechtzuerhalten. Doch das ist die Realität, mit der ich tagtäglich lebe.

Ich würde meinen Freunden so gerne mein Geheimnis anvertrauen können. Ich vertraue ihnen alles andere an, warum also nicht auch das?

Weil es jemandem versehentlich herausrutschen könnte. Und dann wäre ich am Arsch.

Ich fege die Schuldgefühle aus meinem Kopf und konzentriere mich auf das, was ich gerade für Carter tue.

Ob ich mich nun oute oder nicht, er wird das hier auf jeden Fall lieben.

»Ich glaube, dass das, was du hier machst, etwas anderes sagt.«

Ich lächle sie gewitzt an. »Du weißt doch gar nicht, was ich hier mache.«

Peyton blickt hoch zu den Lichtern, die sie mit mir im ganzen Garten aufgehängt hat. »Was auch immer es ist, deine Gäste werden begeistert sein. Auch wenn du mir nichts weiter verraten willst.«

»Ich bin nur froh, dass die Jungs keine Zeit hatten und du es dir einrichten konntest. Sie würden mich wegen dieser Sache hier aufziehen.«

Peyton lacht lauthals los. »O mein Gott, sie würden dich *so was von* aufziehen. Bei solchen Dingen sollte man tatsächlich lieber eine Frau um Hilfe bitten.«

Ich hebe meine Wasserflasche, um ihr zuzuprosten. »Dann bin ich ja froh, dass du da warst, um mir zu helfen.«

»Ich bin immer für dich da, Alex. Ich hoffe, das weißt du. Du hast so viel für mich getan, seit ich bei euch zu arbeiten angefangen habe, und ich weiß nicht, ob ich dir jemals genug dafür danken kann.«

»Hey, du bist jetzt Teil der Familie. Wir sind immer füreinander da.«

»Nun, halt mich auf dem Laufenden, wie es gelaufen ist.« Sie steht auf und geht zurück ins Haus.

Ich schaue mich um und betrachte unser Werk. Ein paar weitere Dinge müssen noch aufgebaut werden, aber erst später, kurz bevor Carter kommt. »Ich hoffe, es wird ihnen gefallen«, sage ich, während ich Peyton zur Haustür begleite.

Sie gibt mir zum Abschied noch eine Umarmung. »Das wird es. Glaub mir.«

CARTER

DAFÜR, dass wir eigentlich das verlängerte Wochenende miteinander verbringen wollten, hatte Alex erstaunlich wenig Probleme damit, mich einfach aus seinem Haus zu schmeißen. Aber als er dann gesagt hat, dass ich heute Abend wiederkommen soll, musste ich mich zusammenreißen, mich nicht zu früh auf den Weg zu machen.

Nachdem ich sein Haus betreten habe, gehe ich sofort – wie von ihm angewiesen – nach hinten und nach draußen in den Garten. Seine geheimnisvollen Worte von vorhin bringen meine Nerven zum Flattern.

Kalte Luft schlägt mir entgegen, als ich nach draußen gehe. Aber das ist es nicht, was mir den Atem raubt.

Es ist der Mann, der vor mir steht.

Alex wird von Lichterketten angestrahlt und sieht in seinem maßgeschneiderten schwarzen Anzug verdammt sexy aus. Sein normalerweise recht wuscheliges Haar ist auf die Seite gegelt. Ein paar Bierflaschen stehen auf einem Tisch, der mit Blumenblättern bedeckt ist. Im Hintergrund läuft leise Musik.

»All I Have To Give« von den Backstreet Boys, wenn mich nicht alles täuscht.

»Was zur Hölle soll das alles hier?«

Alex kommt auf mich zu.

»Carter Brooks. Möchtest du mit mir zum Abschlussball gehen?«

Ich öffne meinen Mund und schließe ihn wieder, ohne das mir auch nur ein einziges Wort über die Lippen kommt. In meinem Bauch flattern Millionen von Schmetterlingen.

Alex Young, der Quarterback der Denver Mountain Lions, fragt mich, ob ich mit ihm zum Ball gehen möchte.

Dieser eine Moment hier mit Alex löscht jede noch vorhandene schlechte Erinnerung an die Highschool aus. Anstelle der Sportskanone, die mich geschubst und belogen hat, steht nun Alex vor mir. Und er bittet mich auf die romantischste Art und Weise aller Zeiten zum Tanz.

Meine Augen füllen sich mit Tränen bei dem Gedanken, welche Bedeutung das für mich hat. Und nach Alex' Blick zu urteilen, weiß er um diese Bedeutung ganz genau.

»Du antwortest mir ja gar nicht. Ich hoffe, es hat dir nur vor lauter Freude die Sprache verschlagen.«

»Alex …«

Es hat mir tatsächlich die Sprache verschlagen.

Alex legt einen Arm um meine Schultern und zieht mich näher an sich heran.

»Ich weiß, dass du nie mit dem Typen, den du so mochtest, zum Ball gehen konntest. Aber ich hoffe, dass es das hier vielleicht ein kleines bisschen wiedergutmacht.«

Ich blinzle die Tränen weg, die sich bereits ankündigen.

»Das ist ohne Zweifel das Aufmerksamste und Netteste, was je jemand für mich getan hat.«

Alex' warmer Atem streicht über meine Wange. »Na, Gott sei Dank. Für einen kurzen Moment hatte ich mir schon Sorgen gemacht.«

»Ich bin einfach sprachlos.«

»Du hast es verdient, deinen eigenen Ball zu bekommen.«

Ich schüttle den Kopf und löse mich aus Alex' Griff, um ihm in die Augen zu schauen. Alle möglichen Emotionen wirbeln durch meinen Körper. »Das ist besser als jeder Highschool-Ball, an dem ich hätte teilnehmen können.«

»Das wird allein schon deshalb besser, weil wir uns die Musik selbst aussuchen können.«

»Die Backstreet Boys waren eine ausgezeichnete Wahl, Mr. Young.«

Er zwinkert mir zu, während er sich umdreht, um nach einer Plastikbox auf dem Tisch zu greifen.

Mit einem Anstecksträußchen aus weißen Rosen darin.

»Wow, du hast ja wirklich an alles gedacht.«

Alex lacht. »Das ist unser erster gemeinsamer Ball. Natürlich musste ich da an alles denken.«

Mit zitternden Händen macht er das Sträußchen an meinem Pullover fest. »Das ist ja wirklich das volle Programm, bis hin zum nervösen Tanzpartner.«

»Es wird vielleicht nicht ganz wie ein normaler Ball werden«, meint Alex und zeigt zwischen uns beiden hin und her, »denn es nehmen nur wir beide teil. Und es gibt Alkohol.«

Ich lege meine Arme auf Alex' Schultern. »Du warst bei dem Ball dabei. Du hast gesehen, wie viele Schüler versucht haben, Alkohol reinzuschmuggeln.«

Alex gibt mir einen Kuss, warm und zärtlich. »Der Unterschied liegt allerdings darin, dass ich ihn nicht aus dem Schnapsregal meiner Eltern klauen musste. Ich konnte ihn mir selbst kaufen.«

»Wenn das hier wirklich wie ein Highschool-Ball ist, hast du uns dann auch ein Hotelzimmer gebucht?«, frage ich und wackle verführerisch mit den Augenbrauen.

Alex lacht und fängt an, mich langsam in seinen Armen zu wiegen. »Ich würde es eher bevorzugen, wenn du mich danach in mein eigenes Zimmer bringst.«

Ich lasse meinen Blick über den Garten schweifen, mit all den Lichtern und der leisen Musik, während Alex langsam mit mir im Kreis tanzt. Ich küsse mich an seinem Unterkiefer entlang und flüstere ihm ins Ohr: »Danke, Alex«.

»Hoffentlich ändert das nun deine Meinung über Footballspieler.«

»Das tut es. Definitiv.«

»Also, möchtest du jetzt wirklich das volle Highschool-Ball-Programm?«

»Wenn du von Sex sprichst, dann ja. Aber stümperhafter, peinlicher Sex? Da passe ich.«

Alex stößt ein tiefes Lachen aus, das durch mich hindurchströmt und jede einzelne Zelle meines Körpers durchdringt. Er macht eine Drehung und lässt mich dann in einem Dip nach hinten sinken, während seine Lippen über meinem Mund schweben.

»Ich verspreche dir, das wird alles andere als stümperhaft.«

Kapitel Fünfzehn

ALEX

Der ganze Abend ist reibungslos verlaufen. Carters Reaktion ist sogar noch besser ausgefallen, als ich es mir erhofft hatte.

Und mit ihm zu tanzen, war das absolute Highlight.

Dieser wundervolle Abend hat dazu geführt, dass ich mich nur noch mehr in ihn verliebt habe. Wegen des großen Herzens, das er in sich verborgen trägt.

Ich liebe es, dass er es langsam für mich öffnet.

Nachdem wir unser Bier ausgetrunken und zu jedem schrecklichen Lied getanzt haben, das ich für so einen Anlass finden konnte – damit er auch das volle Abschluss-ball-Erlebnis bekommt –, nimmt Carter meine Hand und zieht mich in mein Schlafzimmer.

Kaum hat er die Tür geschlossen, stürzt Carter sich auf mich und überhäuft mich mit Küssen auf meinem ganzen Gesicht, Hals, Unterkiefer – einfach überall.

»Wenn du immer so bist, wenn ich dich zu einem Ball einlade, werde ich das wohl öfter tun.«

Carter macht einen Schritt zurück und sieht mich mit

einem verklärten, glücklichen Blick an. »Ich kann nicht glauben, dass du das alles für mich getan hast.«

Ich gehe auf ihn zu, lege meine Hand auf seine Wange und komme ihm näher. »Und ich würde es immer wieder tun«, versichere ich ihm und küsse seine warmen, nach Bier schmeckenden Lippen. »Du bist ein ziemlich guter Tanzpartner.«

»Ja, klar«, meint Carter leise lachend an meinen Lippen. »Meine Tanzkünste waren einfach spitze.«

Carter packt mich und zieht mir auf dem Weg zum Bett mein Jackett und mein Hemd aus. »Vielleicht können wir das nächste Mal vorher ein paar Tanzstunden nehmen.«

Der Gedanke daran, so mit Carter zu tanzen, lässt Schuldgefühle in mir aufsteigen. Ich möchte das. Ich möchte mit ihm öffentlich zusammen sein. Aber ich kann nicht.

»Vielleicht kannst du mir für den Moment erst einmal einen Kurs in etwas anderem geben.« Ich öffne meinen Gürtel und ziehe mir hastig die Hose aus, während Carter noch vollständig bekleidet vor mir steht.

»In was hättest du denn gern zuerst einen Kurs?«, fragt Carter und zieht sich seinen Pullover aus.

»Fuck, du bist so sexy.«

»Das ist aber kein Kurs.« Carters Mund verzieht sich zu einem selbstgefälligen Grinsen, als er sich aufs Bett legt. »Wie wäre es, wenn du dir einfach nimmst, was du möchtest, da du heute so einen fantastischen Abend organisiert hast?«

Der Gedanke, Carter zu reiten, lässt mich direkt über ihn herfallen.

»Da ist aber jemand aufgeregt.«

»Was soll ich sagen? Mit dir zusammen zu sein, ist einfach aufregend.«

Carter zieht mich auf sich und gibt mir einen Kuss, der mir fast den Verstand raubt. Warme Hände gleiten an meinem Rücken auf und ab und lassen eine Woge der Lust durch meinen Körper wandern.

Jedes Mal, wenn dieser Mann mich berührt, macht mich das vor Verlangen fast verrückt. Ich bin so vernarrt in ihn, dass es mir fast schon Angst machen sollte.

Denn wenn er mich so küsst – als würde er sich alle Zeit der Welt für mich nehmen –, fühle ich mich zum ersten Mal in meinem Leben angekommen.

Ich presse mich an ihn; ich will mehr.

»Du hast immer noch viel zu viele Klamotten an.«

Ich küsse mich seine Brust hinunter, sauge an seinen steifen Nippeln und spiele mit meiner Zunge an ihnen herum. Jedes Stöhnen von ihm lässt meinen Schwanz aufhorchen. Er will auch endlich mitmachen.

»Ich liebe deinen Mund einfach«, stöhnt Carter.

»Gleich wirst du ihn noch viel mehr lieben.«

Ich küsse und lecke mir meinen Weg seinen Bauch hinab, öffne seine Hose und ziehe sie zusammen mit seinen Boxershorts herunter.

Sein Schwanz springt prall und pochend zurück gegen seinen Bauch, während ich mich an seinen Beinen hochküsse.

»Ich dachte, du solltest heute Abend derjenige sein, der bekommt, was er will?«, fragt Carter atemlos, als ich an einem seiner Hoden sauge.

Ich ziehe mich zurück und schaue ihm in die Augen. »Wie kommst du darauf, dass das nicht *genau das* ist, was ich will?«

»Du hast heute Abend schon so viel für mich gemacht.«

Ich lächle ihn verrucht an und nehme seinen Schwanz in meine Hand. »Dann lass uns sagen, dass das alles Teil des vollen Abschlussball-Erlebnisses ist. Ich möchte, dass es an diesem Abend nur um dich geht.«

Ich nehme seinen Schwanz so tief in den Mund, bis er hinten an meinem Rachen anstößt. »O Scheiße!«, stöhnt Carter und bäumt sich auf.

Lächelnd bearbeite ich ihn mit meiner Hand und meinem Mund. Sein Schwanz schwillt immer mehr an, während ich ihn langsam seinem Höhepunkt näher bringe.

»Ich werde nicht mehr lange durchhalten«, wimmert Carter. »Ich will in dir sein, wenn ich komme.«

Sofort richte ich mich auf und greife nach den Kondomen und dem Gleitgel. Dann ziehe ich meine Boxershorts aus, reibe meine Finger ein und beginne damit, mich zu dehnen.

»Du wirst das nicht mich machen lassen?«, fragt Carter, als ich da weitermache, wo ich aufgehört habe.

Ich stöhne über seinem Schwanz und bereite mich ohne jegliche Finesse vor. »Nein.«

»Du bist heute Abend aber ein ziemlich dominanter Bottom.«

»Nein, ich will das nur nicht noch länger hinauszögern.« Ich ziehe meine Finger aus meinem Hintern, öffne das Kondom und rolle es über Carters Schwanz.

»Vollkommen okay für mich.« Carter zieht mich nach vorn und ich positioniere seinen Schwanz über meinem Loch. Dann lasse ich mich langsam nach unten sinken und versuche, mich an seine Größe anzupassen.

Ich fühle einen leicht stechenden Schmerz, aber das ist mir egal. Das Gefühl, ihn in mir zu haben, ist einfach unglaublich.

»Verdammt, bist du eng«, zischt Carter.

»Das fühlt sich fantastisch an.« Ich halte inne, als ich vollständig ausgefüllt bin. Carter setzt sich auf, legt einen

Arm um mich und attackiert meine Brust mit Küssen und neckischen Bissen.

Ich drücke ihn an mich und beginne, mich zu bewegen. Jeder Stoß gegen meine Prostata lässt eine glühende Hitze durch meinen Körper jagen. Ich hinterlasse mit meinem Schwanz eine Sauerei auf seiner Brust, aber das ist mir egal. Alles, was ich will, ist, dass er in mir explodiert.

Ich stammle Worte, die keinerlei Sinn ergeben, während meine Sicht langsam zu verschwimmen beginnt.

»Fester. Ich bin bei dir.« Carter zieht mein Gesicht zu sich hinunter und gibt mir einen stürmischen Kuss. Meine Zunge passt sich dem Rhythmus meines Körpers an, während ich Carter in mich aufsauge. Jede Berührung seines Schwanzes und seiner Zunge scheint noch mehr Öl ins Feuer zu gießen.

Ich bin wie von Sinnen vor Lust, als mein Orgasmus über mich hereinbricht.

»Fuck!« Ich löse mich von seinen Lippen und stöhne laut auf, während meine Bewegungen ins Stocken geraten. Carter nimmt meinen Schwanz und reibt ihn bis zum Ende meines Orgasmus, als ich spüre, wie auch er in mir kommt.

Fix und fertig sacke ich auf Carter zusammen, der seine starken Arme um mich legt. Keiner von uns bewegt sich und wir genießen einfach, wie wir uns in den Armen liegen.

»Der beste Abend deines Lebens?«, frage ich und küsse den rasenden Puls an seinem Hals.

»Der beste Abend überhaupt.«

Kapitel Sechzehn

CARTER

»Weißt du, langsam glaube ich, dass mein Dad dich nicht hart genug rannimmt«, schnaufe ich, als wir die nächste Kilometermarkierung erreichen.

»Football ist eine ganz andere Art von Training. Du musst dich auf ein Dutzend verschiedene Dinge gleichzeitig konzentrieren. Ich mag das …«

»Weil du dich nicht konzentrieren musst«, unterbreche ich ihn und lächle vor mich hin. »Ich sollte mich wohl nicht beschweren.«

Alex hält mitten auf dem Weg an. Die Sonne nähert sich bereits dem Horizont und die Bäume vor uns werfen lange Schatten auf den Weg.

»Du machst es mir wirklich schwer, diese Wanderung fortsetzen und dich nicht direkt nach Hause zerren zu wollen.«

Alex' heißer Blick durchdringt jegliche Kälte, die der Wind bei mir verursacht.

»Dann setzt du besser mal deinen Arsch in Bewegung und zeigst mir, was du mir zeigen willst.«

Alex grinst, bevor er sich wieder auf den Weg macht.

Bei dem schmuddeligen Wetter, das wir hatten, ist der Pfad quasi menschenleer. Es ist, als ob wir beide hier draußen in unserer eigenen kleinen Welt wären.

»Wir sind nur noch etwa fünf Minuten entfernt.«

»Lass dir Zeit. Ich genieße gerade die Aussicht.«

Alex dreht sich um und läuft rückwärts weiter. »Ach, wirklich?«

»Ich korrigiere: *habe* sie genossen.« Ich mache mit dem Finger eine drehende Bewegung in seine Richtung. »Pass bitte auf. Ich will nicht der meistgehasste Mann der ganzen Stadt sein, weil du dich bei einer Wanderung verletzt hast, die auch meine Oma hätte absolvieren können.«

Alex' lautstarkes Lachen erfüllt die Stille um uns herum. »Ich werde mich nicht verletzen.« Alex wirft einen Blick über seine Schulter. »Außerdem sind wir auch schon da.«

Der Weg endet an einem Picknicktisch mit Blick auf die Berge, wo die Sonne gerade in einem Feuerwerk an Farben untergeht und die Wolken im Nichts verschwinden.

»Woher kennst du nur all diese Orte?« Alex breitet eine schwarz-gelb gestreifte Decke aus und ich stelle die kleine Kühlbox darauf ab, aus der ich mir zwei Wasserflaschen nehme und ihm eine davon gebe.

»Ich bin gern draußen. In der Off-Season habe ich jedes freie Wochenende damit verbracht, die Gegend zu erkunden.«

Ich setze mich neben Alex. »Es muss schön sein, so viel Freizeit zu haben.«

»Du bist Lehrer. Du hast den ganzen Sommer frei.«

Ich lache laut auf. »Ich muss im Sommer meine Spezialisten unterrichten, die ihr Handy nicht aus der Hand legen können. Ich hab da vielleicht zwei Wochen frei.«

»Du willst mir also sagen, dass ich dich da nicht oft sehen werde, wenn diese Sache zwischen uns weitergeht?«

»Wahrscheinlich genauso oft, wie ich dich gerade sehe«, erwidere ich und ziehe eine Augenbraue hoch.

»Das ist einer der Nachteile, wenn man Football spielt.«

»Hast du jemals darüber nachgedacht, etwas anderes zu machen?«, frage ich und strecke meine Beine auf der gestreiften Decke aus.

»Etwas anderes als Football?« Alex nimmt einen Schluck aus seiner Wasserflasche.

»Genau.«

Alex schüttelt den Kopf. »Als ich gemerkt habe, dass ich gut darin bin, habe ich meine gesamte Energie da reingesteckt.«

»Und du wolltest nie etwas anderes machen?«

Alex lacht. »Du weißt, dass ich irgendwann etwas anderes machen muss.«

»Weil du in den Ruhestand gehen wirst?«

»Allerdings nicht so bald, hoffe ich. Ich habe noch eine ganze Menge Football zu spielen.«

»Und was würdest du danach machen?«

»Darüber habe ich noch nicht nachgedacht.«

»Wirklich nicht?« Ich versuche gar nicht erst, die Überraschung in meiner Stimme zu verbergen. »Bei einem so klugen Köpfchen wie dir hätte ich eigentlich mit einem Dreißig-Jahres-Plan gerechnet.«

Alex lehnt sich zurück und stützt sich auf seine Ellbogen, was mir ermöglicht, seinen langen Körper in mich aufzusaugen. Das ist so ziemlich das Einzige, was mich von diesem Sonnenuntergang ablenken könnte.

»Willst du mich gerade dazu bringen, an nur einem Abend über meine gesamte Zukunft nachzudenken?«

»Das war nicht der Plan, nein.« Ich nehme einen

Schluck von meinem Wasser und betrachte die Aussicht vor mir.

»Es ist schwierig, darüber nachzudenken, weil alles immer so in der Schwebe ist.«

Ich drehe mich zu ihm um; das schwindende Licht am Himmel reflektiert in seinen Augen. »Machst du dir Sorgen darüber, dass du ausgetauscht wirst?«

»Das nicht unbedingt. Das ist zwar mit Sicherheit etwas, was jedem Sportler in seiner Karriere passieren kann, aber ich meinte eher so etwas wie die Tatsache, dass ich bis vor ein paar Jahren nicht einmal hätte heiraten können, selbst wenn ich gewollt hätte.«

»Ah.«

»Tut mir leid. Ich will uns den Abend nicht vermiesen.«

Ich lehne mich ein bisschen näher an Alex heran. Das einzige Geräusch um uns herum ist das Rascheln der Blätter in den Bäumen. »Mir gefällt es, all diese Seiten von dir kennenzulernen.«

Seine Lippen verziehen sich zu einem kleinen Lächeln. »Du bist so ziemlich der Einzige, der das von sich behaupten kann.«

»Es fällt mir recht schwer zu glauben, dass ich wirklich der Einzige sein soll.«

Alex dreht sich auf die Seite und ich nehme die gleiche Position ein wie er. »Also schön. Du bist der Einzige, den ich bis jetzt nahe genug an mich herangelassen habe.«

»Und doch bist *du* derjenige, der *mich* angebaggert hat.«

Alex verschränkt seine freie Hand mit meiner, und es fühlt sich an, als würden lauter Funken durch meinen Körper sprühen.

»Wie könnte man mir das auch verübeln?«

Ich schaue mich um und nehme alles in mich auf. Die

Bäume. Die Berge. Die letzten langsam verblassenden Strahlen der Sonne.

Alles an diesem Abend ist perfekt.

»Ich bin sehr froh, dass du es getan hast. Denn sonst wären wir jetzt nicht zusammen hier.«

Und noch glücklicher bin ich darüber, dass ich meine Regel, Football zu ignorieren, über Bord geworfen habe. Auch wenn ich mit Football aufgewachsen bin, habe ich diesem Sport nach der Highschool wenig bis gar keine Aufmerksamkeit mehr geschenkt. Ich wusste zwar, dass Alex der Quarterback des Teams ist, aber mehr wusste ich nicht über ihn. Von anderen wurde ich deswegen immer aufgezogen, aber das war mir egal.

Je weniger ich über Football wusste, desto besser, und mein Vater hat mich nie gedrängt. Hätte er es getan, hätte ich Alex vielleicht schon eher kennengelernt.

Doch ich bin froh, dass ich zur Vernunft gekommen bin, denn das hätte ich auf keinen Fall verpassen wollen – heute hier zusammen mit Alex zu sitzen.

»Na ja, nach diesem Ballabend habe ich vielleicht doch noch nicht komplett den Verstand verloren ...«

Ich lache und verpasse Alex einen Stoß. »Wie kann ich mich dafür nur je revanchieren?«

»Ich hätte da schon ein paar Ideen.«

Kapitel Siebzehn

CARTER

»Irgendwie mag ich es, dass du Herbstferien hast«, meint Alex und gibt mir einen Kuss auf den Nacken.

»Warum? Weil ich die ganze Zeit hier bin?«, frage ich, während ich das Risotto im Topf umrühre.

»Ganz genau.« Alex schlingt einen Arm um meine Taille. »Ich mag die Art, wie du dich bei mir revanchieren willst.«

»Okay. Du musst mich jetzt loslassen, sonst verbrennt das Essen«, meine ich und schiebe Alex ein, zwei Schritte zurück.

Wir haben die letzten Tage miteinander verbracht, und abgesehen von unserer Wanderung am heutigen Nachmittag haben wir Alex' Haus kein einziges Mal verlassen. In jeder anderen Woche wäre das hier nicht möglich gewesen. Aber da Alex zufällig gleichzeitig spielfrei hat, haben wir uns hier zusammen eingeschlossen.

Ich habe zwar vorgeschlagen, mal auszugehen, aber Alex wollte zu Hause bleiben. Normalerweise hätte ich weiter darauf gedrängt, aber er meinte, dass er es nicht mag, im Rampenlicht zu stehen und dass er einfach nur mit mir zusammen sein will, ohne dabei ständig gestört zu werden.

Und dagegen kann ich wohl kaum etwas sagen.

»Ich kann doch auch nichts dafür, dass du beim Kochen so gut aussiehst. Bist du sicher, dass ich dir nicht helfen soll?«

»Ja. Du hast mich schon genug verwöhnt. Jetzt geh und setz dich hin.«

Alex schnappt sich ein Bier, schlendert um den Tresen und setzt sich auf einen Barhocker. »Weißt du, daran könnte man sich wirklich gewöhnen.«

Ich zeige mit dem Pfannenwender auf ihn, von dem daraufhin einige Pilze herunterfallen. »Komm bloß nicht auf dumme Gedanken. Mir gefällt es genauso sehr, wenn du für mich kochst.«

»Das würde aber bedeuten, dass du noch mehr Nächte hier verbringen müsstest. Du weißt ja: Frühstück ist meine Spezialität«, meint Alex und wackelt mit den Augenbrauen. Als er das Brot entdeckt, das ich für uns bereitgestellt habe, tunkt er ein Stück in das Öl mit den Gewürzen und beißt herzhaft davon ab.

»Was für ein Elend. Die Nacht neben dir verbringen zu müssen.« Ich nehme auch einen Schluck von meinem Bier und drehe die Temperatur des Herds herunter. »Neben diesen stahlharten Muskeln aufzuwachen. Ja, das wäre das ultimative Opfer, das ich da bringen müsste.«

Alex reißt ein Stück Brot ab und bewirft mich damit. »Dann werde ich dir vielleicht doch kein Frühstück machen.«

»Dann gibt es aber auch kein Abendessen mehr für dich.« Es fällt mir schwer, das Lächeln zu unterdrücken, als ich mich wieder dem Herd zuwende.

»Vielleicht fessle ich dich dann einfach mit Handschellen an mein Bett und lasse dich nie wieder gehen.«

Ich muss laut auflachen. »Ich glaube, dass diese Strafe für mich nicht so schlimm wäre, wie du dir das vorstellst.«

»Dann würde ich meinen Job nicht richtig machen.«

Meine Augen huschen zurück zu Alex. Er nippt an seinem Bier und macht einen gleichgültigen Eindruck. Aber ich kenne ihn nun schon zu gut. Ich kann sehen, wie die Röte seinen Nacken hinaufkriecht und wie das Pochen seines Pulses an seinem Hals etwas schneller wird. »Vielleicht sollte ich dann doch lieber freiwillig kommen.«

»Du bringst mich noch um, Carter.«

Ich lächle vor mich hin, als ich die Muscheln zum Essen gebe. Irgendwie macht es mir riesigen Spaß, diesen Mann in den Wahnsinn zu treiben.

Denn der letzte Footballspieler, mit dem ich zusammen war? Der hat mich einfach links liegen lassen.

Doch derjenige, in dessen Haus ich mich gerade befinde und von dem mir der Abschlussball geschenkt wurde, den ich nie hatte? In den verliebe ich mich gerade so schnell, dass es mir fast schon Angst macht.

Im Allgemeinen fühlt es sich so an, als ob die Zeit rasen würde, obwohl erst ein paar Monate vergangen sind. Mit Alex und seinem verrückten Zeitplan mit dem Team ist unsere gemeinsame Zeit begrenzt.

Zeit, die ich mit beiden Händen festhalten und so lange wie möglich hinauszögern möchte.

»Erde an Carter. Bist du noch da?«

Alex hat sein Kinn auf seine Hand gestützt. Mit dem Pullover, der sich um seine Muskeln schmiegt, und dem noch nassen Haar von der Dusche, ist er der Inbegriff von Entspanntheit.

»Ich habe nur über dich nachgedacht.«

Alex steht auf, geht um den Tresen herum und bleibt neben mir stehen. »Hoffentlich nur über Positives.«

Er klingt nervös. Und das zeigt mir, dass er diese Beziehung genauso ernst nimmt wie ich.

»Warum sollte es nichts Positives sein?«

»Ich weiß, dass es manchmal schwierig ist, weil mein Terminplan so verrückt ist und ich so viel unterwegs bin. Ich will nur nicht, dass du denkst, dass ich mir keine Zeit für dich nehmen will.«

Ich lege den Deckel auf den Topf und drehe die Hitze herunter, damit das Abendessen köcheln kann. Dann stelle ich mich zwischen Alex' Beine und ziehe ihn an mich. »Das ist absolut nicht, was ich denke. Ich bin glücklich über die Zeit, die wir miteinander haben. Aber ist es schlimm, dass ich mich schon auf die Off-Season freue?«

Alex verpasst mir einen Schlag gegen die Schulter. »Kein Gerede über die Off-Season. Du willst uns doch kein Unglück bringen.«

»Ich nehme alles zurück, was ich gesagt habe. Ihr Footballspieler und euer Aberglaube.«

Ich will gerade weggehen, als Alex einen Arm um mich legt und mich in eine feste Umarmung schließt. »Mh-mh. Gesagt ist gesagt. Du magst mich. Das kannst du nicht mehr zurücknehmen.«

»Ich bin mir ziemlich sicher, dass ich gesagt habe, dass ich glücklich über die Zeit bin, die wir miteinander haben. Und nicht, dass ich dich mag.«

Alex zieht eine Augenbraue hoch und sieht mich neckisch an. Ich wünschte, jeder könnte ihn so sehen, wie ich ihn sehe.

Er ist mehr als nur der knallharte Footballspieler, den er nach außen hin gibt. Diese lustige und unbeschwerte Seite bekommen nur sehr wenige Menschen zu Gesicht. Und ich bin dankbar, dass ich einer dieser Menschen bin.

»Du würdest keine Zeit mit mir verbringen, wenn du

mich nicht mögen würdest. Ich bin mir ziemlich sicher, dass das statistisch gesehen etwas bedeutet.«

Alex sieht so stolz auf sich aus, dass ich einfach nicht anders kann, als zu lachen. »Du bekommst eine Eins plus, weil du dich so bemüht hast. Gott, du bist so ein Nerd.«

Ich schmiege mich an seinen Hals und drücke ihm einen warmen Kuss auf die Stelle, wo sein Puls schlägt.

»Okay, Sie wecken bei mir ein paar ziemlich schmutzige Fantasien, Mr. Brooks.«

Da klingelt der Timer und beendet diesen Moment. Alex' Augen lodern vor Verlangen. »Heb dir diese Fantasien für später auf.«

Ich versuche, ihm einen schnellen Kuss zu geben, doch Alex zieht mich wieder zurück und verweilt noch einen Moment länger an meinem Mund.

»Das Abendessen wird anbrennen«, flüstere ich gegen seine Lippen.

»Na gut.«

Ich schalte den Herd aus, schnappe mir zwei Teller und schaufle für jeden von uns eine kräftige Portion darauf. Alex schnappt sich zwei Biere und ich folge ihm ins Wohnzimmer.

»Ich denke, wir können heute Abend vor dem Feuer zu Abend essen.«

Die Temperaturen sind heute Morgen unerwartet stark gefallen. Statt eines schönen Herbsttages ist nun Schnee vorhergesagt. Und nichts hört sich besser an, als es sich mit Alex vor dem Feuer gemütlich zu machen.

»Das riecht köstlich.« Alex lässt sich auf einem übergroßen Kissen nieder, das wir auf den Boden gelegt haben. Wir haben gedimmtes Licht angeschaltet, da die Sonne bereits untergegangen ist.

»Für dich gebe ich immer nur mein Bestes.« Ich setze mich neben ihn und lehne mich mit dem Rücken gegen den Couchtisch. Dann strecke ich meine Beine aus, sodass sich unsere Füße berühren.

Alex schaufelt sich einen großen Bissen auf und seine Lippen schließen sich um die Zinken der Gabel. »Heilige Scheiße, Carter. Das schmeckt unglaublich.«

Ich lächle und nehme ebenfalls einen Bissen. Während ich kaue, schenke ich ihm ein zufriedenes Lächeln.

»Mal im Ernst. Warum hast du so etwas nicht schon früher für mich gemacht?«

»Wenn du mich lieb fragst, bleibe ich vielleicht bei dir und du bekommst so was dann öfter von mir.«

Alex stellt seinen Teller neben sich ab und wirft ein Bein über meinen Schoß, woraufhin ich meinen Teller ebenfalls abstelle und meine Arme um ihn schlinge.

Es ist, als könnten wir nicht zusammen sein, ohne uns zu berühren. Das ist wie ein ständiges Bedürfnis. So war ich bisher noch nie. Aber ich habe bisher auch noch nie für jemanden so empfunden, wie ich das für Alex tue.

»Wenn du so weitermachst, könnte das tatsächlich passieren.« Alex küsst sich an meinem Unterkiefer entlang bis zu meinem Ohr. »Denn der Gedanke daran, dass dich jemand anderes berührt als ich, bringt mich dazu, jemanden verprügeln zu wollen.«

Ein Schauer durchfährt meinen Körper. »Ich weiß, Gewalt sollte nicht sexy sein, aber wenn du so redest, löst das etwas in mir aus.«

»Du machst mich verrückt.« Alex drückt mir einen Kuss auf den Hals. »Du bringst mich um den Verstand, Carter Brooks.« Ein weiterer Kuss. »Und ich kann verdammt noch mal einfach nicht genug von dir bekommen.« Alex lehnt sich zurück, und sein Gesicht ist nur wenige Zentimeter von meinem entfernt.

»Wie in aller Welt hast du es nur geschafft, jede einzelne meiner Mauern zu überwinden?«, frage ich.

»Ich habe einen starken Bizeps. Der ist gut zum Klettern geeignet.«

Ich drücke besagten Bizeps. »Das kann ich nur bestätigen. Du hast wirklich einen tollen Bizeps.«

»Mal ganz im Ernst, Carter: Ich weiß nicht, wie oder warum du in mein Leben getreten bist, aber ich bin mehr als dankbar dafür.«

Das glühende Verlangen in Alex' Augen entfacht ein Feuer in mir. Diese Art von Leidenschaft und Begierde habe ich zuvor noch nie bei jemandem gesehen. Das sollte mir Angst einjagen.

Doch stattdessen gibt es mir das Gefühl, gebraucht zu werden. Begehrt zu werden. Gewollt zu werden.

Alles, was *ich* bei Alex auslösen möchte, lässt *er* mich fühlen.

Und ich gebe mich ihm hin. Ich erlaube ihm, sich von diesem Kuss zu nehmen, was er braucht, während er seine Zunge in meinen Mund schiebt; erlaube ihm, diesen zu schmecken und zu erforschen.

Es fühlt sich an, als hätten wir alle Zeit der Welt zusammen.

Zeit, die ich auf keinen Fall verschwenden möchte.

Kapitel Achtzehn

ALEX

»**B**ist du dir sicher, dass du das Spiel anschauen möchtest? Wir müssen nicht.«

Carter verdreht die Augen. »Ist schon okay. Ich dachte mir bereits, dass ich mir mal ein oder zwei Spiele ansehen muss, wenn ich mit einem Sportler zusammen bin.«

Ein zufriedenes Lächeln, zu dem ich absolut kein Recht habe, breitet sich auf meinem Gesicht aus.

»Du siehst gerade viel zu selbstgefällig aus.«

Ich lasse mich neben Carter auf die Couch fallen, sodass kein Platz mehr zwischen uns beiden ist. Ich liebe es, wie wohl ich mich hier mit ihm fühle. »Ich hatte nur noch nie jemanden, mit dem ich mir die Spiele in meiner freien Woche ansehen konnte.«

»Wirst du jetzt eigentlich unerträglich und jeden Spielzug auseinandernehmen, während wir uns das ansehen?«

Ich drehe mich zu ihm um und sehe ihn mit einem sarkastischen Blick an. »Genau deswegen schaue ich es mir doch an. Ich muss meine Gegner kennen. Wir spielen in ein paar Wochen gegen Indy.«

»Gott, das ist, als würde ich die Spiele mit meinem Dad anschauen.«

»Ich hoffe, dass es nicht ganz so sein wird.«

Carter zieht eine Augenbraue hoch. »Warum das denn?«

Ich lehne mich noch näher an ihn heran und gebe ihm einen Kuss auf die Stelle an seinem Hals, von der ich weiß, dass sie ihn erregt. »Am Ende des Spiels gibt es eine schöne Belohnung für dich, wenn du es dir mit mir ansiehst.«

»Am Ende des Spiels?«, fragt er mit heiserer Stimme. »Willst du wirklich, dass ich das ganze Spiel über mit einem Ständer hier sitze?«

»Betrachte es als Anreiz für dich, weiterhin Spiele mit mir anzuschauen.«

»Du bist so ein Sadist«, grummelt Carter.

Ich knabbere an seinem Ohr. »Kein Fan davon, wenn man den Spieß umdreht?«

»Was meinst du denn damit?«

Mein Blick wandert hinunter zu seinem steifen Schwanz, der gegen seine Hose drückt. »Ich glaube mich zu erinnern, dass es dir Spaß gemacht hat, Edging bei mir zu praktizieren.«

Carter stöhnt, leise und tief, was meinen Schwanz ebenfalls vor Lust zum Pulsieren bringt. »Ich hasse dich gerade wirklich.«

»Ich hoffe, du erinnerst dich an diese Aussage, wenn du später in mich stößt.«

»Okay, jetzt mal im Ernst. Wie soll ich mir bitte das Spiel ansehen, wenn du so was mit mir machst?«

»Statistiken. Denkst du, du kannst dein großes Gehirn dazu benutzen, mir zu helfen, einen Vorteil meinen Gegnern gegenüber zu finden?«

Carter stößt einen genervten Atemzug aus. »Na ja,

wenn du wirklich willst, könnte ich dir in der Tat ein paar Tipps geben.«

»Warte, echt jetzt?«

»Ach, jetzt willst du meine Hilfe nicht mehr, oder was?«

Ich richte mich etwas auf, und jegliche Neckerei ist verflogen. »Brauche ich sie denn?«

»Ich habe mir deine Spiele angesehen«, sagt er leise.

»Siehst du mir etwa gern beim Spielen zu?«

»Bild dir bloß nicht zu viel darauf ein. Also: Du verlierst etwas Kraft in deinen Beinen, weil du dich beim Werfen zu weit drehst.«

Ich blicke auf besagte Beine hinunter, als hätten sie mir etwas angetan. »Und wie kann ich das korrigieren?«

»Ich dachte, wir wollten uns das Spiel ansehen?«

Ich schnappe mir die Fernbedienung und schalte den Fernseher aus. »Zieh deine Schuhe an. Du hilfst mir jetzt.«

Dieses Mal rührt das Stöhnen von Carter nicht von seiner Lust her. »Ich bin Mathelehrer. Wie sollte ich dir denn bitte helfen?«

Ich schlüpfe in meine Schuhe und stemme meine Hände in die Hüfte. »Du kannst mir nicht einfach sagen, dass ich beim Werfen Kraft verliere und dann erwarten, dass ich die Sache nicht sofort in die Hand nehmen will.«

»Mir wäre es lieber, du würdest gerade etwas ganz anderes in die Hand nehmen wollen«, murmelt er vor sich hin.

»Das kommt schon noch.« Carter spitzt die Ohren, während er sich die Schnürsenkel bindet. »Aber erst, nachdem du mir geholfen hast.«

»Also schön. Aber ich tue das nur unter Protest.«

Ich kämpfe gegen das Lachen an, das aus mir heraus-zubrechen droht. »Zur Kenntnis genommen.«

Es sind Momente wie diese, die mich glauben lassen,

dass eine öffentliche Beziehung mit Carter einfach sein könnte. Er ist keiner, der gern Aufmerksamkeit auf sich zieht. Gepaart mit meinem Wunsch nach Privatsphäre vom ständigen Im-Rampenlicht-Stehen, kann man sich ganz gut vorstellen, dass das funktionieren könnte.

Aber das nagende Gefühl der Angst liegt immer noch schwer auf meinem Herzen, als wir in den kühlen Herbsttag hinaustreten. Ich versuche, es so gut wie möglich zu verdrängen, als ich zum Schuppen gehe, um einen Football zu holen. Wir laufen über die Terrasse – an der immer noch die Lichterketten angebracht sind – in den Garten.

»Also gut, Klugscheißer. Bitte sag mir, was ich tun muss, um an meinem Wurf zu arbeiten.«

»Okay, Mr. Quarterback.« Der neckische Ton in seiner Stimme wandert direkt in meine Leistengegend. Scheiße, das wird härter werden, als ich dachte. »Ich habe dich beobachtet.«

»Mir gefällt, wie sich das anhört.«

»Aus rein pädagogischen Gründen.«

»Mm-hmm.« Ich lecke mir über die Lippen und gehe einen Schritt auf ihn zu.

»Jetzt«, er streckt eine Hand aus, um mich zu stoppen, »nimm deine Wurfposition ein und imitiere, was du dann machen würdest.«

Ich tue, wie er mir befiehlt: Ich drehe meine Hüfte und werfe den Ball über den Platz.

»Genau das da!«, meint er und zeigt auf etwas.

»Genau was da?« Ich stelle mich breiter hin und versuche herauszufinden, was er meint.

»Darf ich?«, fragt er und deutet auf meine Hüfte.

»Ich glaube, wir haben bereits festgelegt, dass du da unten freie Hand hast.«

Carter lässt die Arme sinken und sein Blick wandert

direkt zu meiner Leiste. »Bitte mach das Ganze nicht noch schwerer – oh, bitte nicht.«

Ich schließe ihn laut lachend in meine Arme. »Du machst es mir so einfach, Babe.«

»Willst du jetzt, dass ich es dir zeige oder nicht? Ich hätte nicht übel Lust, dich hier an Ort und Stelle zu tackeln und Schluss für heute zu machen.«

»Und wieder sagst du nichts, was ich nicht auch wollen würde.«

»Denk daran: Rache ist süß.«

Carter geht außer Reichweite und bedeutet mir, mich wieder in Position zu bringen.

»Dieses Mal stoppst du deine Drehung, kurz bevor du den Ball wirfst.«

»Weißt du, wie schwer das ist, wenn gerade ein Haufen Linebacker auf dich zugestürmt kommt?«

Carter lächelt mich an. »Tu mir den Gefallen und versuch es einfach.«

Ich verdrehe die Augen. »Also gut.«

Als ich dieses Mal in Position gehe, konzentriere ich mich ganz aufs Werfen. Darauf, wo sich meine Hüfte und meine Beine befinden, wenn ich mich drehe, um den Ball zu werfen. Ich merke es sofort, als ich den Ball loslasse.

»Du hast es gemerkt, richtig?«

»Heilige Scheiße. Woher wusstest du das?«

»Es liegt an diesem einen Bruchteil einer Sekunde. Du drehst dich nur um einen Grad zu viel, aber wenn du dir dessen bewusst bist, hilft das deinem Passspiel. Ich glaube, du machst das, seit du in der letzten Season einen ziemlich heftigen Schlag abbekommen hast. Du bist unglücklich gefallen, und um das zu kompensieren, belastest du dein Bein nicht mehr so stark«, erklärt er.

»Also, für jemanden, der sagt, dass er Football nicht mag, weißt du ganz schön viel darüber.«

»Wahrscheinlich habe ich es nur unterbewusst aufgenommen.«

»Du kannst auch einfach zugeben, dass du Football magst.«

»Das würde ich niemals tun.« Carter verschränkt die Arme und versucht, mich aus dem Konzept zu bringen.

Aber in den wenigen Wochen, die wir jetzt zusammen sind, habe ich gelernt, ihn zu durchschauen. »Es würde aber ganz schön schwierig werden, Football *nicht* zu mögen, wenn man gleichzeitig mit dem Quarterback zusammen ist.«

»Vielleicht könnten wir ja sagen, dass ich dir Unglück bringe und deshalb zu keinem Spiel gehen darf, damit ich kein Risiko für dich darstelle.«

»Auf keinen Fall«, sage ich und schüttle den Kopf. »Du kannst mir auf keinen Fall Unglück bringen, wenn du mir gleichzeitig bei der Verbesserung meines Spiels hilfst.«

»Was soll ich sagen? Ich kenne mich eben auch mit naturwissenschaftlichen Fächern aus.«

Carters Wangen sind kalt, als ich ihn an mich ziehe. »Es ist extrem sexy, dass du so ein guter Lehrer bist.«

»Heißt das, wir können jetzt reingehen?«, fragt er, während er seine kalten Hände unter mein Shirt gleiten lässt.

»Ist das dann eine Belohnung für mich oder für dich, wenn ich dich schmutzige Dinge mit mir machen lasse?«

»Für uns beide.« Carter drückt mir einen unschuldigen Kuss auf die Lippen. »Auf jeden Fall für uns beide.«

»Gut. Dann schwing mal deinen Arsch hinein.«

Kapitel Neunzehn

CARTER

Es braucht nicht viel, um Alex' sportliche Fähigkeiten zu erkennen. Nicht, wenn er mich durch sein Haus in sein Zimmer jagt.

So viel dazu, heute Nachmittag das Spiel anzuschauen.

Seine Lippen wärmen meine kühle Haut vom Draußensein, als wir in sein Schlafzimmer stürzen.

»Es kommt mir vor, als wäre es schon eine Ewigkeit her, seit wir das hier das letzte Mal gemacht haben«, meint Alex.

»Du meinst, seit gestern Abend?« Alex neigt seinen Kopf zur Seite, während ich seinen Adamsapfel küsse und ablecke.

»Was soll ich sagen? Ich bin eben süchtig nach dir.«

Ich lächle gegen seine Haut, bevor ich ihn auf sein Bett schubse. »Dann ist es ja gut, dass ich ein Heilmittel dafür habe.«

Alex versucht, ein Lachen zu unterdrücken, aber es gelingt ihm nicht. »Tut mir leid, aber das war einfach super kitschig.«

Ich setze mich rittlings auf seine Hüften, wo sein steifes

Glied gegen meines drückt. »Ich glaube, wir haben bereits festgelegt, dass wir auf kitschige Dinge stehen. Aber wenn du keine Lust darauf hast, kann ich mich auch gern selbst um mich kümmern.«

Mir entgeht nicht, wie sich Alex' Augen bei dieser Aussage weiten.

»Der Gedanke daran gefällt dir, oder?« Ich greife in meine Jogginghose, nehme meinen Schwanz in die Hand und schiebe meine Hose samt Boxershorts hinunter.

Alex leckt sich über die Lippen. »Der Gedanke daran gefällt mir sogar sehr.«

Ich reibe langsam meinen Schwanz. »Würde es dir vielleicht noch mehr gefallen, wenn er in deinem Mund wäre?«

Ich liebe es, dass Alex diese Seite von mir zum Vorschein bringt. Den dominanten Part zu spielen, fand ich zwar schon immer gut, aber so wie jetzt war ich noch nie. Irgendetwas an diesem Mann bringt mich dazu, ihn beherrschen zu wollen. Ihn auf eine Weise zu besitzen, wie es noch kein anderer Mann getan hat.

Bei dem Gedanken, dass jemand bereits vor mir da war und ihn berührt hat, entweicht mir ein leises Knurren.

Denn er gehört mir.

»Alles in Ordnung da oben?« Alex' Augen sehen mich neckisch an.

»Ich denke nur gerade daran, wie sehr ich dich mit meinem Sperma markieren möchte.«

»Dann tu es.«

Alex packt meinen Hintern und zieht mich weiter zu sich hoch. Ich verschwende keine Zeit, setze mich rittlings auf seine starke Brust und berühre seine Lippen mit meinem Schwanz. Mein Lusttropfen verteilt sich auf seinem Mund, den er kurz darauf öffnet und die Spitze meines Schwanzes darin aufnimmt.

»Fuck.«

Alex' Augen sind auf meine fixiert, während er seine Backen einzieht und mich noch tiefer in sich verschwinden lässt.

»Du siehst verdammt gut aus, wenn du meinen Schwanz so nimmst.«

Ich kippe vornüber und stoße durch die Bewegung meiner Hüfte gegen seine Kehle. Ich versuche, mich wieder zurückzuschieben, doch Alex hält mich noch einen Augenblick länger an Ort und Stelle.

»Benutz mich«, sagt er, nachdem ich meinen Schwanz herausgezogen habe. »Ich will, dass du meinen Mund so fickst, dass ich morgen Halsschmerzen davon habe.«

»Bist du sicher?« Ich streiche ihm langsam durchs Haar und möchte sicherstellen, dass er das auch wirklich möchte.

»Ja. Ich will das volle Programm mit dir, Carter.«

Da ist so viel Leidenschaft in seinen Augen, dass ich mich nach unten beuge, um ihn zu küssen. Der salzige Geschmack meines Lusttropfens entlockt mir ein tiefes Stöhnen.

»Tu es«, flüstert Alex gegen meine Lippen.

Als ich dieses Mal mit meinen Fingern durch sein Haar fahre, kralle ich mich darin fest, während ich meinen Schwanz in seinen Mund schiebe.

Ich wende meinen Blick keine Sekunde von ihm ab, während ich genau das tue, was er gesagt hat: Ich ficke seinen Mund. Es ist die reinste Glückseligkeit und Ekstase, seine Lippen um meinen Schwanz zu spüren. Jedes Mal, wenn ich wieder in seinen Mund stoße, ziehen sich meine Eier fester zusammen.

Ich bin noch nicht bereit, zu kommen, und will es unbedingt noch hinauszögern. Dieser sündhaft geile

Moment soll so lange wie möglich andauern und sich fest in meine Erinnerung einbrennen.

Ich ziehe meinen Schwanz heraus und fahre damit über Alex' Lippen, die daraufhin feucht glänzen. Er lächelt und leckt über meinen Schlitz, bevor er mit seinen starken Händen meine Schenkel hinaufwandert und mich wieder in sich aufnimmt.

»Da ist aber jemand ungeduldig.«

Er versucht, zu lächeln, wackelt stattdessen aber nur verführerisch mit den Augenbrauen, während er beginnt, an meinen Eiern herumzuspielen.

»Ich liebe es, wenn du das machst.«

Während Alex mir weiter einen bläst, breitet sich langsam ein glühend heißes Feuer in meinem Rücken aus. Ich werfe meinen Kopf zurück und versuche, den bevorstehenden Orgasmus abzuwenden, doch ich weiß nicht, wie lange ich das noch durchhalten kann.

»Ich komme gleich«, stöhne ich.

Eine Gänsehaut breitet sich auf meiner Haut aus, als ich auf den Mann hinunterblicke, dessen Mund von meinem Schwanz ausgefüllt wird. Ein weiterer Griff seiner Hand um meine Eier lässt mich schließlich in seiner Kehle explodieren.

Es fühlt sich an, als würde es nie enden. Mein gesamter Körper wird durchströmt von einer Lust, wie ich sie noch nie zuvor gespürt habe, während ich mein Sperma in Alex' Rachen entlade. Mit seiner Hand drückt er schmerzhaft in meine Hüfte, um mich unten zu halten, während er jeden einzelnen Tropfen in sich aufnimmt. Ich weiß nicht, wie viel Zeit vergangen ist, als ich schließlich neben ihm zusammensacke.

»Es ist offiziell. Das war der beste Blowjob der Welt«, sage ich atemlos.

Alex dreht sich auf die Seite und sieht mich an. »Das ist aber ein ziemlich großes Kompliment.«

»Ich glaube, du hast mir jede einzelne Gehirnzelle herausgeblasen. Fuck, Alex.«

Alex erwidert nichts darauf, sondern lehnt sich nur für einen Kuss nach vorn. Es ist fast schon berauschend, mein Sperma auf ihm zu schmecken. Ich lege mich hin und ziehe Alex auf mich. In diesem Moment spüre ich seinen bereits äußerst ausgeprägten Steifen.

»Soll ich dir dabei vielleicht ein wenig behilflich sein?«, frage ich und streiche mit der Hand über die Wölbung.

»Da würde ich nicht Nein sagen.« Alex beugt sich nach unten und leckt und saugt an meinem Hals, während ich in seine Hose greife.

Ich schiebe seine Hose gerade so weit nach unten, dass sein Schwanz herausspringt und ich ihn in die Hand nehmen kann. Dann bearbeite ich ihn so, wie es Alex gern mag, und verschmiere dabei den Lusttropfen, der sich bereits gebildet hat.

»Warum fühlt sich das nur so gut an?«, fragt Alex und legt seine Stirn an meine. Die Lust, die er gerade empfindet, steht ihm förmlich ins Gesicht geschrieben.

»Weil es du und ich sind«, hauche ich gegen seine feuchten Lippen.

Meine Handbewegungen sind gemächlich, während ich ihm ohne Eile einen runterhole.

»Willst du mich um den Verstand bringen?«

»Ich revanchiere mich nur bei dir.« Ich richte mich etwas auf, um seinen Mund erneut zu erobern. Alex versucht, die Kontrolle zu übernehmen und den Kuss stürmischer werden zu lassen.

Mit meiner freien Hand drücke ich seinen Kopf an mich, um ihn zu bremsen. Ich weiß nicht, was es mit diesem speziellen Moment mit Alex auf sich hat, doch ich möchte das alles für immer in Erinnerung behalten.

Die Art, wie Alex schmeckt.

Das Gefühl seiner schwieligen Hände auf meinem Gesicht.

Die dichten Strähnen seines Haars, als ich ihn festhalte.

Plötzlich und ohne Vorwarnung schießt eine heiße Ladung Sperma auf meine Hand.

»Fuck«, stöhnt Alex und zieht sich von meinem Mund zurück. Die Muskeln in seinem Nacken spannen sich an, während ich ihn durch seinen Orgasmus führe. Ich richte mich auf und lecke über den pochenden Puls an seinem Hals.

Das löst noch einen letzten Schwall Sperma aus, bevor Alex schließlich auf mir zusammensackt.

Wir sind beide noch fast vollständig bekleidet, da unser Verlangen einfach zu groß war, um uns die Zeit zu nehmen, uns vorher auszuziehen.

Ich wische mir die Hand an meinen Boxershorts ab und drücke Alex an mich.

Er riecht nach Sex und Natur.

»Wenn wir heute schon Auszeichnungen vergeben, dann gewinnst du auf jeden Fall die für den besten Handjob.«

Ich lache und schiebe uns hoch, sodass wir auf den weichen Kissen liegen. »Nicht die für den besten Handjob *der Welt*?«, frage ich und stupse ihn in die Seite.

Ein müdes Lächeln huscht über sein Gesicht. »Auf jeden Fall die für den besten Handjob *der Welt*. Zufrieden?«

»Sehr sogar.«

Kapitel Zwanzig

CARTER

»Seit wann willst du dir denn ein Footballspiel anschauen?«, fragt Marley und knufft mich mit ihrem Zeh ins Bein, als wir es uns gerade für das heutige Spiel gemütlich machen. Wir sind im Wohnzimmer meiner Eltern. Bei dem kalten Wetter, das gerade in Denver herrscht, und dem knisternden Feuer im Kamin ist das der perfekte Ort, um es sich gemütlich zu machen und das Spiel anzuschauen. Es ist die erste Partie nach der spielfreien Woche und Denver spielt in New England.

»Ich möchte eben Dad unterstützen«, erwidere ich, schaue sie dabei aber nicht an, denn Marley kann mich lesen wie ein offenes Buch. Und sie wird wissen, dass ich lüge.

»Und die restliche Season über hast du ihn nicht unterstützt?«

»Ist es denn so schwer zu glauben, dass ich Zeit mit meiner blöden großen Schwester verbringen will?« Ich nehme mir eine Handvoll Popcorn und schiebe es mir in den Mund.

»Ja. Du hast in deinem Leben noch nie ein Football-spiel angeschaut.«

»Müssen wir dieses Thema jetzt wirklich wieder aufwärmen?«

»Marley, lass deinen Bruder in Ruhe«, schaltet sich Mom ein und lässt sich auf das kleine Sofa gegenüber von uns fallen. »Wir wollen uns doch nur in Ruhe das Spiel anschauen.« Sie blickt auf den großen Fernseher, der das Wohnzimmer dominiert.

Marley bewirft mich mit einem Stück Popcorn, als die Spieler auf das Feld laufen. Mein Blick bleibt an Alex hängen. Er sieht fast verboten gut aus in seiner Football-montur. Wie sich seine Hose um seine Beine schmiegt und wie sich seine Arme anspannen, wenn er rennt.

Ein wandelnder feuchter Traum.

Einer, der mich heute Morgen mit einem sehr unange-nehmen Ständer hat aufwachen lassen. Ich hasse Alex' Terminplan wie die Pest.

»Nachdem du jahrelang Football gehasst hast …«, fängt Marley an.

»Football*spieler*«, korrigiere ich sie.

»Gut. Football*spieler*. Bist du jetzt plötzlich Denvers größter Fan?«

»Wenn du es unbedingt wissen musst: Meine Schüler hatten ein Projekt mit dem Team und jetzt fühle ich mich den Mountain Lions irgendwie verbundener.«

»Euer Vater hat gesagt, dass das ziemlich gut gelaufen ist«, berichtet Mom. Mit ihren blonden Haaren sieht man ihr ihr Alter kaum an, doch die Falten um ihre Augen verraten sie.

»Er hat es erwähnt?«, frage ich und schiebe mir eine weitere Portion Popcorn in den Mund.

Mom nickt. »Nur, dass es schön war, dich im Trai-ningslager zu sehen. Und danach auf dem Grillfest.«

»Siehst du«, poltert Marley los, »du musst wirklich ein bisschen mehr Engagement zeigen.«

»Marley«, sagt Mom mit einem warnenden Ton in der Stimme.

»Würdest du das Thema bitte sein lassen?«, stöhne ich auf, als das Spiel endlich losgeht.

»Und in wen von denen bist du jetzt verliebt?«, fragt Marley mit einem Seufzer.

»Ich bin in keinen von denen verliebt.«

Verliebt? Alex und ich haben noch nie zueinander gesagt, dass wir uns lieben würden. Aber wie könnte ich nach diesem Überraschungsball nicht in ihn verliebt sein? Was auch immer diese Sache zwischen uns ist, sie fühlt sich noch zu frisch an. Der letzte Typ, den ich meiner Familie vorgestellt habe, war nach einer Woche wieder weg. Ich habe das Gefühl, dass es Unglück bringt, wenn ich es meiner Schwester erzähle.

Und das Letzte, was ich tun will, ist, Alex in die Flucht zu schlagen, also behalte ich das Ganze noch für mich.

Alex und sein Aberglaube färben wirklich auf mich ab.

»Das wäre aber vollkommen in Ordnung. Nicht alle von denen werden so sein wie dieser Vollarsch in der Highschool.«

»Marley!«, sagt Mom und schüttelt den Kopf. »Man könnte wirklich meinen, ihr hättet keine gute Kinderstube genossen, so wie ihr redet.«

Wir lachen beide über den verzweifelten Ausdruck auf ihrem Gesicht.

»Aber es stimmt, Mom. Der Typ war wirklich ein Vollarsch.«

Mom kann ihr Lächeln nicht ganz vor uns verstecken, als sie sich wieder dem Spiel zuwendet.

»Glaub mir, das weiß ich«, sage ich zu Marley und

lehne mich auf der durchgesessenen Couch zurück, um mich auf das Spiel zu konzentrieren.

Marley lehnt sich zu mir hinüber und ergreift meine Hand. »Carter. Das ist nicht das Ende der W… Warte mal: Hast du mir gerade zugestimmt?«

Ich verdrehe die Augen. »Versuch, es dir nicht zu sehr zu Kopf steigen zu lassen.«

Sie schüttelt den Kopf. »Ich hätte nie gedacht, dass dieser Tag jemals kommen würde, wo du sagst, dass du Footballspieler magst.«

»Was soll ich sagen? Die Mountain Lions sind wirklich nette Jungs.« Ich lache. »Und sie verhalten sich ganz und gar nicht wie Footballspieler. Auch wenn sie natürlich alle Footballspieler sind.«

»Gott, wer auch immer dieser Typ ist, ich hoffe, er hat genug Geduld, es mit dir auszuhalten.«

Mein Fokus wandert zurück zum Spiel. Alex führt das Team mit Leichtigkeit über das Feld und punktet gleich im ersten Drive.

»Das war ein toller erster Drive«, sage ich beiläufig. »Vielleicht bekommt Dad endlich diesen Super-Bowl-Ring.«

»Jetzt mal im Ernst: Wer bist du und was hast du mit meinem Bruder gemacht?«

»Was auch immer in dich gefahren ist, ich mag es«, meint Mom und zwinkert mir zu.

Ich lächle vor mich hin und denke an den Mann im Fernsehen.

Anfangs hatte ich Angst, dass er mich einfach abservieren würde, um jemand Interessanteren zu finden.

Doch unter all den Schulterpolstern und der Football-spieler-Mentalität steckt jemand, der genauso ein Nerd ist wie ich.

In den letzten Monaten ist es mir immer schwerer

gefallen, mich bei Alex zurückzuhalten. Ich will ihm alles von mir geben. Ich dachte, es würde mir Angst einjagen, mich wieder in einen Footballspieler zu verlieben.

Doch mein Herz an ihn zu verlieren, könnte wohl die beängstigendste Sache überhaupt sein.

Kapitel Einundzwanzig

»**D**a sieht heute Abend aber jemand schick aus.« Ich ignoriere Carters Worte, als er ins Auto steigt. Sein frischer Duft erfüllt den kleinen Raum, und ich merke, dass ich langsam süchtig danach werde.

»Wenn man schon nicht oft ausgehen kann, will man es wenigstens anständig machen.«

Carter lehnt sich über die Mittelkonsole und saugt mich mit seinem Blick förmlich auf. »Ja, wenn man so ein Aussehen hat, will man das sicherlich so gut wie möglich in Szene setzen.«

Ich greife nach seinem Kinn und ziehe ihn für einen kurzen Kuss an mich. »Da ist heute Abend aber jemand streitlustig.«

»Wenn mich jemand an einem Wochentag bis spät in die Nacht ausführt, bin ich das vielleicht wirklich.«

»Du hättest Nein sagen können.«

Ich biege auf die Straße ein und mache mich auf den Weg zum Restaurant. »Und nach diesem Sieg heute einen der seltenen Abende mit Mr. Quarterback verpassen? Wohl kaum.«

Ich kämpfe gegen die stets präsenten Schuldgefühle an, die Carter mit seiner Bemerkung in mir ausgelöst hat. Das El Five ist einer der wenigen Orte, an denen ich in Ruhe gelassen werde. Anonymität ist das A und O – es gibt dort nur eine Person, die mich kennt, und so soll es auch bleiben. Und weil diese Person sonntags nicht arbeitet, ist es noch einfacher, dort heute Abend hinzugehen.

»Der Chef dort hält den Laden für uns ein bisschen länger geöffnet als normal.«

»Ist es kitschig, wenn ich sage, wie sehr ich mich freue, dass du dir die Zeit für mich nimmst?«

Als ich an einer roten Ampel anhalte, schaue ich zu ihm hinüber. Die Straßenlaternen tauchen Carter in ein schwaches Licht. In seinem einfachen Hemd mit den hochgekrempelten Ärmeln ist er einfach einer der attraktivsten Männer, die ich je gesehen habe.

»Wir haben doch bereits festgesetzt, dass wir kitschig mögen. Zum Glück sind wir früher zurückgekommen als erwartet. Ich hatte schon Angst, wir würden in New England eingeschneit werden.«

»Ich glaube, ich kann mit Sicherheit sagen, dass ich nie in New England festsitzen wollen würde. Selbst ich weiß, dass sie schreckliche Fans haben.«

Ich lächle und rutsche auf meinem Sitz hin und her, während ich zum Restaurant fahre. »Du hast wirklich keine Ahnung, wie heiß es ist, wenn du über Football redest.«

»Ungefähr so heiß, wie wenn du mit mir über Comics redest.«

Ich greife über die Mittelkonsole und drücke seinen Oberschenkel. »Wir sollten wirklich keine solchen heißen Unterhaltungen führen, wenn wir *es* gerade nicht tun können.«

Ich fahre am Parkservice vorbei in die Tiefgarage und

suche mir einen Platz. So spät in der Nacht ist fast alles frei.

Ein zusätzlicher Vorteil, wenn man erst so spät kommt.

»Und schon wieder beschleicht mich das Gefühl, dass du versuchen wirst, mich umzubringen.«

Ich lache, schließe das Auto ab und führe Carter zum Aufzug. »Ich dachte, wir hätten bereits etabliert, dass ich nicht versuchen werde, dich umzubringen.«

»Vielleicht schmierst du mir nur Honig ums Maul.«

Ich steige in den bereits wartenden Aufzug und lasse meinen Blick über Carter schweifen.

Nie hätte ich gedacht, dass ich mal auf jemanden wie ihn stehen würde. Die Männer aus meiner Vergangenheit? Alle kräftig und dominant. Und ohne den Hauch einer Ahnung, wer ich wirklich war. So konnte ich meiner Realität – zumindest für eine kurze Zeit – entfliehen.

Vielleicht habe ich mich deshalb so zu ihnen hingezogen gefühlt. Weil sie nicht der Typ Mensch waren, mit denen ich mir etwas Dauerhaftes hätte vorstellen können.

Während sie alle ihre Ecken und Kanten hatten, ist Carter sanft und zart.

Sie waren lediglich One-Night-Stands. Aber Carter? Mit Carter habe ich mir den größten Ärger eingehandelt, denn schon nach ein paar Monaten mit ihm will ich mehr.

Stelle ich mir mehr vor. Hoffe ich auf mehr.

Aber mehr ist gefährlich.

Denn es könnte mir im Handumdrehen alles nehmen, was ich mir aufgebaut habe.

»Worüber denkst du nach?«, fragt Carter leise, während uns der Aufzug in die oberste Etage bringt. Ein kleines Lächeln umspielt seine Mundwinkel.

Das verdrängt die Schuldgefühle, die in mir aufkommen, weil ich diesen Mann belüge.

Mein Griff um den Handlauf wird fester. Ich möchte

die Hand nach Carter ausstrecken. Ihn näher an mich ziehen. Aber dieser Gedanke ist immer präsent: dass auf jeder Etage jemand in diesen Aufzug steigen und uns zusammen sehen könnte.

Zumindest kann ich mir sicher sein, dass niemand im Restaurant sein wird.

Denn ich habe dafür bezahlt, dass es so ist.

»Ich genieße nur den Ausblick.«

Da schleicht sich wieder diese Röte in sein Gesicht. »Ich glaube, ich habe mehr zu sehen als du.«

»Das würde ich so nicht sagen.«

Die Luft in dem kleinen Raum ist wie elektrisiert, und die Art und Weise, wie sich Carters Augen weiten, spiegelt zweifellos meine eigenen wider.

Bevor ich einen Schritt auf ihn zugehen kann, öffnet sich die Aufzugtür zu einem herrlich leeren Restaurant nur für uns beide.

»Guten Abend, die Herren«, begrüßt uns ein älterer Mann mit grau meliertem Haar. »Willkommen im El Five. Ich bringe Sie zu Ihrem Tisch.«

Farbenprächtige Gemälde zieren die Wände, und die verspiegelten Decken lassen den Raum noch größer und heller erscheinen, als er sowieso schon ist.

Der Kellner führt uns zu einem Platz mit Blick auf die Dachterrasse. Zu dieser späten Jahreszeit ist es zu kalt, um draußen sitzen zu können.

»Die Küche hat Ihre Bestellung bereits. Sollten Sie sonst noch etwas benötigen, rufen Sie mich bitte einfach. Ansonsten wünsche ich Ihnen nun einen schönen Abend.«

»Vielen Dank.«

»Wow. Da hast du ja wirklich alle Hebel in Bewegung gesetzt.« Carter nimmt Platz und sieht sich ehrfürchtig um, bevor er seinen Blick über die Aussicht vor uns schweifen lässt. Die ganze Innenstadt ist beleuchtet, als ob sie extra für uns eine Show veranstalten würde.

»Genau deshalb mag ich diesen Ort so. Es ist schwierig, in dieser Stadt auszugehen, vor allem, wenn wir gewonnen haben.«

Carter legt sich seine Serviette auf den Schoß und sieht mich an.

»Es muss ganz schön hart sein, so im Rampenlicht zu stehen.«

»Das ist es. Aber ich liebe, was ich tue.«

Gleichzeitig bedeutet es aber auch, dass ich in meinem Privatleben große Opfer bringe. Die Unterhaltung mit Tommy von vor ein paar Wochen lastet immer noch schwer auf mir.

Denn jetzt, wo die Sache mit Carter ernster wird, schulde ich ihm etwas. Ich schulde ihm dieses Gespräch. Vor allem, nachdem er mir von seinen Problemen aus der Vergangenheit erzählt hat.

»Bier?« Er hält mir ein Glas hin und lächelt mich an.

Ich nehme es ihm ab und stoße mit ihm an. »Auf dich und mich.«

»Auf dich und mich.«

Wir trinken unser Bier, während die Teller mit dem Essen gebracht werden.

»Das riecht wirklich köstlich.« Der Kellner verschwindet genauso schnell wieder, wie er gekommen ist.

»Den Knoblauchdip mag ich am liebsten.«

»Wow. Ich schätze, du willst mich heute Abend wirklich nicht mehr küssen«, meint Carter und tunkt ein Stück Fladenbrot hinein.

Ich packe seine Hand und beiße von seinem Brot ab. »Außer, wir schmecken beide danach.«

»Aber nur, wenn du mich essen lässt«, grummelt er.

Wir tauschen uns über die Tage aus, an denen wir

nicht zusammen sein konnten, über das Projekt von Carters Schülern und darüber, wie die Season für mich gerade läuft.

Es ist unkompliziert. Lustig. Unbeschwert.

Genau so, wie ich es mir wünsche.

An einem geschützten Ort wie diesem – einem der wenigen, die ich in Denver habe – fällt es mir ganz leicht, mir vorzustellen, dass das meine Realität mit Carter sein könnte.

Dass es den Leuten egal ist, dass ich Männer mag.

Aber ich weiß es besser. Und genau deshalb halte ich mich nur an Orten wie diesem auf, denn ich will beides gleichzeitig haben: Carter und Football.

Ist das wirklich zu viel verlangt?

Kapitel Zweiundzwanzig

ALEX

»Blue forty-two! Set, hike!« Ich rufe den Spielzug aus und sehe dabei zu, wie sich die Spieler in Bewegung setzen, während der strömende Regen das Spielfeld durchnässt.

Als ich sehe, dass mein Guard ins Straucheln gerät, stürme ich los. Indys Defense-Spieler – ein Hüne von einem Mann – kommt auf mich zugerast, während ich versuche, einen Receiver auf dem Feld zu finden, um einen Sack zu verhindern.

Doch ich bin nicht schnell genug. Als ich den Ball werfe, schlingt der Linebacker seine Arme in einem halsbrecherischen Tackle um mich, bevor wir beide auf dem Rasen aufschlagen.

»Fuck!« Ich versuche, den Spieler von mir zu stoßen, als ich spüre, wie sich ein stechender Schmerz in meiner Seite ausbreitet.

»Scheiße, Mann. Bist du okay?« Er streckt eine Hand aus, um mir hochzuhelfen, doch ich winke ab.

Ich versuche, das Gesicht nicht zu verziehen und atme scharf aus, während ich aufstehe. Der Regen prasselt in der Zwischenzeit noch stärker herunter als zu Beginn des Spiels, wenn das überhaupt möglich ist. »Mir geht's gut. Ich brauche nur kurz eine Minute.«

Die Trainer stürmen aufs Spielfeld, doch ich winke ab. Wir haben noch einen Down zu spielen und den werde ich mit Sicherheit nicht aussitzen. Es steht unentschieden und wir haben nur noch wenige Minuten Spielzeit. Und wir brauchen diesen Sieg.

Die Mountain Lions haben gute Karten, dieses Jahr in die Play-offs zu kommen. Wenn wir heute gewinnen, sind wir auf dem ersten Platz. Und wenn Vegas heute verliert, können wir uns ein Freilos für die erste Runde sichern. Und das würde uns einen Heimvorteil in den Play-offs verschaffen.

Ich weiß, dass das Vegas und seine Fans in den Wahnsinn treibt, denn Hollins hat diese Woche wie ein Verrückter getwittert und versucht, uns zu verunsichern. Es ist nie einfach, die Störgeräusche um sich herum auszublenden, doch noch schwieriger wird es, wenn diese von einem anderen Spieler kommen. Vor allem, wenn es sich dabei um so ein Arschloch wie Hollins handelt.

»Okay, Jungs, Zeit für ein Laufspiel. Winchester, bist du bereit?«

Ich kann die Begeisterung, die von Logan ausgeht, förmlich spüren. Da unser erster Runningback ausgefallen ist, hat Logan dessen Position in diesem Spiel übernommen.

»Los geht's, verdammte Scheiße!«, brüllt er und heizt die Offense damit an. Er hat sich schon mehr als bewiesen, und die ganze Line wird von seiner Energie angesteckt.

»Red Heat Marlins auf drei.«

Ich positioniere mich hinter meinem Center und ein stechender Schmerz fährt durch meine Seite, als ich den Ball annehme und in Logans Hände übergebe. Auf dem rutschigen Spielfeld vermasselt ein Defense-Spieler einen einfachen Tackle, was es Logan ermöglicht, über das Feld zu stürmen und einen Touchdown zu erzielen.

Die Menge tobt, während ich zur Seitenlinie jogge. Normalerweise würde ich ihm jetzt gratulieren gehen, aber ich habe wirklich höllische Schmerzen.

»Können wir es uns jetzt ansehen?«, grummelt der Trainer.

»Nach dem Spiel. Wir haben nicht mehr viel Zeit auf der Uhr.«

Ich trinke einen Schluck Gatorade und setze mich auf die Bank, um dabei zuzusehen, wie Jackson den Extrapunkt schießt.

»Zeig's ihnen, Fisher!«, rufe ich Knox zu, als sich die Defense bereit macht, um aufs Feld zu gehen.

Es war ein hartes Spiel bisher. Indianapolis ist kein leichter Gegner und hat uns die ganze Zeit über auf Trab gehalten.

Aber da sie einen neuen Quarterback haben, sind die Lücken in ihrer Aufstellung leicht auszunutzen. Eine dieser Lücken ermöglicht es Knox, einen Fumble zu erzwingen, der unseren Sieg besiegelt.

Während ich unserer Defense gerade noch gratuliere, werde ich zu den Reportern an der Seitenlinie gezogen.

»Alex, das war heute ein hart erkämpfter Sieg. Was war Ihrer Meinung nach der Hauptgrund, dass Sie es geschafft haben, unter diesen schlechten Wetterbedingungen zu gewinnen?«, fragt Tracey, die Reporterin.

»Es war eine Teamleistung. Offense, Defense, Special Teams, jeder hat seinen Teil dazu beigetragen. Indy ist ein gutes Team, aber heute konnten wir sie ganz knapp schlagen.«

»Werden Sie sich später das Vegas-Spiel ansehen, um

zu erfahren, ob sich die Mountain Lions den ersten Platz in den Play-offs sichern können?«

Ich nicke und lächle bei dem Gedanken, Vegas verlieren zu sehen. Nicht, dass ich das in diesem Interview sagen könnte. »Alles, was wir kontrollieren können, ist unser eigenes Spiel. Aber das heute Abend wird auf jeden Fall ein interessant anzusehendes Spiel zwischen zwei Divisionsrivalen werden.«

»Der Schlag, den Sie kurz vor Schluss einstecken mussten, sah ziemlich heftig aus. Wie geht es Ihnen?«

Ich tue es als eine Lappalie ab. »So was gehört zum Spiel dazu.«

»Dann lasse ich Sie jetzt mal Ihren Sieg feiern.« Sie winkt mir noch zu, als ich unter dem Jubel der Fans Richtung Umkleidekabine jogge.

Heimsiege sind einer meiner Lieblingsbestandteile dieses Sports. Die Energie der Zuschauer ist immer auf unserer Seite und macht es anderen Teams schwer, hier zu spielen. Das Schwarz-Gelb, das die Tribünen füllt, beflügelt mich immer wieder und hat uns heute mit Sicherheit auch zum Sieg verholfen.

Nachdem ich meine Schweißbänder in die Zuschauermenge geworfen habe, finde ich in der Umkleidekabine endlich Schutz vor dem Regen. Adrenalin pumpt durch meinen Körper, und alle Jungs sind vom Sieg noch ganz aufgekratzt.

»Also gut. Bevor hier alle durchdrehen, habe ich noch einen Spielball zu vergeben«, sagt unser Trainer und alles wird ruhig.

»Alex. Der Spielball geht heute an dich. Du hast uns im vierten Quarter zurückgebracht, und jetzt sind wir in einer großartigen Position für die Play-offs. Aber wir dürfen uns noch nicht auf unseren Lorbeeren ausruhen.

Alle werden uns jetzt ins Visier nehmen, also lasst uns weiter Vollgas geben. Gut gemacht, Jungs!«

Der Coach wirft mir den Ball zu, und ich richte ebenfalls ein paar Worte an die Jungs. »Ich war heute nicht allein da draußen. Wir haben alle sechzig Minuten lang hart gekämpft. Aber es gibt einen Star des Spiels. Er wurde heute zum ersten Mal von Anfang an eingesetzt: Winchester, das ist für dich!«

Logan ist rot wie eine Tomate, als die Offense ihn in die Mitte der Umkleidekabine schiebt. »Danke, Mann.«

»Tolles Spiel, das du da am Schluss abgeliefert hast. Wenn du so weitermachst, wirst du schon bald Stammspieler werden.« Ich klopfe ihm auf die Schulter und entlasse ihn aus dieser für ihn unangenehmen Situation. Als ich zu meinem Spind gehe, schauen mich die Trainer böse an.

Ich lege mein Trikot und meine Schulterpolster ab und folge ihnen in den Trainingsraum. Als ich mein Shirt ausziehe, kann man sofort die Blutergüsse sehen.

»Wir werden dich röntgen, um sicherzugehen, dass du dir nichts gebrochen hast.«

»So sehr tut es aber gar nicht weh.«

Paige, die langjährige Trainerin des Teams, fixiert mich mit ernstem Blick. Sie ist jemand, mit dem man sich nicht anlegen möchte. »Willst du, dass ich ein wenig an dir herumdrücke, um herauszufinden, wie sehr es wirklich wehtut?«

Ich verziehe das Gesicht. »Bitte nicht.«

Nachdem ich mich also dem Röntgen unterzogen habe – wo zum Glück nur bestätigt wurde, dass nichts gebrochen ist –, werde ich mit der Anweisung, mich die nächsten Tage auszuruhen und nicht am Training teilzunehmen, nach Hause geschickt.

So spät in der Season … das wird hart werden. Wie der Coach gesagt hat: Wir können uns jetzt nicht ausruhen.

Frustriert kehre ich zu meinem Spind zurück. Ich greife nach meinem Handy und sehe eine ganze Reihe von Nachrichten von unterschiedlichen Leuten. Doch meine Augen bleiben an der von Carter hängen.

CARTER

Lust, heute Abend auszugehen und den großen Sieg zu feiern? Den ersten Platz!

MEIN LÄCHELN VERSCHWINDET GENAUSO SCHNELL WIEDER, wie es gekommen ist. Ich weiß nicht, wie lange ich die Sache mit Carter noch aufrechterhalten kann, wenn wir nur bei mir zu Hause bleiben. Ich will mit ihm zusammen sein, aber der Gedanke, mich öffentlich zu outen, macht mich ganz krank.

ALEX

Wie wär's, wenn wir uns was zum Mitnehmen bestellen?

Macht es dich nicht irgendwann wahnsinnig, ständig nur zu Hause zu sitzen?

Dieser Schlag heute war schlimmer, als er ausgesehen hat. Ich würde heute Abend lieber im Whirlpool entspannen, als mich mit Fans herumzuschlagen.

Ich bringe was vom Thailänder mit.

. . .

ICH STOSSE einen frustrierten Atemzug aus und verstaue mein Handy wieder in meinem Spind, bevor ich duschen gehe. Ich drehe das Wasser auf heiß und lasse es über meine geschundenen Muskeln laufen.

Da ich noch im Trainingsraum war, gehöre ich zu den letzten Nachzüglern in den Duschräumen.

Ich musste solche Schläge schon öfter einstecken, aber mit jedem Jahr wird es schwieriger, die Wehwehchen aus den Spielen zu ignorieren.

Und jetzt, wo Carter in meinem Leben ist, wird es auch noch immer schwieriger, zu verstecken, wer ich wirklich bin. Ich muss immer wieder an dieses Gespräch mit meinem Bruder zurückdenken. Ich bin nicht fair zu Carter.

Ich kann ihn nicht länger hinhalten.

Ich sollte es ihm sagen.

Ich muss es ihm sagen.

Und vielleicht wird es ja gar nicht so schlimm, wie ich es mir vorstelle. Carter wird sicherlich ziemlich verärgert sein, aber vielleicht bedeutet es ja nicht gleich das Ende von uns beiden.

Aber du hast ihn vom ersten Tag an belogen.

»Fuck!«, brülle ich in die Leere. »Fuck, fuck, fuck!«

Am liebsten würde ich jetzt auf irgendetwas einschlagen. Auf die gekachelte Wand zum Beispiel, nur um mich besser zu fühlen. Aber das würde mir auch nicht weiterhelfen.

Die Sache, die ich am meisten liebe, kollidiert mit dem Mann, in den ich mich langsam verliebe.

Warum kann das Leben nicht mal einfach sein?

»DU SIEHST SCHRECKLICH AUS.«

»Ich freue mich auch, dich zu sehen.« Ich schließe die Tür hinter Carter und schlurfe ins Wohnzimmer. Die Highlights des Spiels laufen im Hintergrund, während ich mich aufs Sofa fallen lasse. Als ich zu Hause angekommen bin, habe ich sofort den Kamin angefeuert, um die Kälte des Spiels aus meinen Gliedern zu vertreiben, aber das dauert.

Carters ernster Blick wird weicher. Ich weiß, dass er sauer ist, weil ich heute Abend nicht mit ihm ausgehen wollte. Es überrascht mich beinahe, dass ich noch aufrecht stehen kann, da mich meine Schuldgefühle langsam zerfressen. »Tut mir leid. Geht's dir gut? Das war ein ziemlich harter Schlag, den du da einstecken musstest.«

»Es war nicht sehr angenehm, sagen wir es mal so.«

»Kann ich irgendetwas tun, um dir zu helfen?« Carter setzt sich vor mich auf den Couchtisch und sieht mich mit einer Mischung aus Besorgnis und Mitgefühl an. »Brauchst du einen Eisbeutel oder so? Ibuprofen?«

Carter ist einfach zu gut für mich. Am liebsten würde ich es in die Welt hinausschreien, dass ich mit diesem Mann zusammen bin.

Ich will es ihm sagen. Den ganzen Nachmittag habe ich an nichts anderes denken können.

»Carter. Es gibt etwas, das ich dir sagen muss.«

»Was ist los?« Besorgnis breitet sich auf seinem Gesicht aus.

»Ich …«

Die Worte liegen mir bereits auf der Zunge, doch die Stimmen der Sportreporter sind lauter.

»Eilmeldung aus Atlanta. Es sind Fotos aufgetaucht, die den Mittelfeldspieler Mahoney Holmes vom Atlanta Rising Football Club in den Armen eines anderen Mannes zeigen.«

»Heilige Scheiße. Den habe ich diesen Sommer getroffen, als sie in Denver gespielt haben.« Ich greife nach der Fernbedienung neben Carter und stelle den Ton lauter.

»Während sich das Team noch nicht zu den Bildern geäußert hat, werfen diese ein neues Licht auf Holmes' Sexualität. Viele in der Sportwelt sind bereits zu seiner Verteidigung gekommen, doch andere finden eher verurteilende Worte. Derek Hollins von den Vegas Storm zum Beispiel teilte folgenden Tweet …«

VGSSTARHOLLINS22: BEIM »FUTBOL« *kann man damit vielleicht durchkommen … aber echte Männer spielen Football und wir haben keinen Platz für Schwuchteln …*

FUCK.

Fuck. Fuck. Fuck.

»Hast du davon gewusst?«, fragt Carter.

Ich bin zu schockiert, um ihm zu antworten.

Genau das ist es, wovor ich so große Angst habe. Diese Reaktion von Hollins ist meine größte Befürchtung.

Er ist ein Arschloch. Das war er schon immer. Aber das macht das, was er geschrieben hat, auch nicht leichter zu ertragen.

Was auch immer ich Carter gerade sagen wollte, bleibt mir im Hals stecken. Das bisschen Mut, das ich aufbringen konnte, um Carter meine Lüge zu gestehen, ist verschwunden.

Jegliche Hoffnungen, einen Plan für eine gemeinsame Zukunft zu schmieden, sind dahin.

Und das alles nur wegen eines Arschlochs mit einem Handy in Vegas.

Kapitel Dreiundzwanzig

»Musst du heute wirklich zur Arbeit gehen?«, stöhnt Alex auf, als das Klingeln des Weckers durchs Zimmer hallt.

»Das ist leider nicht wie bei dir, wo man nach einem Sieg einen Tag freibekommt.«

Er legt einen Arm um mich und zieht mich an sich. »Vielleicht kann ich dir ja eine Entschuldigung schreiben, dass du heute leider nicht zum Unterricht kommen kannst.«

Alex fährt mit seinen Bartstoppeln an meinem Rücken entlang.

»So funktioniert das leider nicht ganz.« Ich mache keine Anstalten, aufzustehen, und lege meine Hand auf seine. Seit er gestern diesen Schlag abbekommen hat, verhält er sich irgendwie anders.

Ich kann es nicht genau benennen, aber er kommt mir sehr anhänglich vor. Als ob er Angst hätte, dass ich einfach verschwinden würde, wenn er mich loslässt.

»Ich wünschte, das würde es. Ich würde so gern meinen Morgen mit dir verbringen.«

Ich schließe die Augen. Die Sonne ist noch nicht aufgegangen, was es nur noch schwieriger macht, Alex in diesem warmen Bett zurückzulassen.

»Und was würdest du dann machen?« Ich drehe mich um und lege mich so hin, dass mein und sein Körper auf genau gleicher Höhe sind. Seine schläfrigen braunen Augen treffen auf meine. Und es fällt mir immer wieder schwer, an irgendetwas anderes zu denken, wenn ich in diese Augen schaue.

»Eine ganze Menge. Zuerst würde ich vielleicht mit einem Blowjob anfangen und dich dann meinen Arsch in der Dusche nehmen lassen.«

Ich stöhne auf und beiße in seine Schulter. »Solche Sachen solltest du nicht zu mir sagen, wenn ich schon längst aufgestanden sein sollte.«

»Warum musst du nur so ein Gutmensch sein und die Zukunft unserer Welt unterrichten?«

»Vielleicht können wir diese ganzen Sachen ja am Wochenende nachholen.« Ich küsse mich von seiner Schulter bis zu seinem Ohr. »Du bist doch dieses Wochenende zu Hause, oder?«

Ich spüre, wie er nickt.

»Dann lass uns doch am Freitag ausgehen.«

Ich kann den Einwand schon auf seinen Lippen sehen, noch bevor Alex überhaupt den Mund öffnet. Schnell drücke ich ihm meine Hand auf den Mund und bringe meine Argumente vor.

»Die Eltern der Schüler haben mir einen Gutschein geschenkt, als Dankeschön dafür, dass ich mit als Aufsicht bei dem Ball war.«

»Was?«, nuschelt Alex gegen meine Hand. »Gehört das nicht zu deinem Job?«

»Ja, aber dabei handelt es sich um die Eltern der Schüler, die mit Alkohol erwischt wurden.«

»Ah.«

»Ich weiß, du gehst nicht gern aus ...«

»Warum sollte ich auch, wenn ich dich doch viel lieber hier für mich allein habe?«, flüstert Alex und küsst sich an meinem Hals entlang.

»Hast du nicht irgendwann mal genug davon, ständig nur in deinen eigenen vier Wänden zu sitzen?« Eigentlich will ich mich gar nicht beschweren, denn ich liebe es, Zeit mit Alex zu verbringen. Aber diese Sache zwischen uns wird immer ernster, und ich würde so gern einmal mit ihm ausgehen und mich mit ihm zeigen.

Doch Alex schüttelt den Kopf. »Genau deshalb habe ich sie in einer Farbe gestrichen, die mir gefällt.«

Ich schiebe ihn leicht von mir weg. »Ich meine es ernst. Ich würde dich wirklich gern mal ausführen. Du hast schon so viel für mich gemacht und außerdem weiß ich, dass das gestern ein echt harter Tag für dich war. Vielleicht würde es dir sogar guttun, mal rauszugehen und etwas Dampf abzulassen.«

»Also gut«, sagt er schließlich seufzend.

Ein siegreiches Lächeln breitet sich auf meinem Gesicht aus. »Es wird dir gefallen. Versprochen.« Ich gebe ihm einen Schmatzer auf den Mund und springe aus dem Bett. »Wenn du dich beeilst, bleibt vielleicht noch genügend Zeit für einen schnellen Handjob, bevor ich zur Arbeit muss.«

Und bevor ich meinen Satz zu Ende sprechen kann, ist das Bett auch schon leer.

Kapitel Vierundzwanzig

Du schaffst das. Du schaffst das.

Wenn ich es mir oft genug vorsage, wird es vielleicht wahr. Aber je näher Carter und ich dem Punchbowl kommen, desto nervöser werde ich.

Jede Zelle in meinem Körper hat mich angeschrien, Nein zu Carter zu sagen und nicht mit ihm auszugehen. Aber ich habe das mulmige Gefühl, das sich in meinem Magen ausgebreitet hat, ignoriert und trotzdem Ja gesagt.

Denn wie könnte ich dem Mann, in den ich verliebt bin, schon etwas abschlagen?

»Alles okay?«, fragt Carter, als er hinter dem Gebäude in eine Parklücke fährt.

Ich nicke. »Tut mir leid, war ein harter Trainingstag.«

»Was für einen knallharten Trainer du doch hast.«

»Vielleicht kannst du ja mal mit ihm sprechen.« Ich schnalle mich ab und drehe mich zu ihm um. »Sag ihm, wie hart wir immer arbeiten, damit wir vielleicht auch mal früher Feierabend machen können.«

Carters Lachen trägt wenig dazu bei, meine Nerven zu beruhigen. »Genau, weil ein professioneller Footballtrainer mit Sicherheit auf den Rat eines Mathelehrers hören würde.«

Ich verpasse ihm einen Stoß gegen die Schulter, als wir aus dem Auto steigen. »Unser Offensive Coordinator war ziemlich beeindruckt von deinen Schülern. Sie haben ein paar Spielzüge ausgearbeitet, die die gegnerische Defense gut abgelenkt haben.«

»Darüber wundere ich mich immer noch.«

Ich schüttle den Kopf, während ich die Tür aufhalte. »Sagst *du* mir nicht immer, dass man mit Statistiken alles erklären kann?«

»Es freut mich, dass du zuhörst«, erwidert Carter und tätschelt mir auf dem Weg nach drinnen die Brust.

Überraschenderweise scheint er nicht den Abdruck meines wild rasenden Herzens auf meiner Brust zu spüren.

Beruhige dich, Alex. Du schaffst das.

Ich laufe hinter Carter her, bis wir einen unbesetzten Tisch hinter der Bar finden. Mit den freiliegenden Backsteinwänden und dem gedimmten Licht fühle ich mich nicht ganz so ausgestellt, wie ich gedacht hatte. Die Spielautomaten dröhnen laut zu uns herüber, oder genauer gesagt die Geräusche von Bowlingkugeln, die auf Kegel treffen. Die Bude ist nicht so voll wie befürchtet – die Feierabend-Massen sind wohl noch nicht in der Bar angekommen.

»Willkommen im Punchbowl. Kann ich euch was zu trinken bringen?«, fragt uns der Barkeeper, kurz nachdem wir uns gesetzt haben. Falls er mich erkennt, lässt er es sich nicht anmerken.

»Zwei Biere.« Carter bestellt für uns beide.

»Ziemlich gewagt von dir, einfach anzunehmen, dass ich ein Bier möchte.« Ich lehne mich auf meinem Stuhl zurück und verschränke die Arme.

»In Anbetracht dessen, dass ich dich in den paar

Monaten, seitdem wir uns kennen, noch nie etwas anderes habe trinken sehen, bin ich ziemlich zuversichtlich, was meine Entscheidung angeht.«

Es macht mich überaus glücklich, dass er so etwas weiß. »Okay.«

Als der Kellner uns die zwei Biere bringt, versuche ich, mein Lächeln hinter dem Glas zu verstecken, aber es gelingt mir nicht. Ich kann Carters Augen förmlich auf mir spüren.

»Und, wie fühlst du dich bezüglich des Spiels dieses Wochenende?«

Ich zucke mit einer Schulter und streiche mit einem Finger über den Rand des Glases. »Ich mache mir mehr Gedanken wegen Vegas in ein paar Wochen. Diese Spiele waren noch nie leicht, aber jetzt sind so viele neue Aspekte dazugekommen. Dass Hollins in der letzten Season Colin ausgeknockt hat, ist einer davon.«

»Ist er ein unfairer Spieler?«, fragt Carter und nippt an seinem Bier.

»Sag du es mir.« Ich rufe seinen letzten Tweet auf, in dem er schreibt, dass der Schlag, den ich gegen Indy kassiert habe, nichts im Vergleich zu dem sein wird, was er vorhat.

Carter sieht mich schockiert an. »Du hast vorher noch nie einen solchen Schlag abbekommen, oder? Die Liga sollte ihn suspendieren.«

»Sollte ich mir Sorgen machen, dass du das fragst und die Antwort nicht weißt? Aber das ist sowieso alles nur dummes Gelaber. Da kann man nicht viel machen.«

»Ich wünschte, ich könnte dir helfen. Ich hasse es, dass er so ein Arschloch ist und ich nichts tun kann, um dem schnuckeligen Quarterback zu helfen, auf den er es abgesehen hat.«

»Du findest mich also schnuckelig, hm?«

Carter verdreht die Augen und nimmt einen großen Schluck von seinem Bier. »Gott, ich hätte nie den Mund aufmachen sollen.«

»Du weißt doch, wie sehr ich es mag, wenn du das tust.«

Carters Wangen werden rot. So dominant er im Schlafzimmer auch ist, so schüchtern ist er, wenn irgendetwas davon außerhalb jenes geschützten Raumes zur Sprache kommt. Und ich weiß nicht, warum es mir so gefällt, ihn rot werden zu lassen.

»Behalt deine schmutzigen Gedanken für dich. Die werden dich noch in Schwierigkeiten bringen.«

»Wirst du mich etwa dafür bestrafen?«, frage ich und ziehe eine Augenbraue hoch.

Er verschluckt sich an seinem Bier, das er gerade angesetzt hat. »Wie schaffe ich es nur immer wieder, mich in solche Situationen zu bringen?«

»Es überrascht mich, dass du so was nicht öfter zu hören bekommst. Schließlich unterrichtest du Schüler an einer Highschool.«

Carter schüttelt den Kopf, wobei ihm eine Strähne seines sandblonden Haars in die Augen fällt. Ich muss mich auf meine Hände setzen, um dem Drang zu widerstehen, nicht über den Tisch zu greifen und sie zurückzustecken.

»Gegen die bin ich bereits immun. Es gibt Dinge, die ich nie wieder vergessen kann, nachdem ich sie gehört habe.«

»Nach diesem Schulball hatte ich auch das Bedürfnis, mir die Ohren mit Bleichmittel auszuspülen. Waren wir in der Highschool auch so?«

»Ich jedenfalls nicht. Aber ich bin mir sicher, dass die Zeit an der Highschool für dich ganz anders war als für mich.«

Ich lache und nehme einen weiteren Schluck von meinem Bier. »Sosehr du auch denkst, dass ich in der Highschool ein cooler Typ war: In Wirklichkeit war ich ziemlich peinlich. Ich wurde nur aus dem Grund nicht dafür verprügelt, weil ich der Quarterback des Teams war. Das hatte schon ein gewisses Gewicht.«

Carter sieht mich prüfend an. »Ich bezweifle stark, dass du wirklich jemals so peinlich warst. Und selbst wenn du es gewesen wärst, wäre ich trotzdem total auf dich abgefahren.«

»Auch, wenn du in der Highschool keine Sportler mochtest?«

Er nickt. »Oh, absolut. Du wärst die Ausnahme für jede meiner Regeln gewesen, Alex Young.«

Bevor ich noch etwas sagen kann, wird meine Aufmerksamkeit auf zwei Jungs gelenkt, die vor unserem Tisch stehen bleiben.

»Hey, Mann! Du bist Alex Young!«

Jegliche positiven Gefühle, die ich bis jetzt hatte, lösen sich innerhalb eines Augenblicks in Wohlgefallen auf. Es sind nur Carter und ich hier. Nichts an unserer Körperhaltung verrät, dass wir zwei Männer auf einem Date sind. Wir hängen einfach nur zusammen ab. Jede Zelle meines Gehirns sagt mir, dieses Gespräch so schnell wie möglich zu beenden, da das mit Sicherheit nicht gut ausgeht.

»Hey, Jungs. Seid ihr Mountain Lions Fans?«, frage ich und schüttle ihre Hände.

»Ja! Ihr habt letzte Woche eine super Show abgeliefert. Noch ein paar solche Spiele und wir sind auf dem besten Weg zum Super Bowl.«

»Meine Offensive Line hat einen fantastischen Job gemacht. Sie sind zu einem Großteil dafür verantwortlich, dass ich gute Arbeit leisten kann.«

»Er will nie die Lorbeeren für sich allein einheimsen.«

Carter legt eine Hand auf meinen Unterarm und drückt leicht zu, was eine Massenpanik in mir auslöst. »Er hat großartig gespielt.«

Mein Gesicht wird feuerheiß, während ich zu den Jungs zurückblicke und meinen Arm langsam aus Carters Griff ziehe. Ich lasse meine Hände unter den Tisch sinken und klammere mich an meinen Knien fest.

Sie bemerken absolut nichts.

Carter schon.

»O mein Gott.« Es dauert etwa zwei Sekunden, bis er eins und eins zusammengezählt hat. Unvermittelt steht er auf, stößt gegen den Tisch und verschüttet sein Bier. »Ich muss jetzt gehen.«

»Warte!« Doch er hält in seinem Rückzug nicht inne.

»Okay, Leute, ich sollte das hier vielleicht besser mal wegwischen. Es war toll, euch kennengelernt zu haben.«

»Ja, Mann.« Einer der beiden klopft mir auf die Schulter und hält sein Handy hoch. »Noch schnell ein Foto, bevor du gehst?«

Das Leben eines Sportlers. »Klar doch.«

Als ich das Klicken der Kamera höre, klopfe ich jedem von ihnen noch auf den Rücken und versuche dann, Carter zu finden. In der Zwischenzeit ist es voller in der Bar geworden. Die Leute drängen sich um die Tische und versperren mir die Sicht.

Angst macht sich in mir breit. Ich kann Carter nicht einfach gehen lassen, ohne vorher mit ihm geredet zu haben. Endlich entdecke ich ihn, als er zwischen zwei Leuten hindurchschlüpft, die gerade die Eingangstür der Bar aufhalten.

»Carter!«, rufe ich ihm hinterher, aber entweder hört er mich nicht oder er will mich nicht hören.

Die zweite Möglichkeit bringt das Herz in meiner Brust für einen Moment zum Stehen. Nur ein einziges

Gespräch lässt die ganze Welt um mich herum zusammen-
brechen.

Er läuft schneller, als ich es ihm je zugetraut hätte, und
ich muss rennen, um ihn auf dem hinteren Parkplatz noch
einzuholen.

»Carter, warte!« Ich greife nach seinem Türgriff, um
ihn daran zu hindern, ins Auto zu steigen.

»Warum?« Die blanke Wut in seiner Stimme trifft mich
mitten ins Herz. Ich glaube, ich habe ihn noch nie so
aufgebracht erlebt. »Ich weiß nicht einmal, was ich jetzt
noch zu dir sagen sollte!«

»Ich kann das erklären.«

Carter verschränkt die Arme und lehnt sich gegen das
Auto. »Ach, wirklich? Du kannst mir erklären, warum du
mich in den letzten Monaten, in denen wir zusammen
waren, angelogen hast?«

»Ich habe dich nicht angelogen.«

»Ach, nicht? Denn ich dachte, ich wäre mit einem
Typen zusammen, der sich bereits geoutet hat. Sonst hätte
er sich ja wohl kaum an mich herangemacht. Aber jetzt
finde ich heraus, dass alles, was ich ihm bedeutet habe,
eine Lüge war.«

»Nur weil ich mich noch nicht geoutet habe, heißt das
nicht, dass alles eine Lüge war.«

Carter schüttelt den Kopf.

Schmerz.

Wut.

Enttäuschung.

All diese Emotionen strahlt er im Moment aus.

Und ich wünschte, ich könnte behaupten, dass ich das
nicht verdient habe – doch das habe ich.

»Gott, ich bin so ein Idiot!« Carter schlägt sich
gegen den Kopf. »Du wusstest von meiner Vergangenheit mit diesem Volltrottel von der Highschool und hast

genau das Gleiche getan! Jetzt ergibt auch alles einen Sinn!«

Fuck.

Fuck.

Ich kann förmlich sehen, wie er jeden Moment, den wir zusammen verbracht haben, in einem neuen Licht betrachtet. Alles, was wir haben – hatten –, bricht um mich herum zusammen, weil ich ihm nicht die Wahrheit gesagt habe.

»Carter, bitte! Ich liebe …«

»Nein!«, schreit er und hält mir einen Finger vors Gesicht. »Das wirst du jetzt nicht zu mir sagen. Nicht, wenn du die ganze Zeit über gelogen hast. Wie konnte ich nur so dumm sein? Alles, was wir zusammen gemacht haben, diente nur dem Zweck, dein Geheimnis zu wahren. Ich habe nie wirklich darüber nachgedacht, weil ich mich vorher auch nie wirklich für Football interessiert habe, aber deshalb sind wir auch nie ausgegangen. Diese ganze Beziehung lief nach deinen Regeln ab und ich durfte einfach nur dabei sein.«

»Lass es mich doch einfach erklären«, flehe ich ihn an.

Doch Carter ignoriert mich; seine Wut ist förmlich greifbar. »Genau deshalb hasse ich Sportler. Alles dreht sich nur um sie, ohne Rücksicht auf die Gefühle von irgendjemand anderem. Ich kann nicht glauben, dass ich mich ein zweites Mal habe reinlegen lassen.« Carter stößt sich vom Auto ab und geht wieder auf die Tür zu.

»Bitte, geh nicht einfach so.« Die Panik in meiner Stimme ist nicht gespielt. »Ich wollte es dir sagen.«

»Ach, ja? Wann? Auf deinem Sterbebett?«

Ich zucke zusammen. »Ich wollte es dir wirklich sagen.«

Carter sieht mich mit einem so bitterbösen Blick an, wie ich ihn noch nie zuvor an ihm gesehen habe. »Weißt du, es überrascht mich, dass du in der Öffentlichkeit so mit mir sprechen kannst. Hast du keine Angst davor, dass jemand ein Foto machen und dein kleines, schmutziges Geheimnis aufdecken könnte?«

Ich gehe einen Schritt zurück, als hätte er mir eine Ohrfeige verpasst. »Das ist nicht fair.«

»Und was du mit mir gemacht hast, ist auch nicht fair. Seit mir dieser Footballspieler in der Highschool das Herz gebrochen hat, habe ich mir geschworen, dass ich meine Sexualität für niemanden mehr verheimlichen werde. Und genau dazu hast du mich gebracht.« Carter schüttelt den Kopf. »Und das Schlimmste ist, dass ich nicht einmal gemerkt habe, dass du mich dazu gebracht hast. Gott, ich bin so dumm.«

»Es tut mir leid …« Ich versuche, die richtigen Worte zu finden, aber es gelingt mir nicht.

»Was genau tut dir leid? Deine ganzen Lügen? Dass du mich hast glauben lassen, dass wir eine echte Beziehung hätten? Mir tut es auch leid, Alex, denn ich kann das einfach nicht. Ich kann nicht mit jemandem zusammen sein, der nicht einmal ehrlich zu sich selbst ist. Ich … kann das einfach nicht.«

»Bitte, Carter. Lass uns doch einfach darüber reden.«

Doch als Carter die Autotür zuschlägt, weiß ich, dass ich ihn verloren habe. Er fährt vom Parkplatz, ohne noch einmal zurückzublicken.

Fuck.

Innerhalb weniger Minuten habe ich den einen Menschen verloren, der mir mehr bedeutet hat als alles andere.

Ich möchte schreien vor Wut. Aber ich kann niemandem außer mir selbst die Schuld geben.

In meinem Bestreben, die Welt niemals mein wahres

Ich sehen zu lassen, habe ich den einen Mann ziehen lassen, mit dem ich am meisten ich selbst war.

Ohne die Hoffnung, ihn je zurückzubekommen.

Alles, was ich hatte, war Football.

Und das ist auch alles, was ich je haben werde.

Denn ich habe gerade das Beste, was mir je passiert ist, einfach gehen lassen.

Kapitel Fünfundzwanzig

»Okay, gebt bitte eure Hausaufgabe ab.«

Ein kollektives Murren dringt an meine Ohren, während ich vor meiner Klasse stehe und darauf warte, die Blätter einsammeln zu können.

»Werden wir die noch mal durchgehen? Ich verstehe nämlich immer noch nicht, wie datenbasierte Vorhersagen funktionieren«, meint Lucy, als sie ihre Hausaufgabe auf den Stapel legt. »Und da sie fast fünfzig Prozent unseres Footballprojekts ausmachen, möchte ich sicher sein, dass ich sie auch verstehe.«

Die Erwähnung des Projekts lässt mein Herz in meiner Brust für einen kurzen Moment aussetzen. »Natürlich können wir das noch einmal durchgehen.«

Zwei Wochen ist es nun schon her. Zwei elendig lange Wochen, seit ich Alex auf diesem verdammten Parkplatz stehen gelassen habe. Die für Dezember typische Kälte hat sich in der Zwischenzeit ebenfalls eingeschlichen und trägt nicht unbedingt zur Verbesserung meiner Stimmung bei. Und dieses verdammte Organ in meiner Brust kann sich einfach nicht entscheiden, ob es wütend oder traurig sein soll.

Mein Hirn wiederum ist eine andere Geschichte. Das ist einfach nur wütend.

Ich kann nicht glauben, wie dumm ich war. Ich habe jede meiner Schutzmauern fallen lassen, um mit Alex zusammen zu sein. Er wusste von meiner Vergangenheit mit Footballspielern.

Und ich habe trotzdem zugelassen, dass er mir das Herz bricht.

Diese verdammten Footballspieler.

Während es die Hälfte der Klasse bereits geschafft hat, ihre Hausaufgabe abzugeben, schaut sich eine andere Gruppe von Schülern etwas auf einem Handy an.

»Ben. Handy weg.«

Aber er hört mich nicht. Schultaschen und Papiere werden herumgeschoben, als der Unterricht beginnt.

»Ben. Zwing mich nicht, das noch einmal zu sagen. Handy weg, oder es bleibt bis zum Ende des Tages bei mir.«

»O Mann, Mr. Brooks muss mal wieder flachgelegt werden«, murmelt er, aber nicht leise genug, als dass ich es nicht hören könnte.

»Okay. Zeit für einen Test. Bücher weg.«

Alle stöhnen auf, als ich den Stapel Papiere auf mein Pult lege und zur Tafel gehe, um ein paar Gleichungen aufzuschreiben.

Ich ignoriere die Beschwerden meiner Schüler.

»Dreißig Minuten, dann werden wir den aktuellen Stand unseres Projekts besprechen.«

Ich setze mich an meinen Schreibtisch und beginne mit der Bewertung der Hausaufgaben. Es handelt sich dabei um eine Zusammenfassung, wo jeder gerade bei seinem Projekt steht. Und ich hasse es.

Ich atme tief durch. Denn wenn ich das nicht tue, werde ich bei jedem Blatt den Rotstift ansetzen, selbst wenn es ungerechtfertigt wäre.

Die letzten zwei Wochen haben sich unendlich lang angefühlt. Man kann den Mountain Lions in Denver nicht entkommen. Mit ihrer Siegesserie sind sie einfach in aller Munde.

Und somit kann ich auch Alex nicht entkommen.

Jedes Mal, wenn ich sein Gesicht sehe, denke ich darüber nach, was ich wohl an seiner Stelle getan hätte.

Hätte ich jemanden angelogen, um mit demjenigen zusammen sein zu können? Könnte ich so egoistisch sein?

Aber dann stelle ich mir vor, in der NFL zu spielen, und frage mich: War es wirklich so egoistisch von ihm? Ich habe zwar nie wieder mit Ryan gesprochen, nachdem er mir in der Highschool das Herz gebrochen hat, aber ich kann mir nicht vorstellen, schwul zu sein und gleichzeitig Football zu spielen. Das ist eine Männerdomäne. Und einer der Gründe, warum ich diesen Sport all die Jahre so gehasst habe.

Kann ich ihm also wirklich die Schuld geben?

Allerdings hat er mich belogen.

Fuck. Warum muss das nur so verzwickt sein?

Und dann ist da noch dieser allgegenwärtige Schmerz, wenn ich an die schlechten Witze zurückdenke, die Alex immer gemacht hat.

»Mr. Brooks, ist alles okay mit Ihnen?«, fragt Lucy leise von ihrem Platz in der ersten Reihe.

»Warum?« Ich schiebe meine Brille zurecht, als ich merke, dass bereits auch andere Schüler in meine Richtung blicken.

»Weil Sie lachen.«

Ich verliere den Verstand. Ich verliere wirklich und wahrhaftig den Verstand.

Und das alles nur, weil ich mich nicht an meine eigene verdammte Regel halten konnte, mich nie mehr in einen Footballspieler zu verlieben.

»WARST du heute in der Schule etwas netter?«, fragt Marley und lässt sich auf den Barhocker neben mir fallen.

»Nur, weil meine Schüler nicht aufpassen, heißt das nicht, dass ich gemein bin.«

»Also nein.« Sie schnappt sich eine Karotte und schiebt sie sich in den Mund. »Hat deine schlechte Laune irgendeinen bestimmten Grund?«

»Marley ...«

»Lass deinen Bruder doch bitte in Ruhe. Er hat ganz offensichtlich mit einem gebrochenen Herzen zu kämpfen«, mischt sich Mom ein, die gerade die Küche betritt und den Geruch von Pizza hinter sich herzieht. Sie drückt mir einen Kuss auf den Kopf und geht weiter zur Kücheninsel.

»Hat das mit dem geheimnisvollen Mann nicht funktioniert?«, fragt Marley. »Ich dachte, du wärst schwer in ihn verliebt gewesen.«

Ich schnaube. »Es hat sich herausgestellt, dass er gelogen hat.«

»Worüber?«, fragt Mom.

Ich schnappe mir ein Stück Pizza und nehme einen großen Bissen. »Über sein nicht vorhandenes Outing.«

»Kannst du bitte nicht mit vollem Mund sprechen? So habe ich dich doch nicht erzogen.« Mom verdreht die Augen, während sie jedem von uns einen Teller reicht.

Ich schlucke den Bissen hinunter und trinke von

meinem Bier. »Er kann sich wegen seiner Arbeit nicht outen.«

»In der heutigen Zeit? Oh, bitte!«, meint Marley schroff.

»So zu sein wie ich, ist in manchen Teilen der Welt immer noch illegal. Ich verstehe also, warum er das nicht einfach tun kann.« Das ist so gar nicht die Diskussion, die ich heute Abend führen wollte.

Mom hat uns angerufen und gefragt, ob wir vorbeikommen wollen, um uns zusammen das Spiel anzusehen, da Denver heute Abend in Washington spielt. Mein Nein wurde prompt ignoriert und ich wurde angewiesen, nach der Schule vorbeizukommen.

»Und anstatt mit ihm darüber zu sprechen, hast du Schluss mit ihm gemacht?«, hakt Mom nach.

»Ich will nicht darüber reden.« Ich benehme mich wie meine Highschool-Schüler, das weiß ich. Nur mit dem Unterschied, dass ich damit keine Aufmerksamkeit erregen will.

»Aber wenn du verstehst, warum er sich nicht einfach outen kann, warum hast du dann mit ihm Schluss gemacht?«

Ich hasse es, dass meine Mutter so logisch denkt. So denke ich normalerweise auch. Zumindest, wenn ich kein gebrochenes Herz habe.

»Er hat mich diesbezüglich angelogen, okay? Das ist das Problem.«

»Hast du nicht deshalb auch mit diesem Typen in der Highschool Schluss gemacht? Wie hieß er noch mal?« Mom schnipst mit den Fingern, während sie in ihrer Erinnerung kramt.

»Ryan. Der Footballspieler. Wie konntest du das nur vergessen? Carter hat damals gesagt, dass er nie wieder einen Footballspieler daten wird. So unglücklich wie damals war er noch nie. Bis auf …« Marley reißt die Augen auf, während sie mich von oben bis unten mustert. »Scheiße. Ist es ein Footballspieler?«, fragt sie, wobei ihre Stimme um eine Oktave tiefer wird.

Ich kippe mein Bier hinunter und versuche so, die Hitze, die mir sofort ins Gesicht schießt, zu lindern. Ich war schon immer ein schlechter Lügner.

»Es ist auf jeden Fall ein Footballspieler!«, keucht Marley.

»Marley, würdest du bitte deinen Bruder in Ruhe lassen? Mach die Situation für ihn doch nicht noch schlimmer.«

»Na schön.« Sie stolziert aus der Küche und ich höre, wie das Spiel im Zimmer nebenan eingeschaltet wird.

»Nächstes Mal bleibe ich zu Hause«, murmle ich.

»Also, was ist passiert?«, fragt Mom und setzt sich neben mich.

»Marley hat es dir doch gerade erzählt.« Ich nehme einen weiteren Bissen von meiner Pizza, weil ich gerade irgendetwas mit meinen Händen tun muss.

»Ich meine, was *wirklich* passiert ist. Deine Schwester – sosehr ich sie auch liebe – neigt manchmal dazu, ein wenig zu übertreiben.«

»Ich habe mich in ihn verliebt und er hat gelogen, was sein Outing angeht.«

»Wie hat er gelogen?«

»Er hat mir nicht gesagt, dass er sich noch nicht geoutet hat.«

»Hat er vorher zu dir gesagt, dass er sich geoutet hat, oder hast du das nur angenommen?«, hakt Mom nach.

»Ich meine, wir waren zusammen. Warum sollte ich das dann nicht annehmen?«

»Viele Menschen haben sich noch nicht geoutet und sind trotzdem mit jemandem zusammen. Vielleicht ist es einfach schwer für ihn.« Sie wirft mir einen Seitenblick zu. »Stimmt das, was deine Schwester gesagt hat? Ist es ein Footballspieler?«

»Ja.« Ich stütze einen Ellbogen auf den Küchentresen, lege meinen Kopf in die Hand und drehe mich zu ihr um. »Ich verstehe ja, warum er seine wahre Natur verstecken muss, aber warum hat er mir das nicht gesagt? Er kennt meine Vergangenheit.«

Mom nimmt meine freie Hand und hält sie zwischen ihren Händen. »Manchmal ist das nicht so einfach. Jemandem so ein großes Geheimnis anzuvertrauen, kann ganz schön schwierig sein.«

»Er hat versucht, zu sagen, dass er mich liebt, um mich zum Bleiben zu bewegen. Man sollte jemandem schon sehr vertrauen, wenn man an dem Punkt ist, diese Worte auszusprechen.«

»So wie du eine Vergangenheit hast, hat er vielleicht auch eine.«

Und da dämmert es mir. Ich war zu sehr mit meiner eigenen Wut und meinem eigenen Liebeskummer beschäftigt, um darauf zu kommen. »O mein Gott. Der Safety von Vegas.«

»Was ist mit ihm?«, fragt Mom und runzelt die Stirn.

»Jemand aus einer Fußballmannschaft wurde geoutet und dieser Typ hat einen bescheuerten Kommentar dazu getwittert. Er verhält sich generell wie ein riesiges Arschloch, aber diese Aktion war besonders krass.«

»Ich hasse Twitter. Das ist die reinste Güllegrube«, meint sie und nimmt einen Schluck von ihrem Getränk.

Am liebsten würde ich meinen Kopf auf den Küchentresen schlagen. »Er hat gemeint, dass er es mir sagen wollte, aber ich habe ihm nicht geglaubt. Ich dachte, er würde das nur behaupten, damit ich nicht gehe.«

Tja. Hinterher ist man immer schlauer.

Alex war an jenem Tag ziemlich launisch. Er wollte nicht ausgehen – den wahren Grund dafür kenne ich ja jetzt – und er wirkte irgendwie nervös. Ich hatte ihn in der Zwischenzeit gut genug kennengelernt, um zu wissen, dass etwas nicht stimmte.

»Er wollte es mir tatsächlich sagen, aber dann haben sie die Nachricht über diesen Fußballspieler gebracht und diese ganzen negativen Reaktionen darauf vorgelesen. Fuck.«

Ich schiebe meine Hände in mein Haar und kralle mich darin fest. Tränen schießen mir in die Augen.

»Nur, weil du fast dreißig Jahre alt bist, heißt das nicht, dass ich dir das F-Wort durchgehen lasse.«

»Tut mir leid, Mom.«

»Was wirst du jetzt machen?«, fragt sie und fängt an, mir über den Rücken zu streicheln. Das hat mich als Kind schon immer beruhigt und das tut es auch heute noch. Ich habe viele Tage meiner Kindheit und einen Großteil meiner Teenagerjahre damit verbracht, von meiner Mutter getröstet zu werden. Meistens mit Milch und Keksen.

Im Erwachsenenalter ist das Äquivalent dazu wohl Pizza und Bier.

»Das Spiel fängt gleich an!«, ruft Marley aus dem Zimmer nebenan.

»Bin in einer Minute da.«

»Das ändert aber immer noch nichts an der Tatsache, dass er mich angelogen hat. Und nach dem, was Ryan mir angetan hat, habe ich mir geschworen, meine Sexualität nie wieder für jemanden zu verheimlichen.«

Und das ist die Krux an der ganzen Sache. Ich liebe Alex. So richtig. Gott, wie ich diesen muskulösen, naturverbundenen, Boy-Band-hörenden Typen liebe. Aber ich weiß nicht, ob ich mit ihm so zusammen sein könnte, wie er es braucht.

Es kommt mir so vor, als hätte ich die genau richtige Person zur genau falschen Zeit getroffen.

Warum muss Liebe nur so kompliziert sein?

Kapitel Sechsundzwanzig

ALEX

»Warum bist du denn heute so mürrisch? Was ist los?«, fragt Knox und schleudert ein Handtuch in meine Richtung.

»Nichts ist los.«

»Jeder weiß, dass, wenn jemand sagt, dass nichts los ist, in Wahrheit doch irgendwas los ist«, meint Logan nüchtern.

»Ist es zu viel verlangt, euch Jungs darum zu bitten, die Klappe zu halten? Wir haben heute ein wichtiges Spiel und ich versuche, mich zu konzentrieren«, erwidere ich und fahre mir mit einer Hand durch mein zerzaustes Haar.

»Ach du Scheiße. Es ist ja wirklich irgendwas los mit dir.« Colins Blick wandert zu den anderen drei, die sich nun um meinen Spind drängen.

Die Anspannung in der Umkleidekabine ist riesig. Alle sind wahnsinnig aufgeregt wegen des Spiels heute. Vor allem, weil unser Gegner Vegas ist. Die haben es heute besonders auf uns abgesehen, weil wir die Liga anführen.

Aber die Anspannung in meinen Schultern hat einen

ganz anderen Grund. Es waren ein paar verdammt lange Wochen.

Lange, quälende Wochen ohne Carter.

Ich hatte in meinem Leben noch nie jemanden wie ihn. Selbst dieser kurze, wundervolle Blick, den ich auf ihn erhaschen durfte, war mehr, als ich ertragen konnte.

Das Training hat mir dann das letzte bisschen Energie geraubt, das ich noch hatte. Es ist, als würde ich mich ohne Carter wie durch einen Sumpf bewegen.

Und jedes Mal, wenn ich den Coach ansehe, fühle ich mich, als würde ich Carter in zwanzig Jahren sehen und all die Dinge, die ich in meinem Leben verpasst haben werde. Und das alles nur, weil ich die Angst über mich habe siegen lassen.

»Solange er mit seinem Kopf beim Spiel ist, lasst ihn in Ruhe«, meldet sich Jackson zu Wort, während er sich sein Trikot über die Schulterpolster zieht. »Alex weiß, was dieses Spiel für uns bedeutet.«

Fuck.

Als ob mir jemand noch mehr Last auf meine Schultern legen müsste.

Ich hole das Trikot mit der Nummer Achtzehn aus meinem Spind und streiche über das Kapitänsabzeichen. In den letzten zwei Wochen habe ich mich ganz und gar nicht wie ein Kapitän gefühlt.

Ich habe jeden angeschnauzt, der einen Pass fallen gelassen oder einen Block verpasst hat.

Scheiße, Knox hat recht.

Allerdings bin ich viel mehr als nur mürrisch.

»Alle mal herhören!« Die Stimme des Trainers hallt durch den Umkleideraum. Das Logo der Mountain Lions auf dem Boden unter ihm sieht aus, als würde es ihn gleich verschlingen.

»Das wird heute ein hartes Spiel werden. Die Voraussetzungen sind alles andere als ideal. Aber wir sind an solches Wetter gewöhnt – das ist nichts Neues für uns. Außerdem haben wir Heimvorteil. Also spielt euer Spiel und der Rest wird sich von selbst regeln.«

Ich höre Knox' Rede nach der Ansage des Trainers kaum, bevor sich schließlich alle auf den Weg aus der Umkleidekabine machen. Als wir aufs Spielfeld laufen, kommt mir der Lärm der Zuschauermenge weniger laut vor als sonst.

Alles um mich herum fühlt sich irgendwie dumpf an.

Außer dem eiskalten Regen. Der dringt durch das langärmelige Shirt unter meinen Polstern und fühlt sich an wie Nadelstiche auf meiner Haut.

Es ist schnell Winter geworden, was man leicht an den Atemwölkchen erkennen kann, die im schwachen Licht des späten Nachmittags gut zu sehen sind. Die Stadionlichter blenden den Großteil der Zuschauer aus, während wir für den Münzwurf ins Mittelfeld gehen.

Hollins ist für Vegas dort. Sein eingebildetes Grinsen, als er Colin die Hand schüttelt, weckt in mir das Bedürfnis, ihm eine in die Fresse zu hauen.

Verdammter Wichser.

»Hoffentlich seid ihr bereit, zu verlieren«, meint er und drückt meine Hand besonders fest.

»Die einzigen Verlierer hier seid ihr«, schaltet sich Colin ein, bevor ich etwas sagen kann.

»Meine Herren. Wir wollen doch nicht schon vor Beginn des Spiels jemanden rauswerfen müssen«, ermahnt uns der Schiedsrichter mit tadelndem Blick. Das Spiel hat noch nicht einmal angefangen und Vegas will schon Blut sehen. »Auf ein gutes und faires Spiel.«

Vegas gewinnt den Münzwurf und entschließt sich, erst in der zweiten Halbzeit mit dem Ball zu starten.

»Bist du mit deinem Kopf bei der Sache, Young?«, fragt mich der Coach, als ich mir meinen Helm schnappe.

»Ja, Sir.« Ich halte keinen Blickkontakt mit ihm und schaue stattdessen zu, wie unsere Special Teams den Ball bis zur Fünfzehn-Yard-Linie bringen. Keine gute Ausgangsposition unter diesen Bedingungen.

»Gutter Away Houston. Verstanden?«, fragt Williams, unser Offensive Coordinator, der gerade neben mir aufgetaucht ist.

Ich nicke und laufe aufs Feld hinaus.

»Wir legen einen guten, starken Start hin, verstanden?« Ich blicke jeden meiner Linemen und Receiver nacheinander an.

»Bringen wir sie zum Schweigen!«, schreit Colin und klopft auf die Schulterpolster des ihm am nächsten stehenden Spielers.

»Gutter Away Houston, auf drei. Break.«

Alle gehen in Position, während ich mich hinter meinen Center stelle. Ich lasse meinen Blick über die Defense schweifen, ohne mich dabei auf einen einzelnen Spieler zu fokussieren, um den Spielzug nicht zu verraten.

Auf mein Kommando snapt der Center den Ball, während ich rückwärts laufe und beobachte, wie sich die Lage vor mir entwickelt. Einer der Linebacker kann unseren Tackle umgehen und ich renne los. Nachdem ich noch ein paar Schritte zurückgegangen bin, finde ich Colin und werfe ihm den Ball zu.

Durch diese Verzögerung von nur wenigen Sekundenbruchteilen kommt er nur sechs Yards weit, bevor er aus dem Spielfeld rutscht.

Das Wetter tut uns keinen Gefallen, denn die nächsten beiden Spielzüge bringen uns keine Yards ein.

Three and Out. Die denkbar schlechteste Art, ein Spiel zu starten.

»Wird ein langer Tag für dich werden, Quarterback. Wir haben noch viel mehr zu bieten als nur das«, ruft Hollins, als die Aufstellung auf dem Feld wechselt. »Wart's nur ab.«

Es kostet mich alles an Willenskraft, was ich aufbringen kann, um zurück zur Seitenlinie zu joggen. All die Anspannung in mir sucht nach einem Ventil. Was würde ich nicht dafür geben, um sie an diesem Arschloch auslassen zu können.

Aber ich darf nichts tun, was das Spiel für mein Team gefährden könnte.

»Du machst zu viele Schritte, wenn du dich in die Pocket zurückfallen lässt, Young.« Ich habe noch nicht einmal meinen Helm abgenommen, steht Williams schon vor mir.

»Wenn unsere Tackles vielleicht besser blocken würden …«, murmle ich.

»Willst du uns das nicht lieber direkt ins Gesicht sagen?«, fragt Kelly, unser Center, und stellt sich vor mich. »Denkst du, wir lassen die Gegner einfach so über dich drüber rennen?«

»Da wir jetzt gerade an der Seitenlinie stehen und nicht auf dem Spielfeld, macht wohl irgendjemand seinen Job nicht richtig.«

Kelly zeigt mit dem Finger in mein Gesicht. »Schon mal daran gedacht, dass dieser Jemand du sein könntest? Scher dich um deine eigenen Angelegenheiten, Young. Du bist nicht der Einzige da draußen auf dem Feld.«

Seine Augen bohren sich in meine, während er rückwärts davonläuft.

»Dich mit deinen Blockern anzulegen, wird niemandem hier weiterhelfen. Atme mal tief durch und ich werde mir ein paar Laufspielzüge für den nächsten

Drive ausdenken.« Der Offensive Coordinator klopft mir auf die Schulter und verschwindet.

Zum ersten Mal seit langer Zeit lässt sich niemand neben mir auf der Bank nieder. Es ist, als würde meine Aggression von mir ausstrahlen und alle auf Abstand halten.

Aber meine Nerven lassen mich einfach nicht still sitzen.

Ich gehe an der Seitenlinie auf und ab, während unsere Defense versucht, die Offense von Vegas daran zu hindern, das Feld zu erstürmen. Doch stattdessen werden wir von ihnen förmlich überrollt und sie tragen den Ball mit Leichtigkeit in die Endzone.

Fuck. Vegas hat einen starken Start hingelegt und unsere Fans machen ihren Unmut mit Buhrufen kund.

»Okay, Jungs. Es wird Zeit, uns auf das Spiel zu konzentrieren. Lasst uns den Sack zumachen.«

Ich ernte ein paar skeptische Blicke von ihnen – denn ganz offensichtlich liegt es an mir, dass die Mannschaft ins Straucheln gerät.

Aber es ist erst das erste Viertel. Wir können uns diese Punkte zurückholen.

Als wir wieder auf dem Feld sind, stoppt uns die D-Line von Vegas gleich im ersten Spielzug.

Scheiße. Die Jungs wieder auf den richtigen Kurs zu bringen, wird schwieriger werden, als ich dachte. Sie lassen die Köpfe hängen, als sie wieder in den Huddle zurückkommen.

»Okay. Lasst euch davon nicht unterkriegen. Charlie Blue Thirty auf zwei.« Alle klatschen in die Hände und bringen sich in Position für den Laufspielzug. Mit dem strömenden Regen werden wir in diesem Spiel um jedes Yard kämpfen müssen.

Der Ball wird gesnapt und ich schaffe eine reibungslose

Übergabe an Logan – allerdings erst kurz bevor Hollins auf mich zugestürmt kommt. Er bremst erst eine Millisekunde vor mir ab und kracht in mich hinein. Das höhnische Grinsen in seinem Gesicht verrät mir, dass das volle Absicht war.

Ich sollte ihn einfach ignorieren. Ich sollte zurück in die Line gehen und einen schnellen Spielzug ausrufen, um Vegas zu überrumpeln. Doch meine Nerven liegen blank und ich kann mich heute einfach nicht zurückhalten.

»Spiel den verdammten Ball, Hollins«, schreie ich.

»Würdest *du* das machen, würdet ihr jetzt vielleicht nicht verlieren. Verdammte Schwuchtel.«

»Was hast du zu mir gesagt?« Bevor ich richtig weiß, was ich tue, stehe ich schon vor Hollins. Ich sehe nur noch rot.

»Du hast mich schon richtig verstanden. Wenn du nicht so eine Schwuchtel wärst, würde es dir vielleicht einfacher fallen, dich auf den Beinen zu halten.«

»Was zur Hölle ist dein Problem?« Kelly steht direkt neben mir.

»Ooooch, wie süß. Musst du dich von deinem Freund verteidigen lassen? Verdammter Homo«, faucht Hollins mich an.

Das letzte bisschen an gesundem Menschenverstand, das ich noch hatte, entgleitet mir, und ich schlage Hollins zu Boden.

Pfiffe ertönen und Flaggen werden geworfen, während jemand versucht, mich von Hollins wegzuziehen. Die ganze aufgestaute Traurigkeit und Wut der letzten Wochen bricht sich aus meinen Fäusten Bahn. Mein Helm wird mir vom Kopf gerissen, als Hollins mir einen Schlag verpasst.

»Das kannst du doch besser«, stachele ich ihn an, während seine Faust mit meinem Kiefer Bekanntschaft macht.

»Verpiss dich, Young!«

»Ooooch, wie süß. Und ich hätte gedacht, du wärst der Dominante.« Ich schenke ihm mein schmierigstes Lächeln.

»Bleib verdammt noch mal weg von mir, du Schwuchtel!« Diesmal verpasst mir Hollins einen so heftigen Stoß, dass ich nach hinten taumle und direkt gegen den Schiedsrichter falle.

Dieser zieht mich hoch, während Hollins Richtung Seitenlinie wankt. Die Menge um mich herum buht.

»… weshalb Nummer Achtzehn von Denver und Nummer Zweiundzwanzig von Las Vegas vom Spiel ausgeschlossen werden.«

Kelly schreit den Schiedsrichter an und will ihm erklären, was Hollins gesagt hat, aber ich dränge ihn zurück auf unsere Seite des Felds. »Wir brauchen dich hier draußen, Mann. Pass auf, dass du nicht auch noch rausgeworfen wirst.«

»Du hast doch gehört, was er zu dir gesagt hat, oder? So was darf man ihm nicht einfach durchgehen lassen!«

Die Wut, die mir meinen Verstand vernebelt hat, fängt langsam an, sich zu lichten.

Fuck.

Ich wurde gerade aus dem Spiel geworfen.

Ich bin eigentlich immer der Besonnene auf dem Spielfeld. Ich bin einer der Mannschaftskapitäne.

Und nur eine spitze Bemerkung von Hollins später habe ich alles aufs Spiel gesetzt, wofür ich mein ganzes Leben lang gearbeitet habe.

Fuck.

Als ich an der Seitenlinie ankomme, erwartet mich der Coach bereits mit steinerner Miene.

»Wenn das Spiel vorbei ist, will ich dich in meinem Büro sehen.«

Einer der Teamassistenten begleitet mich zurück in die

Umkleidekabine. Ich reiße mir die Schulterpolster vom Körper und schleudere sie davon. Mit einem unangenehmen Knirschen landen sie in meinem Spind und verursachen darin ein Chaos.

»Beruhig dich, Young. Mach das Ganze nicht noch schlimmer.« Seine Worte sind barsch, doch ich habe sie verdient.

Ich kann mich nicht erinnern, mich jemals so gefühlt zu haben wie jetzt. Ich gehe unter die Dusche und lasse das Wasser jeden verbitterten Gedanken aus mir herausspülen.

Verdammte Schwuchtel.

Verdammter Homo.

Vom Spiel ausgeschlossen.

Gott, wenn Carter mich jetzt sehen könnte … nur leider will er das nicht. Und warum sollte er mich auch so sehen wollen?

Das bin nicht ich. Ich werde nicht aus Spielen geworfen. Ich bekämpfe Worte nicht mit Fäusten.

Ich weiß nicht, wer das da draußen auf dem Spielfeld war, aber das war definitiv nicht ich.

Ich drehe das Wasser ab, wickle mir ein Handtuch um die Hüfte und gehe zurück in die Umkleidekabine. Schnell ziehe ich mich an und stapfe zum Büro des Trainers. Ich will nicht mehr in der Umkleide sein, wenn die Mannschaft hier eintrifft.

Ihre Blicke könnte ich einfach nicht ertragen.

»IN ALL MEINEN JAHREN ALS COACH«, die Stimme des Trainers lässt mich aus meiner zusammengesackten Haltung auf dem Stuhl hochschrecken, »habe ich noch nie jemanden sich so auf dem Spielfeld verhalten sehen. Nenn mir einen guten Grund, warum ich dich nicht für den Rest der Season auf die Ersatzbank setzen sollte.«

Fuck. Die Lage ist schlimmer, als ich dachte.

Deshalb sage ich es ihm auch ohne Umschweife. »Er hat mich eine Schwuchtel genannt.«

Seine Gesichtszüge verhärten sich, so als wäre er direkt vor meinen Augen um zehn Jahre gealtert. »Das ist eine ziemliche Anschuldigung, Alex.«

Ich schüttle den Kopf. »Das ist keine Anschuldigung, Coach. Er hat mich eine Schwuchtel und einen Homo genannt. Und ich weiß, dass ich da eigentlich drüberstehen sollte, aber ich bin einfach ausgerastet. Hollins ist ein Arschloch, Coach. Das wissen wir alle.«

»Arschloch hin oder her, aber das bedeutet nicht, dass du deine Emotionen an den anderen Spielern dieser Liga auslassen darfst.«

»Das stimmt.«

»Gibt es einen Grund, warum du dir diese Worte so zu Herzen genommen hast?«

Weiter sagt der Coach nichts. Er sitzt nur da und sieht mich prüfend an.

Nervös knirsche ich mit den Zähnen. Es ist, als könnte er direkt in mich hineinsehen.

Weiß er, dass ich schwul bin?

Weiß er, dass ich das Herz seines Sohnes gebrochen habe?

Während ich vor dem Coach sitze, lösen sich die Gründe dafür, warum ich mein Geheimnis – mein wahres Ich – für mich behalten sollte, nach und nach in Luft auf.

Was wäre, wenn ich es ihm einfach sagen würde?

Ich sehe dem Mann, der hier gerade vor mir sitzt und den ich nun schon so lange kenne, fest in die Augen. Er hat mir noch nie einen falschen Ratschlag gegeben. Und auch im Angesicht unüberwindbarer Hindernisse gerät er nie ins Wanken.

Sag es ihm!

Ich wische mir die Hände an der Hose ab und lasse meinen Gefühlen freien Lauf.

»Ich bin schwul.«

»Ich verstehe.«

»Und wen ich liebe, sollte überhaupt kein Thema sein. Aber ich bin nicht so naiv, zu glauben, dass es in der Liga nicht noch mehr Leute wie Hollins gibt, die mich nicht so akzeptieren, wie ich bin. Aber das tut nichts zur Sache, denn das heute ist passiert, weil Hollins ein Arschloch ist und sein Verhalten nicht toleriert werden sollte.«

»Deine Reaktion darauf war aber auch nicht gerade angemessen.«

Ich stehe auf und gehe in dem kleinen Raum auf und ab. Erst jetzt höre ich die Jungs in der Umkleidekabine. Doch statt der ausgelassenen Stimmung bei einem Sieg bemerke ich nur düsteres Schweigen. »Wir haben verloren, oder?«

Er nickt. »Es ist schwierig, ohne den Stamm-Quarterback wieder ins Spiel zurückzufinden.«

»Fuck!« Ich bin kurz davor, gegen die Wand zu schlagen, doch der Coach läuft um seinen Schreibtisch herum, packt mich an den Schultern und hält mich auf.

»Junge, ich werde dir jetzt einen Rat geben.«

Ich atme tief ein und warte darauf, was er zu sagen hat.

»Ich werde dir jetzt erzählen, was ich meinem Sohn gesagt habe, als er sich mir gegenüber geoutet hat. Das Leben ist hart, aber jemanden zu lieben, sollte nicht hart sein. Du musst dich für ein Übel in deinem Leben entscheiden, Alex. Ob das nun bedeutet, weiter in diesem Versteck zu leben, das du dir erschaffen hast, oder nach draußen zu gehen und dich zu outen: Schwer wird es so oder so werden. Aber wäre das Schwere nicht einfacher auszuhalten, wenn du dabei glücklich wärst?«

Jede einzelne Emotion, die ich in den letzten zwei Wochen zurückgehalten habe – verdammt, die ich seit meiner Entscheidung, mich nicht zu outen, zurückgehalten habe –, strömt nun aus mir heraus. Der Damm ist gebrochen und ich kann die aufsteigenden Tränen nicht mehr zurückhalten.

Der Coach zieht mich in eine Umarmung und ich klammere mich an ihn, als würde es um mein Leben gehen.

Wie viele Leute wussten bisher von meiner Sexualität? Vier. Meine Eltern, Tommy und Carter.

Jetzt sind es fünf.

Es dem Coach zu sagen, war anders. Carter wusste es. Meine Eltern und Tommy wussten es auch. Es war nicht schwer, sich ihnen gegenüber zu outen, weil sie es bereits wussten.

Aber der Coach wusste es nicht. Er ist die erste Person, der ich es bewusst erzählt habe.

Eine Last, von der ich schon immer wusste, dass ich sie mit mir herumschleppe, fällt von mir ab. Ich fühle mich fünfzig Kilo leichter.

Weil ich es einer einzigen Person erzählt habe.

Wie wird es sich wohl erst anfühlen, wenn ich mich vor der ganzen Welt oute?

»Alles okay bei dir?«, fragt mich der Coach und geht einen Schritt zurück.

Ich nehme mir kurz Zeit, um mir die Tränen abzuwischen und meine Atmung zu beruhigen. »Ich glaube schon.«

»Gut. Hast du jemanden, der zu Hause auf dich wartet?«

Meine Wangen werden sofort feuerrot. »Dieser Zug ist abgefahren.«

Das Letzte, was ich möchte, ist, dem Coach zu sagen, dass ich mit seinem Sohn geschlafen habe. Nicht, dass es etwas zur Sache tun würde. Schließlich sind wir ja nicht zusammen.

»Das tut mir leid. Dann geh jetzt nach Hause und rede mit niemandem, bis du wieder von mir hörst. Ich werde mit dem Team sprechen und versuchen, die Sache zu klären.«

Ich kann nur hoffen, dass es nicht darauf hinausläuft, dass ich rausgeschmissen werde.

Kapitel Siebenundzwanzig

ALEX

»Was zur Hölle ist eigentlich los mit dir?«

Ich blicke von meinem Platz auf der Couch, wo ich gerade mein Gesicht kühle, auf. Tommy bleibt nicht im Wohnzimmer stehen, sondern geht direkt in die Küche, um sich ein Bier zu holen.

»Die Frage war ernst gemeint.« Er öffnet sich eine Flasche und nimmt einen Schluck. »Denn so habe ich dich noch nie erlebt.«

Es ist *das* Thema, worüber alle Sportjournalisten schon den ganzen Nachmittag berichten. Nachdem ich das Büro meines Trainers mit der strikten Anweisung verlassen hatte, keinerlei Telefonanrufe entgegenzunehmen – außer er oder jemand vom Managementteam wären an der anderen Leitung –, bin ich auf direktem Weg nach Hause gegangen und habe meinen Hintern auf der Couch geparkt. Wenn ich während der nächsten Woche keinen einzigen Menschen zu Gesicht bekommen hätte, wäre mir das nur recht gewesen.

Doch mein Bruder hat das soeben vereitelt.

»Denkst du, ich weiß das nicht?« Ich pausiere den

Fernseher in dem Moment, als mein Gesicht gerade zu sehen ist. Es ist knallrot, während Hollins mich anschreit und ich vom Spielfeld eskortiert werde.

Definitiv nicht einer meiner besten Momente.

»Was hast du dir dann dabei gedacht, deine ganze Karriere mit dieser Aktion aufs Spiel zu setzen?«

Tommy lässt sich mir gegenüber auf die Couch fallen.

»Er hat mich eine Schwuchtel genannt.«

Tommy verschluckt sich beinahe an seinem Bier. »Das ist mal eine Ansage. Ist das dein Ernst?«

Ich nicke nur, bevor ich den Rest meines eigenen Biers hinunterkippe.

»Fuck. Wie kann es sein, dass du dich immer noch mit so einer Scheiße herumschlagen musst?«

Ich schüttle deprimiert den Kopf und muss dringend das überschüssige Adrenalin loswerden, das immer noch durch meinen Körper fließt. Also nehme ich mir noch ein Bier.

»Das ist genau der Grund, warum ich mich nicht geoutet habe. Menschen wie er.«

Tommy steht auf und geht in die Küche. Das erinnert mich an die Vormittage, die ich hier immer mit Carter verbracht habe. Die winzigen Splitter meines Herzens schmerzen bei der Erinnerung an sein Gesicht.

»Aber denkst du wirklich, dass alle so sein werden wie er?«

Ich fahre mir mit der Hand übers Gesicht und bleibe dabei an meinem frisch gewachsenen Bart hängen, der nun meine Haut ziert. Ich habe mir in den letzten Wochen nicht die Mühe gemacht, mich zu rasieren. Es hat mich alles an Energie gekostet, überhaupt aus dem Bett zu kommen und zum Training zu gehen. Warum sollte ich mir also über so etwas Gedanken machen?

»Das ist kein Risiko, das ich gewillt bin, einzugehen.«
Ich leere die Hälfte meines Biers in nur einem Schluck.

»Okay, wenn du dich jetzt betrinkst, wird dir das auch nicht weiterhelfen«, meint Tommy und nimmt mir das Bier ab.

»Aber schaden tut es jetzt auch nichts mehr.«

»Was hat dein Trainer zu all dem gesagt?«

»Ich soll hier sitzen und warten, bis ich wieder von ihnen höre.«

»Auf gar keinen Fall. Du wirst ja noch verrückt, wenn du dir das hier weiter ansiehst.« Er zeigt auf den Fernseher. »Ich glaube, ich habe dich noch nie so wütend gesehen, Bruderherz.«

Er hebt abwehrend die Hände, als ich ihn finster ansehe. »Dir ist bewusst, dass dich niemand hierher eingeladen hat, oder?«

Tommy lacht und klopft mir auf die Schulter. »Das ist das Schöne daran, dein älterer Bruder zu sein. Ich kann vorbeikommen, wann immer ich will.«

»Ich wünschte wirklich, du wärst nicht hierhergezogen.«

»Ach Quatsch! Du findest es doch super, dass ich hier bin. Erzähl keinen Scheiß.«

Sosehr ich ihm auch vorhalten will, dass er nur wegen der Arbeit hierhergezogen ist – in meinen Augen eine ziemlich schwache Ausrede –, bin ich doch heilfroh, dass er da ist.

Die letzten zwei Wochen waren meine selbst geschaffene Hölle auf Erden. An Schlaf war nicht ansatzweise zu denken. Jedes Mal, wenn ich die Augen schließe, sehe ich wieder diese schreckliche Enttäuschung in Carters Gesicht vor mir. Am liebsten wäre es mir, ich würde einfach vom Erdboden verschluckt werden.

»Lass uns von hier verschwinden.« Tommy schnappt sich seine Schlüssel und zieht mich Richtung Tür.

»Meinst du wirklich, dass das eine gute Idee ist? Ich habe heute Abend wirklich keine Lust darauf, von anderen angeschrien zu werden.«

Er winkt ab, als wäre das alles keine große Sache. »Mach dir keine Gedanken. Ich habe einen Ort gefunden, an dem sich die Leute wahrscheinlich einen Scheißdreck für dich interessieren werden.«

»Ich möchte es noch einmal sagen: Wie schön, dass du hier bist, Bruderherz.«

Er grinst wie ein Idiot und geht zur Tür hinaus.

»ALTER, du wendest viel zu viel Kraft auf. Du wirst es noch kaputt machen.«

»Ist mir egal.« Ich haue trotzdem munter weiter. Meine ganzen Aggressionen fließen in das Schlagen dieser kleinen Maulwürfe, die immer wieder auftauchen. Sie sind wie dafür geschaffen.

»Okay, aber ich möchte auch mal drankommen.« Als der Timer abläuft, schiebt mich Tommy direkt zur Seite.

»Meinst du, du kannst meine Punktzahl schlagen?«

»Das habe ich vor.« Er zeigt mir sein böses Grinsen, das ich – da ich als kleiner Bruder jahrelang einstecken musste – schon gewohnt bin. »Der Verlierer spendiert die nächste Runde.«

»Dann hoffe ich, dass es okay für dich ist, gleich bezahlen zu müssen.«

Das Spiel beginnt von Neuem und das nervige Lachen mischt sich unter das Getöse hier in der Halle.

Als Tommy diesen Ort vorgeschlagen hat, war ich erst

skeptisch. Ich wollte nirgendwo hingehen, wo andere Leute auf mich aufmerksam werden könnten. Aber mit meinem Kapuzenpulli und meiner Basecap falle ich gar nicht auf.

An allen Wänden befinden sich Spielautomaten und Münzschieber. Jedes Spiel, das ich als Kind geliebt habe, ist hier vertreten: von Whac-A-Mole bis Pac-Man. Wenn man gewinnt, spucken die Automaten Tickets aus, die man gegen Preise eintauschen kann.

»Ich sollte dich zahlen lassen. Schließlich verdienst du hier als Quarterback das große Geld.«

»Noch, zumindest«, erwidere ich.

»Du solltest wirklich mal wieder durchgevögelt werden. Das würde dir mit Sicherheit helfen, dich zu entspannen.«

Ich verschlucke mich beinahe an meinem Bier.

»Was denn? Ich meine ja nur. Du bist viel zu erregt, wenn du da draußen auf dem Spielfeld kämpfst.«

»Das ist ja das Problem …«

Tommy hält inne und lässt den gepolsterten Schläger des Spiels fallen. »Was meinst du damit, das ist das Problem?«

»Du weißt schon, dass du die nächste Runde zahlen musst, wenn du verlierst, oder?«

»Scheiß drauf. Was meinst du damit, das ist das Problem?« Er verschränkt die Arme und starrt mich mit seinem besten Großer-Bruder-Blick an. Als wir noch klein waren, hatte ich immer wahnsinnig großen Respekt vor diesem Blick. Aber jetzt? Jetzt ist er lediglich etwas unangenehm.

»Dieser *Jemand*, von dem ich dir erzählt habe, als du hierhergezogen bist, wurde zu *meinem Jemand*, aber jetzt …«

»Mein Gott, Alex. Was hast du getan?«

»Nur das Herz des einzigen Mannes gebrochen, den ich je geliebt habe. Und wahrscheinlich je lieben werde. Und jetzt ist es mein Schicksal, allein zu sterben.«

»Okay, eine Runde Mitleid.« Tommy packt mich an der Schulter und zieht mich zu einem Stehtisch. »Erzähl mir alles. Sofort.«

»Ich habe mich in den Sohn vom Coach verliebt.«

»Warte, vom Coach deines Teams? Der Mountain Lions?«

Ich verdrehe die Augen. »Welchen anderen Coach sollte ich denn sonst meinen?«

»Okay. Wie auch immer. Wie habt ihr euch kennengelernt?«

Ich berichte ihm von den Ereignissen der letzten Monate, bis zu dem Zeitpunkt, als Carter gemerkt hat, dass ich mich noch nicht geoutet habe.

»Ihm habe ich es auch gesagt.«

»Wem hast du was gesagt?«, fragt Tommy.

»Dem Coach. Ich habe ihm gesagt, dass ich schwul bin.«

»Ist das dein Ernst?«

Ich blicke hoch in diese Augen, die meinen so ähneln, und nicke.

»Alex! Das ist ja riesig! Wie hat er es aufgenommen?«

»So gut, wie ich es mir nur erhoffen konnte.«

Man kann an Tommys Gesicht ablesen, dass es ihm dämmert. »Was ja auch absolut Sinn ergibt, da sein eigener Sohn schwul ist. Natürlich.«

Ich kippe den Rest meines Biers hinunter. »Es hat sich gut angefühlt, es ihm zu sagen.«

»Ich behaupte nicht, dass das leicht sein wird, aber hast du schon mal darüber nachgedacht, dich zu outen? Mit so einem *richtigen* Coming-out, meine ich? Ich weiß, dass du dir ständig Gedanken darüber machst, aber vielleicht ist das ja ein Zeichen. Vielleicht ist das arschige Verhalten von Hollins das Zeichen, das du gebraucht hast, um dein Leben zu verändern.«

»Das Universum wäre ja wirklich lustig, wenn Hollins tatsächlich derjenige sein soll, der für mein Coming-out verantwortlich ist.«

»Der wird ordentlich sein Fett abbekommen«, meint Tommy. »Ich kann immer noch nicht glauben, was er da zu dir gesagt hat.«

»Er ist ein Arschloch. Und hat sich die Tracht Prügel für das, was er da von sich gegeben hat, wirklich verdient.«

»Ich weiß, du hast nur zugeschlagen, weil du Liebeskummer hast, aber du kannst nicht einfach Leute verprügeln, nur weil sie Arschlöcher sind.«

Ich zucke mit den Schultern, stütze meinen Ellbogen auf den Tisch und lege meinen Kopf in die Hand, während ich wieder an das Spiel von vorhin zurückdenke. »Das ist echt scheiße.«

»Du kannst doch nicht für den Rest deines Lebens unglücklich sein.«

Meine Frustration wird immer größer. »Also schön. Sagen wir mal, ich oute mich. Was ist, wenn dann noch mehr Leute wie Hollins anfangen, Scheiße zu labern? Ich kann so was nicht ewig an mir abprallen lassen. Das ist nicht in Ordnung.«

»Ich sage ja auch nicht, dass es das ist. Aber solltest du jetzt öfter so den Kopf verlieren wie heute, wird dich das im Leben auch nicht weiterbringen.« Er zeigt mit einem Finger auf mich. »Außer, du wirst dann rausgeschmissen und kein Team will dich mehr haben. Dann kannst du dich immerhin outen.«

»Gott, du bist so ein Arschloch.«

»Tja, Gleich und Gleich gesellt sich gern.« Tommy schenkt mir sein bestes Grinsen, und das trägt viel dazu bei, das beklemmende Gefühl in meiner Brust zu lindern.

Da klingelt auf einmal mein Handy in meiner Tasche.

Ich ziehe es heraus und sehe, dass eine Nachricht vom Coach auf mich wartet.

COACH BROOKS

Morgen früh Punkt 7 Uhr in meinem Büro.

»O SCHEISSE.« Ich drehe Tommy mein Handy hin, damit er die Nachricht lesen kann.

»Ich schätze, es wird Zeit für dich, die Suppe auszulöffeln, die du dir eingebrockt hast.«

»Und was ist, wenn ich rausgeschmissen werde?«

»Dann werde ich da sein, um dir zu helfen, deine nächsten Schritte zu planen.«

Brüder. Vielleicht sind sie ja doch für etwas gut.

Kapitel Achtundzwanzig

ALEX

»Alex. Danke, dass du so früh kommen konntest.«

»Ist ja nicht so, als hätte ich wirklich eine Wahl gehabt, Coach«, sage ich mit einem gespielten Lächeln und versuche, meine Nervosität in den Griff zu bekommen, die aus mir herauszuplatzen droht. »Komme ich auf die Ersatzbank?«

Der Coach verschränkt seine Hände vor sich. Was auch immer jetzt passieren wird, ich werde damit klarkommen. Ich respektiere diesen Mann einfach zu sehr − als meinen Trainer und als den Vater des Mannes, dem ich das Herz gebrochen habe −, um mit ihm zu diskutieren. Ich habe mir die Suppe eingebrockt, und jetzt muss ich sie auch auslöffeln.

»Nein. Aber das Management hat mich gefragt, ob du bereit wärst, einen Vortrag darüber zu halten, warum diese Art von Sprache, die Hollins benutzt hat, in der Liga nicht toleriert werden sollte.«

»Warte mal … was?«

»Ich weiß, dass du nicht geoutet bist und dass das eine

große Bitte ist, aber ich hatte gehofft, dass du zumindest darüber nachdenken würdest.«

Ich schüttle den Kopf, weil ich es immer noch nicht wirklich realisiert habe. »Ich sitze nicht auf der Bank.«

Der Coach lächelt mich an. »Nein, tust du nicht.«

»Ich werde auch nicht suspendiert, oder?«

Der Coach schüttelt den Kopf. »Nein, auch das nicht.«

»Keine Geldstrafen, gar nichts?«

»Wenn du unbedingt willst, kann ich mir bestimmt etwas einfallen lassen.«

»Tut mir leid, ich hatte nur gedacht, dass unser Gespräch heute in eine völlig andere Richtung gehen würde.«

Obwohl der Blick, den mir der Coach zuwirft, meine Nerven auch nicht unbedingt beruhigt.

Tatsächlich bewirkt er sogar das Gegenteil.

»Was Hollins gesagt hat, wurde auf Video aufgezeichnet. Es ist zwar etwas undeutlich zu hören wegen der Lautstärke, die bei dem Spiel geherrscht hat, aber es ist zu hören. Er ist für vier Spiele ohne Bezahlung gesperrt worden. Die Liga befürchtet, dass du rechtliche Schritte gegen sie einleiten wirst.«

Ich fahre mir mit einer Hand übers Gesicht. »Ganz ehrlich, Coach? Das Einzige, was eine Rolle spielt, ist, dass ich mein Team im Stich gelassen habe.«

»Und genau deshalb bist du ein besserer Mann als die meisten von uns, mein Junge.«

»Ich muss also nur mit der Liga sprechen, und ansonsten bekomme ich keinen Ärger?«

Ich fühle mich wie ein fünfjähriges Kind, das darum bettelt, keinen Hausarrest zu bekommen.

»Ganz genau. Du bist ein freier Mann.«

Er wendet seine Aufmerksamkeit wieder den Dingen auf seinem Schreibtisch zu, doch ich mache keine Anstalten, zu gehen. Denn jetzt, wo die Liga Videoaufzeichnungen von dem Vorfall hat, fühlt es sich plötzlich wichtig an, meine Seite der Geschichte zu erzählen.

So wichtig, dass ich einfach damit herausplatze.

»Was würde passieren, wenn ich mich oute?«

Der Coach lehnt sich in seinem Stuhl zurück und verschränkt die Arme. Der Blick, mit dem er mich ansieht, erinnert mich so sehr an Carter, dass mich das in meiner Entscheidung nur noch bestärkt. »Ich kann zwar nicht für das gesamte Team sprechen – wobei ich mir sicher bin, dass sie hinter dir stehen würden –, aber meine volle Unterstützung hast du auf jeden Fall. Wenn du dich outen willst, stehe ich voll hinter dir. Was auch immer du brauchst, ich bin für dich da. Wir sind eine Familie und helfen uns gegenseitig, wo wir nur können.«

Seine Worte treiben mir die Tränen in die Augen. »Ich bin in Carter verliebt.«

Ein schockierter Ausdruck wandert über sein Gesicht. »Carter? Wie in Carter Brooks? Mein Sohn, der in den letzten Wochen ständig Trübsal geblasen hat?«

»Ich fürchte, das war meinetwegen.«

Er stößt einen Pfiff aus. »Ich kann nicht behaupten, dass ich das habe kommen sehen, aber jetzt ergibt alles einen Sinn. Ihr wart beide so glücklich und dann beide so niedergeschlagen.«

»Ich muss wirklich sagen, dass du sehr gut beobachtest, was bei deinen Spielern so vor sich geht.«

»Alex, solltest du jemals die Gelegenheit dazu bekommen, Trainer zu werden, wirst du feststellen, dass du gleichzeitig auch Teilzeit-Therapeut bist. Also ja, ich behalte meine Spieler im Auge.« Er beugt sich vor. »Willst du das wirklich tun? Willst du dich outen? Denn wenn du es tust, gibt es kein Zurück mehr.«

Ich lächle. Es ist das gefühlt erste echte Lächeln seit

Wochen. Verdammt, das gefühlt erste echte Lächeln seit weiß Gott wie vielen Jahren. Denn endlich ist der Druck von mir genommen worden. »Ich habe mein Übel gewählt, Coach.«

MEIN KLOPFEN an der Tür scheint lautstark durch den Flur zu hallen. Als ob dadurch jeder in den Büroräumen erfahren würde, warum ich jetzt gerade hier bin.

»Es ist offen.« Ich öffne die Tür und werde von Peyton mit einem Lächeln begrüßt. Genauso wie von Colin.

Fuck.

Ich hatte mich darauf eingestellt, mit ihr zu reden. Nicht mit ihm.

Aber wenn ich es jetzt nicht tue, werde ich vielleicht einen Rückzieher machen. Ich schließe die Tür hinter mir und betrete ihr kleines Büro. Über der kompletten Rückwand hängt eine Flagge der Mountain Lions, und auf dem Schreibtisch stehen Bilder vom Team und von ihr und Colin.

»Hey, Mann.« Colin nickt mir zu, während er sich den Rest eines Bagels in den Mund schiebt. »Bereit für das Training nachher?«

Ich verschränke die Arme und versuche, meine Nerven zu beruhigen. Da wir gestern verloren haben, haben wir heute nicht frei. Wir werden uns den ganzen Tag Videos ansehen, um uns auf die nächste Woche vorzubereiten.

Man muss kein Genie sein, um zu wissen, was wir falsch gemacht haben. Wenn man seinen Stamm-Quarterback verliert, wirkt sich das meistens negativ auf die Mannschaft aus.

Ich winke ab. »Na klar.«

»Bist du aus einem bestimmten Grund hergekommen?«, fragt Peyton und klinkt sich in unser Gespräch mit ein.

»Ich wollte nur fragen, ob du kurz Zeit hast, um über etwas zu sprechen.«

Sie schenkt mir ein herzliches Lächeln. Eines, das mir sagt, dass ich es schaffen kann.

Exakt in diesem Moment weiß ich, dass sich mein gesamtes Leben verändern wird. Obwohl es sich eigentlich bereits in dem Moment verändert hat, als ich mich dazu entschlossen habe, das hier durchzuziehen. Hoffen wir mal, dass es sich zum Positiven verändern wird.

»Was gibt's?« Peyton stützt ihre Arme auf dem Schreibtisch ab und lehnt sich etwas nach vorn.

»Es fällt mir nicht leicht, das zu sagen«, erwidere ich und reibe mir nervös mit einer Hand über den Nacken.

»Alter, ist alles okay bei dir?« Colin lehnt sich ebenfalls vor und das Lächeln ist aus seinem Gesicht verschwunden. »Ist irgendetwas passiert, das dich so hat ausrasten lassen?«

»Mit mir ist alles okay.«

»Und warum machst du dann ein Gesicht wie drei Tage Regenwetter?«

»Würdest du ihn bitte einfach erzählen lassen?«, rügt Peyton ihn.

»Ich bin schwul«, platze ich heraus. So viel zum Thema Fingerspitzengefühl.

Peytons Gesichtsausdruck entspannt sich ein wenig, während Colin die Kinnlade runterfällt.

»Du bist was?« Colin schüttelt den Kopf, doch ich richte meinen Blick auf Peyton.

»Gibt es einen Grund, warum du gerade jetzt damit zu mir kommst?«

Die ruhige Gelassenheit in ihrer Stimme beruhigt

meinen rasenden Puls ein wenig. »Ich bin es einfach leid, mich zu verstecken.«

»Ist das alles?«

Colins Augen huschen zwischen uns beiden hin und her.

Es ist eigenartig, wie ruhig Peyton ist. Sie reagiert fast so wie meine Familie, als ich mich damals vor ihr geoutet habe. Fast so, als ob …

»Wusstest du es?«

Peyton steht auf und läuft um ihren Schreibtisch herum. »Ich habe es geahnt.«

»Moment mal, du hast es gewusst?«, fragt Colin völlig fassungslos und stellt sich neben Peyton. »Warum hast du nie etwas davon gesagt?«

»Weil es mir nicht zusteht, so etwas zu erzählen.« Sie richtet ihre Aufmerksamkeit wieder auf mich. »Also, was ist der wahre Grund?«

Ich fahre mir mit der Hand übers Gesicht und lehne mich gegen die Wand. Sofort taucht Carters Gesichtsausdruck, als er mich auf dem Parkplatz hat stehen lassen, vor meinem inneren Auge auf. Diese absolute Fassungslosigkeit, als er realisiert hat, dass ich meine Sexualität gar nicht offen auslebe.

»Ich habe jemandem das Herz gebrochen, weil ich nicht offen schwul bin. Und dadurch habe ich auch mein eigenes Herz gebrochen.«

Peyton legt eine Hand auf meinen Bizeps. »Du weißt, dass du dich nicht für jemand anderen outen solltest.«

Ich schlucke die Emotionen hinunter, die mich zu überwältigen drohen. »Ich weiß. Ich tue das auch nicht für ihn. Na ja, nicht *nur* für ihn, zumindest. Ich habe nicht gerade professionell auf etwas reagiert, das Hollins gesagt hat.«

»Hollins ist ein Arschloch. Du hättest es besser wissen sollen, als so zu reagieren«, unterbricht mich Colin.

Ich nicke. »Ich weiß. Aber wenn er diese Scheiße nicht gesagt hätte, hätte ich mich dem Coach gegenüber auch nicht geoutet. In dem Moment, als ich es ihm gesagt habe, ist von meinen Schultern eine wahre Last abgefallen. Und als ich mit meinem Bruder darüber gesprochen habe, hat sich der Gedanke daran, es noch mehr Leuten zu erzählen, zwar beängstigend, aber auch richtig angefühlt.«

»Wie konnte ich das nur nicht merken?«, murmelt Colin vor sich hin.

Peyton ignoriert ihn und zieht mich in eine Umarmung. »Falls es dir noch niemand gesagt hat: Ich finde, du bist wirklich mutig. Und dass du eine Inspiration für andere Menschen da draußen sein kannst.«

»Was, das ist alles?« Colins Stimme lässt mich einen Schritt zurückweichen. »Alex sagt, dass er schwul ist, und wir machen einfach so weiter wie bisher?«

Colins Reaktion ist genau das, wovor ich Angst hatte. »Ihr müsst mich nicht für das akzeptieren, was ich bin …«

Colin hält eine Hand hoch, um mich zu unterbrechen. »Wer hat irgendetwas davon gesagt, dass wir dich nicht akzeptieren?«

»Du. Deiner Reaktion nach zu urteilen.«

Er sieht mich an, als hätte ich ihn beleidigt. »Du bist ein Vollidiot. Es ist mir egal, ob du schwul bist. Ehrlich gesagt ärgert es mich mehr, dass du dachtest, du müsstest es vor uns geheim halten. Hast du gedacht, wir würden nicht hinter dir stehen?«

Seit Carter mich verlassen hat, werde ich dieses Gefühl der Beschämung einfach nicht mehr los.

»Du hast doch mitbekommen, wie Hollins reagiert hat, als Mahoney Holmes geoutet wurde. Er hat es schon die ganze Season über auf mich abgesehen. Und dann noch sein Verhalten am Sonntag? Da fällt es mir schwer, andere zu bitten, sich für mich in die Schusslinie zu stellen.«

Colin schnaubt verärgert auf. »Hollins ist ein Arschloch. Er könnte nicht mal ein guter Mensch sein, wenn der Weihnachtsmann ihm alle Spielsachen der Welt versprechen würde.«

Ich lache. Zum ersten Mal seit Tagen. Und es fühlt sich an, als würden sich meine Muskeln endlich wieder entspannen. »Aber das ist einer der Gründe. Die Liga ist ein Männerverein. Menschen mögen keine Menschen, die anders sind.«

Colin schüttelt den Kopf. »Du hast recht. Und falls ich irgendetwas getan haben sollte, das dir das Gefühl gegeben hat, dass du dich mir gegenüber nicht outen kannst, dann tut mir das schrecklich leid.«

Nun schüttle ich den Kopf. »Nein. Glaub mir, ich wollte es euch Jungs schon hundertmal erzählen. Aber ich hatte zu viel Angst.«

Ich lasse den Kopf sinken. Tränen steigen mir in die Augen. Die letzten paar Wochen waren mit die härtesten in meinem bisherigen Leben. Aber als ich die Entscheidung getroffen hatte, mich zu outen, habe ich beschlossen, das Ganze mit Karacho anzugehen. Denn wenn ich jetzt einen Rückzieher mache, weiß ich nicht, ob ich jemals wieder den Mut dafür aufbringen werde.

Und ich bin bereit.

»Möchtest du, dass ich dabei bin, wenn du es den Jungs erzählst?«, fragt Colin.

»Das habe ich mir noch nicht so genau überlegt.«

Colin packt mich an den Schultern und gewinnt so meine volle Aufmerksamkeit. »Hör mir mal zu, Alex. Du bist wie ein Bruder für mich. Ich weiß nicht, wie ich die letzten Jahre ohne dich überstanden hätte. Was auch immer du brauchst: Ich bin für dich da.«

Ich stoße ein ersticktes »Danke schön« aus, bevor ich ihn in eine Umarmung ziehe. Mir ist bewusst, dass nicht jeder so reagieren wird. Bevor es besser wird, wird es erst noch einfach viel schlimmer werden. Zumindest, wenn man die Nachrichten rund um Mahoney als Referenz nimmt.

Aber dass Colin mich dafür akzeptiert, wer ich wirklich bin? Das ist im Moment einfach zu viel für mich und mir kommen die Tränen.

»Ich hätte es besser wissen müssen«, sage ich zu Colin und wische mir über die Wangen, als wir unsere Umarmung lösen.

»Ich bin immer für dich da. Und sollte irgendjemand was dagegen haben, dass du schwul bist, dann bekommen sie es mit mir zu tun.«

»Okay, ich möchte nicht, dass du wieder einen Schlag auf den Kopf bekommst«, mischt sich Peyton ein. »Wie würdest du die Sache gern angehen, Alex?«

Peytons Tonfall ist sehr sachlich, doch ihre feuchten Augen verraten mir, dass sie von Colins Reaktion genauso gerührt ist wie ich. Sie ist genau so ausgefallen, wie ich es mir erhofft hatte.

»Ähm, ich glaube, so weit habe ich noch gar nicht gedacht.«

Peyton verdreht die Augen. »Das ist nie gut, wenn sie das macht«, flüstert Colin mir zu, der seinen Arm immer noch um meine Schultern gelegt hat.

»Mir gegenüber hat sie das noch nie gemacht. Wie gehe ich damit jetzt um?«

»Also ich weiß, wie *ich* immer damit umgehe, aber das wird für dich nicht funktionieren.«

Ich lache laut auf.

»Ich kann euch beide hören, das wisst ihr, ja?«, fragt Peyton und zieht eine Augenbraue hoch.

»Tut mir leid, Rocky. Bitte fahr fort.«

Peyton starrt Colin noch ein paar Sekunden an, bevor sie sich wieder mir zuwendet. »Ich kenne einen guten Reporter. Wie wäre es mit einem Interview? Das wäre ein bisschen mehr, als wenn das Team lediglich ein Statement abgibt, aber du müsstest dich nicht live in einem Fernsehinterview in die Mangel nehmen lassen.«

»Hältst du das für eine gute Idee?«

Sie nickt. »So hast du die Möglichkeit, deine Geschichte selbst zu erzählen. Du kannst über dein wahres Ich sprechen und sagen, was immer du willst.«

»Nach letztem Sonntag will ich mein Gesicht eigentlich nicht mehr im Fernsehen sehen.«

Peyton schüttelt den Kopf. »Sie werden dein Gesicht zeigen, aber nur zu unseren Bedingungen. Ich habe einen Mann im Sinn, der perfekt für diesen Job geeignet wäre.«

»Kann ich mich nicht einfach von dir interviewen lassen?«, frage ich und lache nervös. Der Gedanke, meine Geschichte einem mir völlig fremden Reporter zu erzählen, bringt meine Nerven erneut zum Flattern.

»Dann würde das aber ein sehr kurzes Interview werden. Glaub mir, diese Person wird deine Geschichte genau so erzählen, wie sie erzählt werden sollte.«

Ich atme tief durch. »Wenn du das wirklich für das Beste hältst, dann machen wir das.«

Peyton kommt zu uns herüber und schlingt ihre Arme um meine Taille, sodass wir drei in einer Gruppenumarmung mitten in ihrem Büro stehen.

»Es ist okay, Angst zu haben, Alex. Aber wir werden dir die ganze Zeit über zur Seite stehen.«

Ich drücke Peyton einen Kuss auf den Scheitel. »Danke. Und danke auch, dass ihr das alles so gelassen aufnehmt.«

»Ach. Gelassenheit ist mein zweiter Vorname«, scherzt Colin.

»Musst du das wirklich die ganze Zeit über ertragen?«, frage ich Peyton.

»Ach, er ist es wert.« Peyton schlingt einen Arm um Colin und zieht ihn näher zu sich heran.

Colin klopft mir auf den Rücken. »Aber jetzt mal im Ernst. Solltest du mal etwas brauchen, sind wir beide für dich da. Und wer weiß? Vielleicht bekommst du ja sogar deinen Mann zurück.«

Das wäre zu schön, um wahr zu sein.

Kapitel Neunundzwanzig

ALEX

»**A**lles klar bei dir?«, fragt Colin.

»Hör auf, ständig zu fragen. Bei mir ist alles gut.« Ich knirsche mit den Zähnen. Als ich Peyton darum gebeten habe, die Sache ins Rollen zu bringen, hätte ich nicht gedacht, dass es bereits ein paar Tage später so weit sein würde.

Aber ich kann nicht leugnen, dass mir das dabei geholfen hat, ein positiveres Mindset zu entwickeln. Und dass wir das Spiel am Sonntag gewonnen haben, hat wahrscheinlich auch noch seinen Teil dazu beigetragen.

»Du siehst aber nicht so aus«, meint Tommy.

»Warum habe ich euch zwei nur mitgenommen? Ihr macht mich nur noch nervöser.«

»Wir sind da, damit du dich etwas wohler fühlst. Schließlich setzt du hier ziemlich viel aufs Spiel«, erwidert Tommy mit stoischem Gesichtsausdruck. Als ich ihm von meiner Entscheidung erzählt habe, war er – erneut – für mich da und hat mir versichert, mich in allem zu unterstützen, was ich vorhabe. Jeder hat betont, dass es vollkommen in Ordnung ist, wenn ich mich nicht oute, und dass sie mich weder in die eine noch in die andere Richtung drängen möchten. Doch es ist an der Zeit.

Und ich bin bereit.

»Hast du den Reporter schon getroffen?«, fragt Colin an meiner Seite.

Wir laufen gemeinsam durch die Gänge des Trainingsgebäudes. Peyton meinte, dass es so unauffälliger wäre, ich mich aber gleichzeitig auf vertrautem Terrain bewegen würde. Als ich das Gebäude betreten und das Emblem der Mountain Lions gesehen habe, bin ich tatsächlich ruhiger geworden.

Zumindest so ruhig man eben werden kann, wenn man kurz davor ist, der ganzen Welt zu offenbaren, dass man schwul ist.

Ich schüttle den Kopf. »Nein. Du?«

»Nein, aber ich habe Peyton diese Woche auch nicht oft zu Gesicht bekommen.«

»Tut mir leid, falls sie meinetwegen so beschäftigt war.«

Colin klopft mir auf die Schulter, als wir das Trainingsfeld betreten. »Quatsch, alles gut. Ich will auf keinen Fall, dass du einen Rückzieher machst, jetzt, wo du dich einmal dazu durchgerungen hast.«

»Ich sollte also besser nicht *dich* darum bitten, den Fluchtwagen zu fahren?«, frage ich lachend.

»Niemand hier wird irgendeinen Fluchtwagen fahren«, meint Peyton, die sich gerade zu uns gesellt. Alle möglichen Leute wuseln herum und bauen auf. »Glaub mir, du wirst Finn mögen.«

Ich atme tief durch. »Dann wäre er der erste Reporter, den ich mag.«

Da ich bereits seit dem Start meiner Footballkarriere im College mein wahres Ich geheim gehalten habe, war es schon immer schwer gewesen, mich anderen zu öffnen. Was, wenn ich jemanden nur falsch ansehe und dadurch geoutet werde? Diese Menschen halten förmlich mein Schicksal in ihren Händen, weshalb ich in ihrer Nähe schon immer vorsichtig war.

»Keine Sorge, ich habe ihn anfangs auch nicht gemocht.«

Ich drehe mich auf dem Absatz um und betrachte die beiden Männer, die auf der anderen Seite des Tisches voller Essen stehen. Beide sind groß, doch während der eine dunkelbraunes, zerzaustes Haar hat, ist der andere mit blondem Haar und Brille etwas mehr herausgeputzt.

Die Brille erinnert mich an Carter und den allgegenwärtigen Schmerz in meiner Brust, der daher rührt, dass ich ihm das Herz gebrochen habe.

»Und ihr beiden seid?«, frage ich und blicke zwischen den zwei Männern hin und her.

»Ich bin Wes Cooper. Der Ehemann von dem hier.« Er deutet mit dem Daumen auf den Blonden, der neben ihm steht.

»Ich muss mich für ihn entschuldigen. Manchmal redet er einfach drauflos, ohne nachzudenken. Ich bin Finn Anderson und werde dich heute interviewen.«

Ich ergreife seine ausgestreckte Hand. »Schön, dich kennenzulernen.«

»Mach dir keine Sorgen, dass du keine Reporter magst. Finn wird einen guten Job machen.« Wes legt seinen Arm um Finn, und zu sehen, wie gelassen die beiden ihre Zuneigung zueinander zeigen, beruhigt mich ungemein.

»Entschuldige bitte meine Bemerkung. Es ist einfach alles nur …« Doch ich finde nicht die richtigen Worte, um meinen momentanen mentalen Zustand zu beschreiben.

»Überwältigend?«, beendet Wes meinen Satz für mich.

Ich deute mit dem Finger auf ihn. »Genau das.«

»Peyton hat mich gebeten, heute auch mit dabei zu

sein, weil ich ebenfalls Bedenken hatte, jemandem meine Geschichte zu erzählen.«

Ich schaue Peyton in die Augen und sie schenkt mir ein wissendes Lächeln. Ich bin so froh, dass ich jemanden wie sie auf meiner Seite habe, und weiß nicht, ob ich das hier ohne sie schaffen würde.

»War es schwer für dich?«

Wes zuckt mit einer Schulter. »Bei mir war es anders. Ich kam gerade von einer Verletzung zurück und stand nicht so im Rampenlicht wie du gerade.«

»Erzähl einfach deine Geschichte. Versuch nicht, jemand zu sein, der du nicht bist«, klinkt sich Finn in unser Gespräch ein.

»Musstest du dich jemals so outen?«, frage ich Wes.

Er schüttelt den Kopf. »Nein. Aber ich bin Turmspringer, und da ich einen Sport ausübe, der nur alle paar Jahre mal Beachtung findet, war das keine große Sache. Ich war schon immer öffentlich homosexuell.«

Ich fahre mir mit der Hand übers Gesicht, drehe mich um und blicke in das Gesicht des Berglöwen – des Mountain Lions –, das mich von unserem Logo aus ansieht.

Es ist eigentlich eine ganz einfache Sache, aber das hier ist schon seit Beginn meiner Profilaufbahn mein Zuhause gewesen. Und ich habe Angst, dass ich mit diesem Artikel alles verlieren könnte.

Was wäre, wenn niemand mehr mit mir zusammen in der Umkleidekabine sein will?

Was wäre, wenn Denver mich rauswirft, weil ich eine zu große Belastung bin?

Was wäre, wenn kein anderes Team mich aufnehmen möchte?

Was wäre, wenn …

Was wäre, wenn …

Was wäre, wenn …

Es ist immer das gleiche Szenario, das sich in den letzten Tagen in meinem Kopf abgespielt hat, und es ist schwer, diesen Kreislauf zu durchbrechen.

Der Coach und das Team stehen hinter mir, aber das macht es auch nicht einfacher. Denn ich habe keine Ahnung, wie die Reaktionen der anderen ausfallen werden.

»Finn. Wir können anfangen, sobald du startklar bist«, ruft einer der Assistenten herüber.

»Zeig's ihnen.« Wes verpasst Finn einen Klaps auf den Hintern, während dieser dem Assistenten zunickt.

Finn verdreht die Augen, doch das Lächeln auf seinem Gesicht verrät ihn. »Ich möchte mich *wirklich* für ihn entschuldigen. Manchmal vergisst er, dass wir nicht in der Umkleidekabine sind.«

»Hey! Das nehme ich dir aber jetzt übel.«

»Es kann losgehen, wann immer du bereit bist, Alex. Nimm dir so viel Zeit, wie du brauchst.« Finn klopft mir auf die Schulter und begibt sich anschließend zu den Stühlen, die für uns aufgestellt wurden.

»Bist du bereit?«, fragt Peyton und rückt meine Krawatte zurecht. Colin und Tommy stehen hinter ihr und werfen mir aufmunternde Blicke zu.

»Mache ich wirklich das Richtige? Was, wenn der Schuss nach hinten losgeht?«

»Darf ich das beantworten?«, fragt Wes.

Ich nicke ihm zu.

»Du machst auf jeden Fall das Richtige. Ich weiß, dass es sich jetzt beängstigend anfühlen mag, aber denk nur an all die Menschen, die du inspirieren kannst. Denk an die Kinder und Jugendlichen, die gerade mit ihrer Sexualität hadern und sehen, dass es keine schwulen Footballspieler gibt. Du kannst den Weg ebnen für mehr Inklusion in diesem Sport. Und je mehr Menschen sich outen, desto besser wird es werden.«

Wes' Worte aktivieren den letzten Rest Selbstvertrauen in mir, den ich gebraucht habe, um da rauszugehen und Finn meine Geschichte zu erzählen. Und ich merke, dass das viel einfacher werden wird, als ich je gedacht hätte.

Jetzt kann ich nur hoffen, dass die Reaktionen nicht so ausfallen werden, wie ich es befürchte.

ICH BIN EINFACH NUR ERSCHÖPFT. Finn ist nicht davor zurückgeschreckt, die richtig brenzligen Fragen zu stellen. Er hat mich auseinandergenommen und ich fühle mich, als wäre ich komplett entblößt worden. Alles, was ich jetzt will, sind ein Drink und Schlaf für die komplette nächste Woche.

Aber als ich die Umkleidekabine betrete, treffe ich auf den Großteil des Teams. Knox, Jackson und Colin stehen mit verschränkten Armen an der Wand, so als ob sie gleich auf mich losgehen wollen würden.

»Was macht ihr denn hier? Das Training ist schon seit über einer Stunde vorbei.«

»Wir wollten hier sein, um dich zu unterstützen.«

»Um mich zu unterstützen?«, frage ich dümmlich.

»Deine Aktion hat sich herumgesprochen.«

Natürlich. Klatsch und Tratsch verbreiten sich in Umkleidekabinen wie ein Lauffeuer. Eigentlich sollte mich das nicht überraschen.

»Und ihr seid trotzdem noch hier?« Die Offensive Line füllt den Großteil der Umkleide aus. Fünf Jungs zu je hundertvierzig Kilo würden aber wohl jeden Raum zum Großteil ausfüllen. Bei dem Anblick möchte man am liebsten davonrennen und sich verstecken. Sie sind an einem stinknormalen Tag schon einschüchternd, und erst recht an einem, an dem meine Nerven blank liegen.

»Wo sollten wir denn sonst sein?«, meldet sich einer der Jungs zu Wort.

»Es ist mein Arsch, stimmt's? Es ist ein wirklich knackiger Arsch.« Kelly, unser Center, zeigt allen besagten Knackarsch.

»Der würde jeden direkt zu einem Hetero machen«, ruft Williams.

»Es ist euch egal, dass ich schwul bin?«, platze ich heraus.

Williams kommt auf mich zu und klopft mir auf die Schulter. »Das Einzige, das uns beschäftigt, ist, dass du uns angelogen hast. Warum wolltest du es uns nicht sagen?«

»Du hast doch Hollins Reaktion darauf, als dieser Fußballer geoutet wurde, mitbekommen. Na ja, und ich dachte eben, dass jeder so reagieren würde.«

»Hollins ist ein Arschloch«, sagt Knox und alle nicken zustimmend.

»Du bist nicht umsonst der Kapitän dieses Teams«, mischt Logan sich ein. »Du bist einer der besten Männer hier, also warum sollten wir dich nicht unterstützen?«

Ihre ermutigenden Worte schnüren mir die Kehle zu. Ich versuche, sie durch Räuspern wieder freizubekommen, aber es gelingt mir nicht.

»Wir stehen hinter dir. Was auch immer passiert, wir sind für dich da«, beteuert Jackson.

Alle kommen auf mich zu und nehmen mich in eine Umarmung. Und da kann ich die Tränen einfach nicht länger zurückhalten. All meine Emotionen kommen mir aus den Augen geflossen. Wenn man bedenkt, wie oft mir das in den letzten Wochen passiert ist, sollte man eigentlich meinen, ich hätte langsam keine Tränen mehr übrig. Scheint so, als wären da doch noch ein paar.

»Danke, Leute«, stoße ich aus und klopfe allen auf die Schulter, als sie sich nacheinander aus der Umarmung lösen und die Umkleide verlassen.

Bis auf die vier Jungs, die nun Richtung Spielfeld nicken und mir damit bedeuten, ihnen zu folgen.

Es ist kalt draußen und unser Atem formt kleine Wölkchen. Dunkelheit hat sich über das Feld gelegt, und nur ein paar Lichter aus dem Gebäude erhellen die Umgebung.

»Ist heute irgendetwas Außergewöhnliches passiert, Jungs?«, fragt Knox.

»Du bist so ein Arsch«, erwidere ich lachend und nehme das Glas Bourbon entgegen, das er mir hinhält.

»Quatsch. Ich hätte gut Lust, *dich* als einen zu bezeichnen, aber weil du so fertig aussiehst, lasse ich das.«

»Es war ein verdammt langer Tag. Scheiße, es waren ein paar verdammt lange Wochen.« Ich seufze und kippe das gesamte Glas in einem Zug hinunter.

»Fühlst du dich besser?«, fragt Jackson.

»Das wird sich noch zeigen. Ich mache mir immer noch Gedanken über die Konsequenzen, die dem Team dadurch entstehen könnten.«

Colin legt einen Arm um meine Schultern und zieht mich an sich. »Wir stehen alle hinter dir. Wenn sie sich mit dir anlegen wollen, müssen sie sich mit uns allen anlegen.«

»Apropos, Peyton hat mich gebeten, dich daran zu erinnern, dir keinen Schlag auf den Kopf einzufangen.« Ich lache und blicke auf diese Gruppe von Männern. Diese Jungs sind für mich zu einer zweiten Familie geworden. »Ich weiß wirklich nicht, was ich sagen soll.«

»Ich weiß, dass die Toasts normalerweise deine Sache sind, aber darf ich heute das Wort ergreifen?«, fragt Colin und räuspert sich.

»Schieß los.«

»Warte, er braucht mehr zu trinken!«, mischt sich Logan ein und gießt erneut zwei Fingerbreit der braunen Flüssigkeit in mein Glas.

»Werde ich das etwa brauchen?« Ich sehe ihn misstrauisch an.

»Halt die Klappe und lass mich reden, ja?«, meint Colin mit bösem Blick.

Ich hebe kapitulierend die Hände und überlasse ihm das Feld.

»Was du heute getan hast, war wahrscheinlich mit das Mutigste, das ich je jemanden habe tun sehen. Ich stecke zwar nicht in deiner Haut, aber das kann definitiv nicht einfach gewesen sein. Ich spreche für jeden hier und für alle, die vorhin in der Umkleide waren, wenn ich sage, dass du einer der großartigsten Männer bist, die wir kennen.«

Ich schlucke meine in der Zwischenzeit allgegenwärtig gewordenen Emotionen hinunter, die einfach nicht verschwinden zu wollen scheinen.

»Was passieren wird, wird passieren. Aber wir stehen hinter dir. Auf dem Spielfeld und abseits davon. Wir lieben dich, Mann. Auf Alex!«

»Auf Alex!«, rufen die anderen im Chor.

Ich nippe an meinem Drink und genieße das Brennen, das mir die Kehle hinunterläuft. »Ich weiß wirklich nicht, was ich sagen soll. Und ich weiß auch nicht, wie es jetzt mit mir aussehen würde, wenn ihr Jungs und das Team nicht gewesen wärt. Danke.«

»Du brauchst uns nicht zu danken, Mann. Wir sind für dich da und das wird sich auch nie ändern.« Jackson neigt seinen Kopf in meine Richtung. »Aber ich muss dich das jetzt einfach fragen: Gibt es einen besonderen Menschen in deinem Leben?«

Colin sieht mich mit hochgezogener Augenbraue an.

Ich leere meinen Drink und halte Logan mein Glas hin, damit er mir noch einen einschenkt.

»Wie viel Zeit habt ihr?«

Kapitel Dreißig

CARTER

»Heilige Scheiße! Habt ihr das schon gesehen?«

Highschool-Schüler. Sie sind nie so leise, wie sie denken zu sein.

»Ben, pack sofort das Handy weg!«

Ich schwöre, der Junge will sein Handy einfach nicht behalten. Wenn ich für jedes Mal, als ich ihm dieses Jahr dieses Ding schon abgenommen habe, einen Dollar bekäme, könnte ich mich wahrscheinlich zur Ruhe setzen.

»Sorry, Mr. Brooks, aber haben Sie das schon gesehen?«

Ich lege den Rotstift weg und stehe von meinem Schreibtisch mit dem Stapel Tests, den ich noch korrigieren muss, auf.

»Was gesehen?«

»Diesen Artikel über Alex Young. Wussten Sie das?«

»Wusste ich was?«

»Er ist schwul.«

»Was?« Man hört mir deutlich an, wie schockiert ich bin. »Gib mir dein Handy.«

»Bekomme ich jetzt Ärger?«, fragt Ben und hält es sich näher an die Brust.

»Ich will nur den Artikel lesen.«

Schließlich rückt er sein Handy heraus, auf dem *Sports News Weekly* geöffnet ist. Und dort steht ganz oben in großen Buchstaben: »Ich bin schwul.«

Heilige Scheiße.

In der heutigen Zeit ist das Coming-out von Männern und Frauen ein Thema, das immer weniger eine Schlagzeile wert ist. Das mag zum einen daran liegen, dass wir uns auf eine integrativere Gesellschaft zubewegen, doch zum anderen müssen sich viele Menschen auch gar nicht outen. Schwieriger wird es allerdings, wenn du im Rampenlicht stehst und jeder seine Meinungen über dich hat. Meinungen, die du weder gewollt noch erbeten hast.

Wenn einer der größten Football-Stars beschließt, sich zu outen, sorgt das für Schlagzeilen. Alex Young, Quarterback der Denver Mountain Lions, hat nun die Entscheidung getroffen, genau dies zu tun. Sports News Weekly *hat er seine Geschichte exklusiv erzählt.*

Finn Anderson: Warum hast du dich gerade jetzt dazu entschieden, dich zu outen?

Alex Young: Ich war es leid, mich zu verstecken. Als immer mehr meiner Freunde eine feste Beziehung eingingen, habe ich gemerkt, dass mir etwas in meinem Leben fehlt. Und je mehr andere schwule Paare ich verliebt und Händchen haltend in der Öffentlichkeit gesehen habe, umso mehr wurde mir bewusst, wie sehr ich mich abgeschottet hatte.

FA: Und wie genau sah dieses Abschotten aus?

AY: Ich hatte nie einen festen Partner. Vor dieser Season habe ich mir nie erlaubt, mich zu verlieben. Niemand kannte mein wahres Ich. Es gab nur sehr wenige Orte, wo ich mich aufhalten konnte, ohne von jemandem erkannt zu werden. Also war es sicherer für mich, zu Hause in dieser Blase zu bleiben, die ich mir erschaffen hatte.

FA: Hat sich die Tatsache, dass du dich nicht geoutet hast, auf dein Spiel ausgewirkt?
AY: Wenn überhaupt, dann hat es meinem Spiel geholfen. Da ich keinen Partner hatte, lag mein einziger Fokus auf Football. Es war ein einsames Leben, aber ich habe mehr Videomaterial studiert und war besser vorbereitet, als ich es sonst gewesen wäre. Allerdings wird mein Coming-out meine Spielweise jetzt auch nicht beeinträchtigen – andere Spieler werden auch nicht negativ durch eine Beziehung beeinflusst, und ich sehe keinen Grund, warum es bei mir anders sein sollte.

FA: Wie, glaubst du, werden andere in der Liga auf diese Meldung reagieren?
AY: Ich bin nicht so naiv, zu glauben, dass es keine negativen Reaktionen geben wird, aber ich habe mich trotzdem zu diesem Schritt entschieden. Es gab bereits einige Leute, die das Coming-out anderer Sportler lautstark kommentiert haben; ich weiß also, was auf mich zukommt. Football ist ein Männersport, wo Veränderungen nur langsam stattfinden. Ich hoffe nur, dass mein Coming-out anderen da draußen das Gefühl geben wird, dass sie das auch können.

FA: Glaubst du, dass es noch andere schwule Footballspieler gibt?
AY: Es würde mich überraschen, wenn es sie nicht gäbe.

FA: Es wurde viel über die jüngsten Ereignisse diskutiert und darüber, dass du aus dem Spiel gegen die Vegas Storm ausgeschlossen wurdest, weil du eine Schlägerei mit Derek Hollins angefangen hast. Er wurde suspendiert, du allerdings nicht. Kannst du dazu etwas sagen?
AY: Es wurden Worte gesagt, die ich einfach hätte ignorieren sollen. Junge Menschen betrachten mich als ihr Vorbild, und das war in der Tat nicht einer meiner besten Tage. Aber diese Worte sollte einfach niemand an den Kopf geworfen bekommen. Sie können negative

Auswirkungen auf junge Spielerinnen und Spieler haben und es dem Sport im Allgemeinen erschweren, inklusiver zu werden.

FA: Ein anderer bekannter Sportler, Mahoney Holmes, Mittelfeldspieler beim Atlanta Rising Football Club, wurde vor Kurzem geoutet. Hattest du bereits Gelegenheit, mit ihm zu sprechen?
AY: Nein, leider nicht. Aber er hat meine uneingeschränkte Unterstützung. Ich bin glücklicherweise in der Lage, mich freiwillig und auf meine Weise zu outen. Ich mag mir gar nicht vorstellen, wie es ist, wenn einem diese Entscheidung abgenommen wird. Ich wünsche ihm alles Gute, vor allem auch, weil er mit seinem Team im Finale steht.

FA: Apropos Team, wie hat denn dein Team auf dein Coming-out reagiert?
AY: Sie wissen es noch nicht. Ich habe es ein paar Mitarbeitern bei den Mountain Lions erzählt und einem meiner Co-Kapitäne, der wie ein Bruder für mich ist, und sie alle haben es sehr gut aufgenommen. Besser hätte es nicht laufen können, also hoffe ich, dass der Rest des Teams es genauso gut aufnehmen wird.

FA: Und was, wenn sie das nicht tun?
AY: Dann muss ich herausfinden, wie ich den Sport, den ich liebe, zusammen mit Menschen betreiben kann, die nicht hinter mir stehen. Es ist ein Mannschaftssport, und wenn du den Leuten in deinem Team nicht vertrauen kannst, wird das ziemlich schwierig werden. Ich glaube nicht, dass ich getradet werden würde, aber die Möglichkeit besteht natürlich.

FA: Würdest du es in Betracht ziehen, in den Ruhestand zu gehen?
AY: Das möchte ich zwar nicht, aber sollte ich entlassen werden und mich keine andere Mannschaft aufnehmen wollen, dann vielleicht. Aber ich habe noch eine Menge guter Jahre vor mir. Und ich will immer noch einen Super Bowl gewinnen.

FA: Kommen wir nun zu der Frage, die jeden da draußen wohl am meisten interessiert: Gibt es einen besonderen Menschen in deinem Leben?
AY: Den gab es, aber das ist leider Vergangenheit. Er war etwas ganz Besonderes, aber weil ich zu viel Angst hatte, der Welt zu zeigen, wer ich wirklich bin, habe ich ihn verloren.

FA: Wenn du ihm jetzt etwas sagen könntest, was würde das sein?
AY: Auch, wenn wir nicht mehr zusammen sind, hoffe ich, dass er stolz auf mich ist.

FA: Welchen Rat würdest du jungen Spielerinnen und Spielern da draußen geben, die sich vielleicht gerade so fühlen wie du?
AY: Ich würde ihnen sagen, dass einem diese Situation zwar verdammt viel Angst einjagt, sie aber hoffentlich Menschen in ihrem Leben haben, die hinter ihnen stehen und sie unterstützen. Je mehr von uns Spielern sich outen und ihr wahres Ich ausleben können, desto besser werden wir diesen Sport machen.

FA: Da müssen wir vielleicht etwas zensieren.
AY: Tut mir leid. Ich hoffe, dass ich ein Unterstützer für jeden sein kann, der einen braucht. Denn ich liebe diesen Sport und ich möchte, dass Menschen wie ich darin akzeptiert werden.

HEILIGE SCHEISSE.

»Äh, Mr. Brooks. Kann ich bitte mein Handy zurückhaben?«

»Was?« Ich blicke auf das Telefon hinab, das ich fest umklammert halte. »Oh, tut mir leid. Steck das bitte weg.«

Er schiebt es in seine Tasche, als gerade der letzte Gong des Tages ertönt.

»Vergesst nicht, für den Test morgen zu lernen!«, rufe ich meinen Schülern noch zu, als sie nach und nach das Zimmer verlassen.

Als der letzte von ihnen draußen ist, schließe ich die Tür und hole mein eigenes Handy heraus.

Alex hat sich geoutet. Ich lese mir diese letzten Zeilen immer und immer wieder durch.

Gibt es einen besonderen Menschen in deinem Leben? Den gab es, aber das ist leider Vergangenheit.

Alles in meinem Kopf dreht sich. Ich möchte ihn anrufen und ihm bestätigen, wie stolz ich auf ihn bin. Aber wie er bereits gesagt hat: Wir sind nicht mehr zusammen.

Da leuchtet mein Handy auf und Marleys Gesicht erscheint auf dem Bildschirm.

»Hey, Schwesterherz«.

»Es ist Alex«, begrüßt sie mich. »Der Footballspieler, in den du verliebt bist.«

Es wäre Quatsch, sie anzulügen. »Das war ja jetzt auch ziemlich einfach herauszufinden.«

»Heilige Scheiße. Ich kann nicht glauben, dass der Typ, in den du verliebt bist, Alex Young ist.«

»Kannst du es vielleicht noch ein bisschen lauter sagen?«, frage ich und verdrehe die Augen.

»Du musst es ja jetzt nicht mehr geheim halten.«

»Hm. Stimmt auch wieder.«

Ich war so lange so vorsichtig, was meine Beziehung zu Alex angeht, weil ich nichts überstürzen oder kaputtmachen wollte. Aber jetzt hält mich nichts mehr davor zurück, einfach zu sagen, dass ich in ihn verliebt bin.

Mal abgesehen von der Tatsache, dass du ihn in die Wüste geschickt hast.

»Alex hat sich geoutet.« Ich kann es immer noch nicht fassen, doch wenn ich es oft genug sage, dringt es vielleicht irgendwann zu mir durch.

»Und was wirst du jetzt machen?«, fragt Marley.

Tja, das ist jetzt wohl die Frage aller Fragen.

Kapitel Einunddreißig

CARTER

»Woher willst du überhaupt wissen, dass er mich sehen will?«, flüstere ich in mein Handy.

Seit zwanzig Minuten sitze ich nun schon vor Alex' Haus. Es überrascht mich sowieso, dass ich in seine bewachte Wohnanlage gelangen konnte. Alex hat vorher immer irgendwo angerufen, um mich anzumelden. Und noch mehr schockiert es mich, dass noch niemand den Sicherheitsdienst gerufen hat.

»Warum sollte er das nicht wollen? Er liebt dich. Er hat sich für dich geoutet«, meint Marley.

»Das wissen wir doch gar nicht«, erwidere ich kopfschüttelnd.

»Aber warum sollte er sich dann gerade jetzt outen?« Ich kann ihren genervten Gesichtsausdruck förmlich vor mir sehen. »Das *muss* etwas bedeuten.«

Ich seufze. »Aber was, wenn ich hier etwas hineininterpretiere, obwohl da gar nichts ist?«

»Du hättest keinen so großen Liebeskummer, wenn da gar nichts wäre«, meint Marley trocken.

Das ist meine größte Angst. Noch bevor Alex und ich

zusammengekommen sind, hat mir mein Verstand bereits gesagt, dass ich verletzt werden würde. Dass er nur ein weiterer Playboy-Footballspieler ist, der sich kein bisschen für mich interessiert.

Und als ich dann herausgefunden habe, dass Alex sich noch gar nicht geoutet hat? Das tat weh. So weh, als hätte er mir das Herz herausgerissen und wäre darauf herumgetrampelt. So einen Schmerz hatte ich vorher noch nie gespürt und ich glaube auch nicht, dass ich so einen Schmerz noch einmal ertragen könnte.

»Carter, geh einfach rein. Du wirst dich noch verrückt machen, wenn du weiter dort draußen sitzen bleibst und alles analysierst.«

Ich bekomme keine Gelegenheit mehr, mich zu verabschieden, denn sie legt einfach auf.

Du kannst das. Es ist Alex. Du liebst ihn.

Ich spreche mir mental Mut zu, öffne die Autotür und mache mich auf den Weg zu Alex' Haustür. Doch noch bevor ich anklopfen kann, wird diese vor mir geöffnet.

»Ich habe mich schon gefragt, wie lange du da draußen noch bleiben willst.« Das Lächeln, das Alex mir schenkt, ist traurig. Er ist immer noch der Alex, den ich kennengelernt habe, aber irgendetwas an ihm ist anders.

»O Gott. Hat jemand den Sicherheitsdienst meinetwegen gerufen?« Ich drehe mich um und schaue nach hinten, doch mein Auto ist von seiner Haustür aus kaum zu sehen.

»Der Sicherheitsdienst hat *mich* angerufen und gefragt, ob ich jemanden erwarte. Er wollte sichergehen, dass niemand hier herumlungert, der nicht hier herumlungern sollte.«

»Na fantastisch«, murmle ich. »Das ist jetzt genau, was ich brauche. Dass die Leute denken, ich wäre eine Art Stalker.«

»Wie wär's, wenn du mit reinkommst?«, fragt Alex und hält mir die Tür auf. Ich stecke meine Hände in die Taschen, damit ich keine Dummheiten mache – ihn anzufassen, zum Beispiel – und gehe hinein.

Nachdem er die Tür geschlossen hat, geht Alex an mir vorbei ins Wohnzimmer. Sein Eau de Cologne riecht frisch und erfüllt die Luft um mich herum, während sein graues T-Shirt sich auf verführerische Weise um seine Schultern schmiegt. Und die Art, wie seine Jogginghose seine Oberschenkel umspielt? Ich bin kurz davor, mir einfach »Scheiß drauf« zu denken und ihn ins Bett zu zerren.

Aber das würde keines unserer Probleme lösen.

»Du hast dich also geoutet.«

Alex bleibt stehen. Dieselben Schultern, die ich gerade noch bewundert habe, sind nun vor Anspannung verkrampft. »Du kommst ja ziemlich schnell auf den Punkt, was?«

»Würdest du gern erst noch ein bisschen Small Talk betreiben? Wie geht's dir? Mir geht's nicht so gut. Du hast am Sonntag ziemlich scheiße ausgesehen«, sage ich mit ausdruckslosem Gesicht. »Jetzt bist du dran.«

Alex dreht sich zu mir um und zieht eine Augenbraue hoch. »Habe ich wirklich scheiße ausgesehen?«

»Das ist es, was dich im Moment am meisten interessiert?« Sportler. Machen sich ständig Gedanken über ihre Performance.

»Du hast recht. Tut mir leid.« Er stützt die Hände auf die Hüften und ich kann sehen, wie er einmal tief ein- und ausatmet. »Ich habe mich geoutet.«

»Du hast dich geoutet.«

In Alex' braunen Augen spiegeln sich alle möglichen Arten von Emotionen wider. Emotionen, die ich in den letzten Wochen ebenfalls alle durchlebt habe. Aber keiner von uns beiden sagt etwas.

Am liebsten würde ich ihn einfach in die Arme ziehen und ihm sagen, dass alles gut wird, aber wir befinden uns in dieser seltsamen Zwischenwelt. Eine, in der ich nicht gern mit ihm bin.

»Warum gerade jetzt?«, flüstere ich, fast so, als würde ich fürchten, dass durch die Störung der Energie hier im Raum alles unwirklich werden und Alex verschwinden würde.

Dieser blickt zu Boden und unterbricht somit unseren Blickkontakt. »Ich habe das nicht für dich getan.«

Seine Worte bohren sich wie ein Messer tief in mein Herz. Ich wünschte, sie würden es nicht tun, aber sie tun es nun einmal. »Dann sollte ich wohl besser gehen, oder?«

»Nein«, antwortet Alex wie aus der Pistole geschossen. Er schließt den restlichen Abstand zwischen uns und nimmt meine Hand. »Meinst du nicht, dass ich mich bereits bei dir gemeldet hätte, wenn das Outing deinetwegen gewesen wäre?«

»Und warum hast du es dann getan?«

Alex drückt meine Hand, bevor er erklärt: »Hollins hat mich eine Schwuchtel genannt.«

»Vegas ist wirklich das beschissenste Team von allen, oder?«

Alex lacht und drückt meine Hand. »Ich habe meine ganze Wut an ihm ausgelassen.«

»Das habe ich gesehen.«

»Und nachdem ich aus dem Spiel geworfen wurde, habe ich deinem Vater mein Herz ausgeschüttet.«

Das lässt mich aufhorchen. »Das hast du?«

»Es war, als ob ich die ganze Last, die auf mir lag, einfach nicht mehr länger ertragen konnte. Ich bin förmlich zusammengebrochen und musste es jemandem sagen.«

Ich drücke ebenfalls seine Hand. »Das muss ganz schön schwer gewesen sein.«

Er schluckt schwer und nickt. »Das war es. Ich wollte es nicht für dich tun, weil ich dich damit nicht unter Druck setzen wollte, zu mir zurückzukommen. Das wäre eine weitere beschissene Entscheidung gewesen, zusätzlich zu den ganzen beschissenen Dingen, die ich dir angetan habe. Ich war einfach schrecklich zu dir.«

Seine Stimme bricht und ohne lange darüber nachzudenken, ziehe ich ihn an mich. Er lässt sich in meine Arme sinken, und es ist so ein wunderbares Gefühl, ihn endlich wieder zu spüren.

»Sosehr ich dich auch liebe, aber ich wusste, dass ich diese Entscheidung für mich treffen musste.« Alex' Atem fühlt sich warm an meinem Hals an.

»Ich kann mir vorstellen, dass das nicht einfach für dich gewesen ist.« Ich drücke ihn noch fester an mich, lotse ihn ins Wohnzimmer und setze uns auf die Couch, ohne unsere Umarmung zu unterbrechen.

»Es war sogar ziemlich beängstigend«, erzählt Alex mit zittriger Stimme, während er an den Knöpfen meines Hemds herumspielt.

»Und wie hat es dein Team aufgenommen?« Ich lasse meine Hände über seine Brust wandern. Gott, ich habe ihn so vermisst.

»Ungefähr so, wie ich es erwartet hatte. Colin und Peyton waren einfach spitze. Peyton hat das Interview mit dem Reporter arrangiert …«

»Ich dachte, du magst keine Reporter«, unterbreche ich ihn.

»Nur weil ich Angst hatte, dass sie herausfinden, wer ich wirklich bin.«

»Und jetzt, wo du geoutet bist?«

»Finn war großartig und hat mir sehr dabei geholfen, meine Geschichte zu erzählen. Peyton will, dass er in ein paar Monaten einen Folgeartikel darüber schreibt, wie die Liga auf das alles reagiert hat.«

»Gab es schon irgendwelche negativen Reaktionen?«

Ich bin nicht so naiv, zu glauben, dass das alles reibungslos ablaufen würde und mag mir gar nicht vorstellen, wie einige Leute in der Liga diese Nachricht aufgenommen haben. Schließlich war das ja auch einer der Gründe, warum sich Alex nicht geoutet hat.

»So wie es zu erwarten war. Manche sind um einiges schlimmer ausgefallen als andere.«

»Lass mich raten: Hollins?«

»Er ist wahrscheinlich der Schlimmste von allen. Aber das Team war wirklich spitze. Allerdings schaue ich mir keine Nachrichten an. Wenn ich etwas wissen muss, gibt Peyton mir Bescheid.«

Ich setze mich anders hin, sodass ich Alex ins Gesicht sehen kann. Seine Augen sind glasig. »Ich wusste, dass das Team großartig reagieren würde. Dachtest du wirklich, sie würden dich jetzt anders behandeln?«

Alex zuckt mit den Schultern und spielt wieder mit den Knöpfen an meinem Hemd. »Irgendwie schon. Es ist eine Sache, zu sagen, dass du mit Homosexualität kein Problem hast, aber eine ganz andere, wenn es dann tatsächlich um einen deiner Teamkollegen geht.«

»Wenn irgendjemand etwas Gemeines über dich sagt, dann werde ich …«

»Dann wirst du was?« Ein Lächeln schleicht sich auf Alex' Lippen. »Denjenigen für mich verprügeln?«

»Ich könnte es zumindest versuchen.«

»Ich finde es ja süß, dass du das versuchen würdest, aber du würdest einfach zermalmt werden.«

»Hey!« Ich verpasse ihm einen Schlag gegen die Brust. »Es kränkt mich etwas, dass du denkst, ich könnte es mit keinem von denen aufnehmen.«

»Okay, Carter. Du kannst es mit einem hundertvierzig Kilo schweren Linebacker aufnehmen. Kein Problem.«

»Wenn er den Mann verletzt, den ich liebe, dann ja.«

»Den Mann, den du liebst?«, fragt Alex.

Diesmal bin ich derjenige, der den Blick senkt. Ich spiele an dem V-Ausschnitt von Alex' T-Shirt herum. »Nur, weil du mir das Herz gebrochen hast, heißt das nicht, dass ich dich nicht mehr liebe.«

»Aber ich habe dir wehgetan. Und das werde ich mir nie verzeihen.«

»Ich will nicht lügen: Das hast du wirklich. Und es tut immer noch weh.«

»Warum bist du dann hier?« Alex umfasst mein Kinn und zwingt mich, ihn anzusehen. »Bist du nur hergekommen, um mir zu sagen, wie sehr es weh tut, dass ich dir das Herz gebrochen habe?«

»Nein. Ich bin gekommen, weil ich wissen wollte, ob es dir gut geht.«

»Und das ist alles?«

Ich stoße Alex zurück und setze mich aufrechter hin. Sein berauschender Duft ist zu überwältigend, um dieses Gespräch so nah an ihm zu führen.

»Du hast dich gerade erst geoutet, Alex. Bist du momentan überhaupt in der Lage, eine Beziehung zu führen?«

Alex schüttelt den Kopf, und mir dreht sich beinahe der Magen um. Bin ich hierhergekommen, um mich zu vergewissern, dass es ihm gut geht, und um gleichzeitig auszuloten, wo wir stehen? Ja. Aber dieses Kopfschütteln von ihm fühlt sich an, als hätte er mir erneut das Herz gebrochen.

»Ich sage nicht Nein zu dir, Carter.« Alex krallt sich mit einer Hand in meinem Hemd fest und zieht mich zu sich heran. »Ich könnte mit niemand anderem als mit dir zusammen sein. Im Moment ist einfach ziemlich viel los und ich möchte dich ausnahmsweise einmal fair behandeln.«

Ich lege meine Hände auf Alex' warme, feuchte Wangen. »Dann lass mich deine Stütze sein. Wenn du mal einen schlechten Tag hast, lass mich dir helfen. Verliebt zu sein, ist nicht immer einfach. Und das hier ist nun eben der schwierige Teil für uns.«

»Willst du wirklich mit mir zusammen sein, nach allem, was ich dir angetan habe?«

»Du hast ja wohl nicht vor, deine Sexualität in absehbarer Zeit wieder geheim halten zu wollen, oder?«

Alex schüttelt den Kopf. »Definitiv nicht – selbst, wenn das möglich wäre.«

»Dann werde ich immer an deiner Seite sein. Das wird unsere neue Normalität werden.« Ich zeige mit einem Finger zwischen uns beiden hin und her. »Also, du und ich?«

Alex nickt und rückt näher an mich heran. »Wenn du mich willst.«

»Wenn ich dich will …« Ich verdrehe die Augen, überwinde den restlichen Abstand zwischen uns und presse meine Lippen auf seinen Mund.

Fuck, wie ich das vermisst habe. Wie ich *ihn* vermisst habe. Das Kratzen seiner Bartstoppeln an meinem Mund lässt mich vor Lust aufstöhnen. Mit kräftigen Händen zieht er mich auf seinen Schoß, wo sein steifes Glied gegen meines drückt.

Es ist, als wäre nie etwas zwischen uns gewesen, und doch ist alles anders. Ich weiß, dass es für Alex eine ganz schöne Umstellung sein wird, zusammen mit mir in der Öffentlichkeit gesehen zu werden, aber wir werden es langsam angehen lassen.

Denn ich möchte das hier mit ihm. Mehr, als ich je etwas in meinem Leben gewollt habe.

Alex zieht sich zuerst zurück und sieht mich mit glasigen Augen an. »Du hast keine Ahnung, wie sehr ich dich vermisst habe.«

»Doch, ich denke schon.« Ich schlinge meine Arme um seinen Hals und lege meine Stirn an seine. »Ich glaube, ich habe während dieser Zeit meine Schüler wegen jeder noch so kleinen Kleinigkeit nachsitzen lassen.«

»Autsch. Leg dich nicht mit Mr. Brooks an.«

»Wohl eher ›Leg dich nicht mit Alex an‹. Diese Tracht Prügel, die du Hollins verpasst hast? Unangenehm.«

Alex verzieht das Gesicht. »Das war in der Tat nicht einer meiner besten Momente.«

»Aber wenn es dazu geführt hat, dass du jetzt wieder bei mir bist, dann werde ich das durchgehen lassen.«

Alex blickt auf, legt eine Hand um meinen Nacken und zieht mich näher zu sich heran. »Darf ich dir jetzt sagen, dass ich dich wirklich liebe?«

Ich denke an den Tag zurück, als ich ihn unterbrochen habe. Damals wollte ich diese Worte nicht hören. Nicht, während er versucht hat, mich aus den falschen Beweggründen zu halten. Aber jetzt? Jetzt will ich sie hören. »Du darfst.«

Ein atemberaubendes Lächeln breitet sich auf seinem Gesicht aus. »Ich liebe dich, Carter Brooks. Ich möchte jede Nacht mit dir verbringen, jeden Morgen mit dir aufwachen und duschen und mit dir Musik von Boybands anhören, während wir über Comics diskutieren und du mir Horrorgeschichten aus der Schule erzählst.«

»Ich liebe dich, Alex Young.« Meine Stimme zittert. »Ich will mit dir kochen, mit dir im Garten tanzen und mich mit Comicfans herumstreiten. Und mit dir Käsepommes in einem Diner essen. Ich will einfach alles mit dir.«

»Ich konnte also deine Meinung über Footballspieler ändern?«

Ich gebe Alex einen langen und langsamen Kuss. Unsere Zungen tanzen miteinander, während wir es genießen, endlich wieder zusammen zu sein.

»Das konntest du ganz sicher, Mr. Quarterback.«

Kapitel Zweiunddreißig

ALEX

»S eid ihr bereit, Jungs?«, brüllt Knox.

»Scheiße, ja!«, hallt es durch die Umkleidekabine.

Endlich ist es so weit.

Das AFC Championship Game.

Das Spiel vor dem Super Bowl.

Und wir spielen zu Hause gegen San Diego.

Ich fühle mich, als könnte ich Bäume ausreißen, so viel Adrenalin schießt gerade durch meinen Körper.

»Also gut, alle herhören!«, ruft Coach Brooks.

Jeder wird still, als er sich in die Mitte der Umkleidekabine stellt.

»Es ist nur ein Spiel. Konzentriert euch auf dieses Spiel. Schaut nicht nach vorn. Ich will, dass ihr *heute* euer Spiel spielt. San Diego ist eine starke Mannschaft, aber wenn wir uns an unser Gameplay halten, gibt es nichts, was wir als Team nicht schaffen könnten.«

Colin und Jackson stehen neben mir, während ich meinen Blick durch die Umkleidekabine schweifen lasse. Jeder einzelne Mann hier drin hat die ganze Season über hart gekämpft. Trotz des Geredes und des Drucks von außen haben wir zusammengehalten. Wir sind ein Gewinnerteam und immer ganz nah an der Spitze der Liga; wir sind das also gewohnt.

Aber als mein Outing bekannt wurde, war der Medienrummel um das Team einfach zu groß. Statt auf die Mannschaft und unsere Leistung wurde sich lediglich auf mich konzentriert.

Damit hatte ich zwar gerechnet, aber für die Jungs war das ziemlich hart.

Auch, wenn wir die Season mit einer Niederlage beendet haben, stehen wir jetzt hier.

Nur ein Spiel entfernt.

»Wer sind wir?«, schreit Knox und tritt in die Mitte des Raums.

»Die Mountain Lions!«, brüllen wir als Antwort.

»Wessen Stadion ist das?«, schreit Knox weiter.

»Unser Stadion!«

»Dann lasst uns da rausgehen und es verteidigen!«

Zustimmend brüllend und schreiend verlassen wir die Umkleidekabine. Bevor wir uns versammeln, um als ein Team auf das Spielfeld zu laufen, klatscht jeder noch das Mountain-Lions-Logo ab.

In der späten Januarkälte hüllt uns unser Atem wie in eine Art Nebel. Gestern hat es dreißig Zentimeter geschneit, aber das hat unsere Fans nicht aufgehalten. Vor dem Heimpublikum zu spielen, ist genau das, was wir wollten.

Und ich kann es kaum erwarten, vor einer ganz bestimmten Person zu spielen.

Carter.

Während der Zeremonie vor dem Spiel lasse ich meine Gedanken zu ihm schweifen.

Jackson und Colin haben mir immer erzählt, wie viel

besser sie spielen, wenn Tenley und Peyton auf der Tribüne sitzen, und dass sie sie stolz machen möchten.

Bis jetzt habe ich das nie verstanden.

Aber weil das ein so großes Spiel ist, möchte ich Carter stolz machen. Ich möchte, dass er »Das ist mein Freund!« von der Tribüne schreit.

Es mag albern klingen, aber seit ich mich geoutet habe, liebe ich es zu sehen, wie er bei jedem Heimspiel meine Nummer trägt.

Und heute ist das nicht anders.

Knox und Colin machen sich auf den Weg zum Münzwurf, und San Diego gewinnt.

Ich setze meinen Helm auf und bin bereit.

Bereit für das größte Spiel meiner Karriere.

Los geht's!

CARTER

»ICH GLAUBE, mir wird schlecht.«

San Diego feiert an der Seitenlinie. Ein glücklicher Hail-Mary-Pass und Denver hat verloren.

Ein Spiel vom Super Bowl entfernt.

»Na komm. Wir können runtergehen und auf sie warten«, meint Mom und legt einen Arm um mich.

»Sie haben verloren«, flüstere ich und drehe mich zu ihr um. »Und was passiert jetzt? Was ist, wenn ich ihm Unglück bringe und er mich hasst?«

Ich fühle mich, als wäre ich wieder fünf Jahre alt und bräuchte den Trost meiner Mutter. Sie hat das Ganze schon mit meinem Vater durchgemacht. Da weiß ich, was passiert. Aber ich weiß nicht, worauf ich mich einstellen muss, wenn ich gleich auf Alex treffe.

Ich war schon nach einigen harten Spielen für ihn da, aber noch nie nach so einem wie jetzt.

»Du bringst kein Unglück, Carter. Es war einfach nicht ihr Tag. Sei für ihn da. Sag ihm, dass du ihn liebst. Das ist alles, was du tun kannst.« Sie gibt mir einen Kuss auf die Wange und wir folgen Marley aus der Suite in den Aufzug.

Der Klang von sechsundsiebzigtausend niedergeschlagenen Fans, die die Tribünen verlassen, liegt schwer in der Luft, als sich die Fahrstuhltüren im Keller öffnen.

Die Medien warten bereits in dem Gang aus Beton, während die Spieler sich nach und nach auf den Weg in die Umkleidekabine machen. Als ich diese traurigen, deprimierten Augen sehe, die ich so sehr liebe, denke ich nicht lange nach.

»Alex!«, rufe ich ihm zu.

Er reißt seinen Kopf herum, rennt zu mir herüber und schlingt seine Arme um mich. Es ist mir egal, dass er kalt, verschwitzt und schmutzig ist. Ich nehme ihn in eine Umarmung und drücke ihn so fest an mich, wie ich nur kann.

»Wir haben verloren«, sagt er mit brüchiger Stimme, und das zerreißt mich innerlich fast. »Wir haben verloren.«

»Ich weiß«, flüstere ich ihm ins Ohr und fahre mit meinen Händen durch sein Haar.

Kameras um uns herum klicken, aber das ist mir egal. Der Mann in meinen Armen ist kurz davor, zusammenzubrechen.

Und das bricht mir fast das Herz.

»Ich dachte … ich dachte wirklich, wir würden es schaffen.«

»Ich weiß«, wiederhole ich. Gott, warum kann ich nicht irgendetwas Tröstendes sagen?

»Würden es schaffen.« Und mit diesen Worten bricht Alex zusammen. Warme Tränen laufen über meinen Nacken und ich muss mich zusammenreißen, nicht auch noch mit anzufangen.

Ich muss stark sein für Alex.

Denn auch, wenn es nur ein Spiel ist, ist es doch gleichzeitig das, wofür er lebt. Sein Job.

Dieser Sport bedeutet ihm einfach alles. Genauso wie den Fans.

So kurz vor dem Super Bowl zu verlieren, wird noch eine lange Zeit an ihm nagen.

»Ich schätze, die Football-Götter wollten einfach mehr, dass San Diego gewinnt.«

Das entlockt ihm ein Lachen. »Das muntert mich jetzt aber auch nicht unbedingt auf.«

Alex löst sich aus unserer Umarmung; seine Augen sind feucht und rot. »Ich weiß. Ich bin nicht besonders gut im Trösten.« Ich wische ihm eine Träne weg. »Du hast alles getan, was du konntest. Du hast in dieser Season so hart gekämpft, und auch wenn du nicht gewonnen hast …«

»Und wieder: Nicht sehr aufmunternd«, redet Alex dazwischen.

Ich beuge mich vor und küsse ihn. »Dann hör auf, mich zu unterbrechen.«

»Also gut. Was wolltest du sagen?«, fragt er und legt seine Stirn an meine.

»Auch wenn du nicht gewonnen hast, hast du in dieser Season so viele fantastische Dinge erreicht. Du hast dich geoutet. Du warst schon vorher ein Vorbild, doch jetzt bist du jemand, zu dem noch viel mehr junge Menschen aufschauen können. Also ja, du hast heute nicht gewonnen, aber ich weiß ganz genau, dass du diesen Pokal bald in Händen halten wirst. Das hab ich förmlich im Urin.«

Plötzlich lodert ein Feuer in mir. Ich weiß es. Ich weiß ganz genau, dass Alex und die Mountain Lions einen Super Bowl gewinnen werden.

»Vielleicht zwei oder drei in den nächsten sechs Jahren?« Alex lacht und wischt sich die letzten Tränen weg.

»Eine seltsam spezifische Angabe, aber okay.«

»Das kam von einem deiner Schüler.«

Ich verdrehe die Augen. »Hast du dich jetzt entschlossen, auf Highschool-Schüler zu hören?«

»Na ja, immerhin haben sie uns zusammengebracht.«

Alex schließt den Abstand zwischen uns und gibt mir einen zärtlichen Kuss.

Der Alex von vor sechs Monaten hätte so etwas nie getan. Und auch dem Alex von vor zwei Monaten wäre schon allein bei dem Gedanken daran ganz mulmig geworden.

Und jetzt steht er hier und nimmt sich, was er braucht.

Und ich gebe es ihm.

Ich lege alles, was ich für ihn empfinde, in diesen viel zu kurzen Kuss.

Geschrei um uns herum und grelle Blitzlichter von Kameras reißen uns zurück in die Gegenwart.

»Ach ja, an die hätte ich wohl denken sollen«, meint Alex, dem langsam die Schamesröte ins Gesicht steigt.

Seit der Artikel erschienen ist, waren wir zwar zusammen unterwegs, aber das bedeutet nicht, dass er sich bei öffentlichen Liebesbekundungen besonders wohlfühlt. Vor allem nicht bei so intimen wie gerade eben.

»Ich sollte jetzt wohl in die Umkleidekabine gehen.« Und schon ist die Traurigkeit wieder da.

»Ich warte hier auf dich.«

Alex' Lippen beben und das macht mich fix und fertig. Ich hasse es, ihn so zu sehen.

»Danke.«

Ich nehme ihn noch einmal in die Arme. »Du musst dich nicht dafür bedanken, dass ich für dich da bin. Ich liebe dich. Und das wird sich auch nie ändern. Ob du nun gewinnst oder verlierst. Ich bin immer an deiner Seite.«

»Gleich bringst du mich wieder zum Heulen«, meint er und löst sich aus der Umarmung. »Ich liebe dich auch.«

Alex verschwindet zwischen seinen Mannschaftskollegen, während er zurück in die Umkleidekabine geht.

Alle Ängste, dass Alex ausflippen könnte, sind wie weggeblasen.

Denn der Mann, den ich liebe, hat sich gerade an mir festgeklammert, als ginge es um sein Leben. Als wäre ich sein Fels in der Brandung.

Und es gibt keinen Ort, an dem ich lieber wäre als bei meinem Boyband- und Comic-liebenden Quarterback.

ALEX - ZWEI WOCHEN SPÄTER

»Hier könnte ich mir auch vorstellen, zu leben.«
»Würdest du Football nicht vermissen?« Carter packt meinen Knöchel und zieht mich zu sich heran.

»Zumindest wäre mein Körper nicht ständig wund.«

Die Sonne wandert weiter auf den Horizont zu, und das Meer wird langsam in goldene und rosa Farbtöne getaucht.

Nach der schmerzhaften Niederlage im AFC Championship Game hat Carter uns eine Woche Urlaub in Mexiko gebucht. Außerdem hat er ein striktes Fernsehverbot verhängt, damit ich nicht mitbekomme, was die Sportanalytiker über die Niederlage der Mountain Lions in den Play-offs zu berichten haben.

Das zweite Jahr in Folge.

»Ich kann mir andere Dinge vorstellen, die deinen Körper wund werden lassen.«

»Ach ja?« Ich schiebe mir meine Sonnenbrille auf den Kopf, während ich meine Beine um Carter schlinge. Seine Haut ist von dem Tag in der Sonne leicht gerötet.

»Vielleicht könntest du hier ja Footballtrainer werden und ich könnte unterrichten. Nur du und ich.«

»Hmmm. Hört sich gut an.« Ich ziehe Carter näher an mich heran und gebe ihm einen Kuss. Seine Lippen schmecken nach Piña Colada.

»Zu schade, dass du hier einen Lagerkoller bekommen würdest.« Carters Hände wandern nach unten und ein Kribbeln durchfährt meinen Körper. Ich liebe es, dass ich selbst nach all diesen Monaten noch so auf ihn reagiere.

Und dass ich so mit ihm zusammen sein kann.

Niemals hätte ich gedacht, dass mein Leben einmal so aussehen könnte. Ich war davon ausgegangen, dass ich mich erst lange nach meinem Karriereende outen würde. Aber wie es scheint, war nur ein Mann nötig, um diese Sichtweise zu ändern.

Es war nicht immer einfach, aber Carter war stets an meiner Seite. In guten wie auch in schlechten Zeiten.

Das Bild von meinem mich tröstenden festen Freund und mir, das nach dem Spiel geschossen wurde, hat Schlagzeilen gemacht und natürlich auch seinen Weg in die Nachrichten gefunden.

»Du hast recht«, seufze ich. »Aber träumen darf man ja wohl, oder?«

Carter streicht mir eine Haarsträhne hinters Ohr und sieht mich mit seinen dunklen Augen an. »Vielleicht können wir ja in unseren Flitterwochen hierher zurückkommen.«

Ich werfe lachend meinen Kopf zurück. »Du akzeptierst also, dass das gestern Abend ein richtiger Antrag war?«

»Ich hätte nie gedacht, dass ich mal auf diese Weise einen Antrag bekommen würde, aber ich lasse es durchgehen.«

»Ja!« Ich strecke meine Faust in die Luft; der Alkohol rauscht durch meine Adern. »Siehst du, ich habe dir doch gesagt, dass das romantisch war.«

»Es war nur romantisch, weil es von dir kam.« Ich weiß, dass er gern verärgerter sein würde, als er tatsächlich ist.

»Entschuldigen Sie, meine Herren. Ihr Tisch ist bereit«, unterbricht uns einer der Kellner.

»Tisch?« Ich sehe Carter fragend an.

»Wir kommen sofort, vielen Dank.« Carter nickt in seine Richtung. »Na komm. Wir wollen doch nicht unhöflich sein und sie warten lassen.«

Ich lasse meine Beine von seinem Schoß gleiten, folge ihm aus dem Pool, schnappe mir ein Handtuch und trockne mich so gut wie möglich ab. »Sind wir für das Abendessen überhaupt angemessen gekleidet?«

Carter wirft mir mein Hemd zu. »Das passt schon. Und jetzt hör auf, Fragen zu stellen.«

Ich nehme seine Hand und folge Carter an den Strand. Dafür, dass es Ende Januar ist, ist es hier relativ ruhig. Der Sand ist noch warm von der Sonne. Und dort, unter einer Pergola, steht ein Tisch für zwei Personen.

»Was soll das alles hier?« Ich ziehe an Carters Hand und bringe ihn dazu, stehen zu bleiben. Lichterketten sind um die Pfosten gewickelt und eine Flasche Champagner steckt in einem Kübel mit Eis. Die Wellen werden aufgrund der einsetzenden Flut immer weiter den Strand hinauf gespült.

Carter zuckt mit den Schultern. »Ich wollte etwas Besonderes für dich machen. Ich weiß, dass die letzten Wochen nicht einfach waren, und deshalb, na ja …«, murmelt Carter, während er auf die Szenerie deutet.

»Mit dir hier zu sein, ist doch schon besonders genug.«

Carter zieht mich in seine Arme. »Ich weiß schon. Aber zwischen deinem Coming-out, den ganzen Interviews und den Play-offs hast du ununterbrochen gearbeitet. Und ich hoffe, dass diese Reise endlich mal eine wohlverdiente Auszeit für dich darstellen kann.«

Ich drücke mein Gesicht an Carters Hals und versuche, mich nicht von meinen Gefühlen überwältigen zu lassen. Er riecht nach Meer und Sonnencreme. »Danke. Dafür, dass du so wundervoll bist und mich so liebst, wie es kein anderer jemals könnte.«

»Du musst dich nicht bei mir bedanken.« Carters warmer Atem streift mein Ohr. »Ich liebe dich, Alex. Und ich werde dich so lange lieben, wie ich kann.«

»Das wird eine sehr lange Zeit sein.«

»Gut. Denn genau das habe ich auch vor.«

Seine Lippen auf meinem Hals bringen mein Blut in Wallung. Ich küsse mich an seinem Hals entlang, genau so, wie er es gerade bei mir tut. Ich drücke ihn fester an mich, weil ich nicht möchte, dass er aufhört.

»So gern ich das hier auch weitermachen würde, aber ich glaube, das wäre etwas unangebracht.«

»Warum musst du nur immer so vernünftig sein?«, frage ich stöhnend.

»Einer von uns muss diesen Part ja übernehmen.« Carter schiebt mich Richtung Tisch und setzt sich.

Das Essen riecht einfach fantastisch. Auf dem Tisch stehen mindestens drei verschiedene Fleischsorten sowie Gemüse und Salsas. Und zusätzlich zum Champagner gibt es auch noch einen Margarita-Pitcher.

»Sie haben sich selbst übertroffen.«

Carter reicht mir eine Flöte mit Champagner. »Das haben sie wirklich. Und ich habe ihnen nicht einmal gesagt, dass wir heute Abend etwas feiern.«

»Na da müssen wir jetzt wohl aufgrund dieses spontanen Festessens einen Toast aussprechen.«

»Du bist derjenige, der die Reden hält, Kapitän. Schieß los.« Carter stützt seinen Ellbogen auf den Tisch und lehnt sich mit seinem Glas näher zu mir heran.

»Auf den Mann, den ich liebe. Ich hoffe, wir werden nie genug voneinander bekommen und auch noch zusammen auf Comic-Conventions gehen, wenn wir alt und grau sind. Und danach ins Diner. Und vielleicht auch noch ein paar Mal hierher. Und hoffentlich werden wir auch ein paar Kinder haben, denen wir hinterherlaufen müssen.«

Carters Augen werden feucht. »Das hört sich verdammt gut an.«

Ich stoße mit ihm an. »Auf uns. Auf dich und mich und das tolle Leben, das wir zusammen haben werden.«

»Auf uns.« Carter nippt an seinem Champagner und stellt ihn dann ab. »Aber eine Sache hast du vergessen.«

»Ach ja? Und die wäre?«, frage ich und ziehe eine Augenbraue hoch.

»Einen Super-Bowl-Ring.«

Ich klopfe sofort dreimal auf den Tisch. »Verschrei es nicht!«

»Ach Quatsch. Wie Austin schon gesagt hat: Die Mountain Lions werden in den nächsten Jahren zwei Super Bowls gewinnen. Wart's nur ab.«

»Solange du an meiner Seite bist, wenn ich den Pokal gen Himmel strecke.«

»Ich werde nirgendwo hingehen, zukünftiger Ehemann.«

Verdammt. Wie ich diesen Mann liebe!

ENDE

Möchten Sie die Neuigkeiten zu meinen deutschen Veröffentlichungen? Melden Sie sich jetzt für meinen Newsletter an!

Bonus-Epilog

CARTER

»**D**a ist heute aber jemand übermütig.«

»Ich kann auch nichts dafür, dass du in Badeklamotten einfach zu gut aussiehst.«

Alex schmiegt sich an meinen Rücken und lenkt mich ein wenig von dem Versuch ab, die Hotelzimmertür zu öffnen. Mit seinen warmen Lippen küsst er sich an meinem Hals entlang.

»Wir sollten das wirklich nicht hier tun.«

Ich neige meinen Kopf zur Seite, damit er besser an meinen Hals kommt, während das Licht erneut rot aufleuchtet.

»Dann mach doch einfach die Tür auf.«

Alex greift um mich herum und spielt am Bund meiner Badehose.

»Wenn deine Hände nicht überall auf mir wären, könnte ich mich vielleicht konzentrieren.« Das Licht leuchtet noch zwei weitere Male rot auf, bevor es endlich grün wird. »Gott sei Dank.«

Ich stoße die Tür auf, drehe mich um und schenke dem muskulösen Mann hinter mir meine volle Aufmerksamkeit.

Meine Lippen treffen mit einem hektischen Kuss auf seine, und wir kämpfen beide darum, die Kontrolle zu übernehmen.

Sein Mund schmeckt nach der Piña Colada, die er vorhin am Pool getrunken hat. Ich lasse meine Finger über seine Bauchmuskeln gleiten und fahre jeden einzelnen davon nach. »Du weißt schon, dass es ganz schön ungehörig ist, dass du so oberkörperfrei herumlaufen darfst.«

Alex lacht laut auf. »Kann ich das irgendwie wiedergutmachen?«

Ich gehe einen Schritt zurück und lasse meinen Blick über ihn gleiten. Er ist zwar noch nicht allzu lange in meinem Leben, aber ich glaube nicht, dass ich mich jemals an dem Mann vor mir sattsehen könnte.

Es waren ein paar verrückte Wochen für uns beide, seitdem er sich geoutet hat, und ich bin froh, dass wir jetzt ein wenig Zeit nur zu zweit verbringen können.

Vor allem hinsichtlich dessen, was ich gleich vorschlagen werde.

»Lust auf ein kleines Rollenspiel?«

Schlagartig verändert sich die Atmosphäre im Zimmer. Alex kommt auf mich zu, krallt sich in mein Shirt und zieht mich zu sich heran. »Was hast du im Sinn?«

Ein kleines Lächeln umspielt meine Mundwinkel, während ich uns weiter ins Zimmer schiebe. »Aufs Bett. Hände ans Kopfende.«

Alex folgt meinen Anweisungen ohne ein weiteres Wort. Als ich ihn so vor mir liegen sehe, kommen mir sofort die wildesten Ideen, was ich mit ihm anstellen könnte. Ich schnappe mir meinen Gürtel vom Stuhl, gehe um das Bett herum und mache mich daran, seine Hände an die Sprossen am Kopfende zu fesseln.

»Ich glaube, das wird mir gefallen«, sagt Alex ernst.

»Daran habe ich keinen Zweifel.« Ich drücke ihm

schnell einen Kuss auf die Lippen. »Ich bin gleich wieder da.«

Ich finde, was ich brauche, gehe ins Badezimmer und schließe die Tür hinter mir. Sosehr ich mir auch wünschte, dass wir nicht hier wären, bin ich doch glücklich, dass Alex und ich zusammen sind. Ich weiß, dass er sich jetzt viel lieber auf den Super Bowl vorbereiten würde, und diese Niedergeschlagenheit in seinem Gesicht zu sehen, war wie ein Stich direkt in mein Herz. Er versucht, sich nicht anmerken zu lassen, wie sehr ihn das alles mitnimmt, aber ich weiß es. Ich kann es sehen, wenn er denkt, dass ich gerade nicht hinschaue.

Deshalb hoffe ich, dass dieses kleine Outfit die perfekte Ablenkung für ihn darstellen wird.

Ich richte mein Haar noch ein letztes Mal im Spiegel, öffne die Tür und suche sofort den Blick von Alex.

»Brauchst du jemanden, der dich rettet?« Ich ziehe eine Augenbraue hoch und beobachte, wie sich seine Pupillen weiten, während er mich ansieht.

»Heilige Scheiße!«

Mir entgeht nicht, wie sein Schwanz seine Badehose ausbeult. Oder wie Alex sich über die Lippen leckt.

Ich gehe einen Schritt näher ans Bett, fahre mit einem Finger die definierten Muskeln seines Beins nach und beobachte, wie das eine Gänsehaut auf seiner Haut hinterlässt.

»Gefällt dir, was du siehst?«

»Fuck, und wie!«

Alex sieht mich immer noch an. Ich lasse mich auf die Matratze fallen, ziehe seine Beine auseinander und schiebe mich dazwischen.

»Genug, um dich von mir retten zu lassen?«

»Ja. Verdammt, ja. Ich würde dich das jeden Tag für

den Rest unseres Lebens mit mir machen lassen, wenn wir verheiratet wären.«

»Was?« Seine Worte lassen mich innehalten.

»Was ›was‹?«, fragt Alex und sieht mich verwirrt an.

»Hast du nicht gehört, was du gerade gesagt hast?«

Er leckt sich über die Lippen. »Irgendwas in die Richtung, dass ich dich das jeden Tag machen lassen würde …«

»Wenn wir verheiratet wären«, beende ich den Satz für ihn.

Nun dämmert es ihm. »Ich wollte nicht …«, fängt er an, hält dann aber inne. »Heilige Scheiße! Kannst du mich losbinden? So will ich dieses Gespräch wirklich nicht führen.«

»Oh, ja. Natürlich.« Ich lehne mich über das Bett und löse seine Fesseln.

Alex setzt sich auf und rückt näher an mich heran. »Das war absolut nicht das, was ich sagen wollte. Flippst du jetzt aus?«

Ich habe nicht einmal die Chance, zu antworten, da er sofort weiterredet. »Es ist alles okay. Vergiss einfach, dass ich etwas gesagt habe, und lass uns dort weitermachen, wo wir aufgehört haben.«

»Denkst du wirklich, dass ich einfach dort weitermachen kann, wo wir aufgehört haben, nach dem, was du gesagt hast?«

»Ähm, ja?«, fragt er unsicher.

Mir schwirrt der Kopf. Wir sind noch nicht wirklich lange zusammen. Und sogar noch kürzer, wenn man die Zeitrechnung erst ab Alex' Outing beginnt.

Aber die Worte, die ich auf gar keinen Fall hören wollte?

Vergiss einfach, dass ich etwas gesagt habe.

Denn jetzt lässt der Gedanke daran, mein Leben mit

dem von Alex zu vereinen – und zwar auf Dauer –, ein ganz neues Gefühl durch meine Adern fließen.

»Und was ist, wenn ich es nicht vergessen will?«

»Meinst du das ernst?«

»Das, was du gesagt hast, zählt auf keinen Fall als richtiger Antrag, aber die Vorstellung, dass wir beide heiraten?« Ich zeige mit dem Finger zwischen uns beiden hin und her. »Die gefällt mir zufälligerweise ziemlich gut.«

»Ist notiert.« Alex verschränkt seine Hände hinter meinem Kopf und zieht mich zu sich hinunter. Unsere Körper passen perfekt aufeinander – so, wie sie es schon immer getan haben. »Und was zählt dann als richtiger Antrag?«

»Ein schickes Essen würde zum Beispiel nicht schaden. Oder wenn du vielleicht unser Lied für uns spielst.«

Alex beugt sich vor und gibt mir einen leidenschaftlichen Kuss. »Willst du mir damit sagen, dass das ein Nein ist?«

»Ich will damit sagen, dass es ein Ja sein wird, sobald ein richtiger Antrag kommt. Sollen wir den Leuten wirklich erzählen, dass du aus einer Laune heraus kurz vor dem Sex gesagt hast, dass du mich heiraten willst, als du gerade halb nackt warst und ich mich als Superman verkleidet hatte?«

Alex lacht. »Wir müssen doch niemandem erzählen, dass es genau so abgelaufen ist. Es genügt vollkommen, wenn wir sagen, dass ich dir in Mexiko einen Heiratsantrag gemacht habe.«

Ich drücke ihn zurück aufs Bett und setze mich rittlings auf ihn, wo ich seinen langen, harten Schwanz spüre. »Vielleicht solltest du doch lieber noch einmal an deinem Antrag arbeiten.«

»Vielleicht sollte ich einfach so lange warten, bis du zugibst, dass das ein richtiger Antrag war.«

Ich grinse den Mann unter mir an. »Bist du dir sicher, dass du das machen willst?« Ich beuge mich zu ihm hinunter, und meine Lippen sind nur wenige Millimeter von seinen entfernt. »Ich weiß, dass du Edging nicht magst, und das wäre Edging auf allerhöchstem Niveau.«

»Ich hasse dich«, grummelt er.

»Im Ernst, Alex. Das ist ohne Zweifel der beste Antrag aller Zeiten. Dein größtes Werk.«

Alex dreht uns herum, sodass ich nun mit dem Rücken auf dem Bett liege. »Was bedeutet, dass du einfach Ja sagen solltest, um mich von meinem Elend zu erlösen.«

Ich gleite mit meiner Hand an seiner Brust hinab, packe ihn an der Hüfte und ziehe ihn näher an mich heran. Sein steifes Glied reibt dabei gegen meines.

»Ich weiß nicht, ob ich dich von deinem Elend erlösen werde, aber ich werde definitiv etwas mit dir machen.«

Alex unterbricht mich und legt seine Hand auf mein Herz. »Jetzt mal Spaß beiseite: Ich liebe dich. Wenn du willst, dass ich eine Blaskapelle organisiere, die durch die Innenstadt von Denver marschiert, oder dass ich dich erst frage, wenn ich endlich einen Super Bowl gewonnen habe: Ich mache alles für dich, was du willst. Denn genau das ist es, was du verdienst.«

Ich weiß nicht, wie ich jemals denken konnte, dass ich ohne diesen Mann leben könnte. Selbst diese paar Wochen ohne ihn waren schon zu viel. »Ich liebe dich, Alex. So, so sehr. Ich brauche keine große, peinliche Demonstration unserer Liebe. Ich brauche nur dich.«

»Und du wirst mich immer haben.«

Er gibt mir einen langen Kuss, der mir beinahe den Verstand raubt. Die Zeit scheint stillzustehen und es gibt nur noch uns beide. Nichts um uns herum lenkt uns ab. Es gibt hier keine Gespräche darüber, dass die Mountain Lions es nicht in den Super Bowl geschafft haben oder ob

Alex nach seinem Coming-out eher ein Hindernis für das Team dargestellt hat. Während wir hier zusammen sind, bekommen wir nichts von alldem mit.

Alex unterbricht den Kuss und sieht mich voller Leidenschaft an. Seine geschwollenen Lippen formen sich zu einem Lächeln, das ich am liebsten wegküssen würde.

»Können wir jetzt wieder damit weitermachen, dass du mich rettest?«

Über den Autor

Nachdem sie in der zweiten Klasse einen Preis für junge Autoren gewonnen hatte, war Emily Silver dazu bestimmt, Schriftstellerin zu werden. Sie liebt es, inklusive Geschichten zu schreiben, mit starken Heldinnen und charmanten Helden, die dein Herz erobern werden.

Als Liebhaberin alles Romantischen begann Emily damit, Bücher in ihren Lieblingsorten auf der ganzen Welt anzusiedeln. Als leidenschaftliche Reisende hat sie alle sieben Kontinente besucht und ist um die Welt gesegelt.

Wenn sie nicht schreibt, findet man Emily oft dabei, Cocktails auf ihrer Veranda zu genießen, so viel Romantik wie möglich zu lesen und ihr nächstes großes Abenteuer zu planen!

Finde sie in den sozialen Medien, um auf dem Laufenden über all ihre Abenteuer und kommenden Veröffentlichungen zu bleiben!

Bücher von Emily Silver

Deutsche Titel

Roughing The Kicker

Pass Interference

Sideline Infraction

Illegal Contact - Erscheint am 7. Oktober

The Big Game - Erscheint am 14. Oktober

Englische Titel

Dixon Creek Ranch

Yours to Take

Yours to Hold

Yours to Be

Yours to Forget

The Denver Mountain Lions

Roughing The Kicker

Pass Interference

Sideline Infraction

Illegal Contact

The Big Game

Off the Deep End

The Ainsworth Royals

Royal Reckoning

Reckless Royal

Royal Relations

Royal Roots

Royal Ties

The Love Abroad Series

An Icy Infatuation

A French Fling

A Sydney Surprise